SEINE GEFANGENE STERBLICHE

RENEE ROSE

LEE SAVINO

Übersetzt von

NATHALIE HOPPER

Edited by

YANINA HEUER

Midnight
ROMANCE

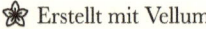 Erstellt mit Vellum

OHNE TITEL

Die süße kleine Sterbliche ist jetzt meine Gefangene …

Seit Jahrhunderten habe ich unter einem Fluch gelitten und unermüdlich nach der Frau gesucht, die ihn brechen kann. Jetzt habe ich sie in einer dunklen Gasse gefunden, als sie nachts nach Hause ging.

Sie versucht zu kämpfen, aber es gibt kein Entkommen. Sie ist meine Gefangene. Ich werde sie behalten, bis sie herausfindet, wie sie mich befreien kann.

Sie ist angriffslustig, aber ich habe jetzt das Sagen. Sie wird lernen, sich ihrem vampirischen Meister zu beugen und meinem Willen zu gehorchen. Sobald der Fluch gebrochen ist, werde ich sie gehen lassen.

Aber dann gibt sie sich mir voll und ganz hin. Mein ist ihre Unterwerfung und Hingabe. Sie ist Süße, Liebe und Licht.

„Du hast einen Fehler gemacht, kleine Sterbliche. Ich habe von deiner verbotenen Frucht gekostet, die du mir freiwillig gegeben hast."

„Und jetzt will ich für die Ewigkeit mit dir ..."

HOLEN SIE SICH IHR KOSTENLOSES BUCH!

Tragen Sie sich in meine E-Mail Liste ein, um als erstes von Neuerscheinungen, kostenlosen Büchern, Sonderpreisen und anderen Zugaben zu erfahren.

https://geni.us/jungfrauunddervampir

RENEE ROSE: HOLEN SIE SICH IHR KOSTENLOSES BUCH!

Tragen Sie sich in meine E-Mail Liste ein, um als erstes von Neuerscheinungen, kostenlosen Büchern, Sonderpreisen und anderen Zugaben zu erfahren.

https://www.subscribepage.com/mafiadaddy_de

KAPITEL EINS

Aurelia

DER MOND HÄNGT HOCH am Nachthimmel, als ich das Tucson Center für geistig Behinderte verlasse. Ich gehe langsam und zucke zusammen. Meine grau weiß gepunkteten Ballerinas sind süß, aber sie sind brandneu und müssen eingelaufen werden. Abgesehen davon würden mir in allen Schuhen nach einer zwölf-Stunden-Schicht, die um Mitternacht endet, die Füße wehtun.

„Aurelia, warte doch mal!" Meine Arbeitskollegin Gwen hüpft aus dem Gebäude und läuft an meine Seite. Ihre Haare sind zu einem sauberen Pferdeschwanz zusammengebunden und ihre Füße stecken in High Heels. Ich leide für sie mit.

„Mädchen, ich weiß nicht, wie du nach einer Schicht noch so viel Energie hast." Obwohl ich es mir denken kann. Gwen ist jünger als ich und arbeitet in Teilzeit, sie macht hier ein Praktikum, bevor sie im nächsten Herbst ihr Master-Studium beginnt.

„Ich bin eine Nachteule, schätze ich." Sie zuckt mit den Schultern und streckt ihren Arm aus, den Schlüsselbund in der Hand, um den glänzenden neuen VW Beetle aufzuschließen, den ihr Dad ihr zu Weihnachten geschenkt hat. Ich hätte mir kein knalliges Bananengelb als Farbe für mein Auto ausgesucht, aber ich muss zugeben, es passt zu meiner quirligen Kollegin. Zusätzlicher Bonus für diejenigen, die in der Spätschicht arbeiten: Er leuchtet im Dunkeln. „Hey, willst du mit mir in einen Club kommen?"

„Jetzt? Ist das dein Ernst?"

„Ja." Gwen hält neben ihrem Auto inne, um ihren perfekten Pferdeschwanz neu zu ordnen. „Es gibt da diesen neuen Laden, den ich auschecken will. Alle sagen, er ist der absolute Knaller."

„Wie heißt er?", frage ich höflich, obwohl ich null Absicht habe, heute Abend irgendwo anders hinzugehen als in mein Bett. Vielleicht ein kurzer Stopp vor dem Kühlschrank, wenn es hoch kommt.

„Toxic Club."

Ein Kribbeln läuft mir den Rücken hinunter und eine Gänsehaut steigt meinen Arm hinauf, als wäre gerade ein kalter Wind an mir vorbeigeweht.

Gwen scheint unberührt zu sein und frischt fröhlich ihren schimmernden Lipgloss auf. Ich erschaudere heftig und sie bemerkt es.

„Geht es dir gut?"

„Ja." Ich reibe mir den Arm. „Ja. Ich habe nur gerade eine Gänsehaut bekommen."

Gwen keucht und öffnet ihre halb geglossten Lippen voller Entsetzen. „Was?"

„Nichts. Das würde meine Oma sagen. Es ist ein nur so eine Redewendung. Wenn es dich schaudert, sagt man, jemand sei gerade über dein Grab gelaufen."

„Igitt", sagt Gwen, aber sie scheint nicht allzu beunruhigt zu sein, denn sie trägt ihren Lipgloss fertig auf und lässt die Tube zurück in ihre Handtasche fallen. „Also … in den Club heute Abend?"

„Verschieben wir das? Ich bin ziemlich müde."

Gwen schmollt. „Das sagst du immer."

Weil es wahr ist. „Ich stehe morgen früh auf. Arbeit und Schule."

„So langweilig", sagt Gwen.

„Tja, so ist mein Leben. Nicht alle von uns können so glamourös sein wie du."

Gwen beißt sich auf die Lippe. „Ich versuche schon seit Ewigkeiten, Chad dazu zu bringen, mit mir dort hinzugehen."

Ich ziehe eine Augenbraue hoch und will sie eigentlich fragen, warum sie Chad nicht einfach stehen gelassen hat und ohne ihn gegangen ist. Aber Gwen wäre entsetzt, wenn ich vorschlagen würde, dass sie ihren perfekten Verlobten für eine Nacht alleine lassen sollte.

„Hey, ich habe eine Idee", strahlt sie. „Ich kann Chad bitten, einen Freund für dich mitzubringen."

„Oh, bitte nicht." Ein von Gwen arrangiertes Blind Date? „Das ist wirklich süß, aber nein danke. Ich bin nicht wirklich auf der Suche nach jemandem. Und wenn ich es wäre, bezweifle ich, dass ein Typ, den ich zufällig eines Abends treffe, sich als ‚Der Eine' entpuppt." Ich mache mit meinen Händen Anführungszeichen in der Luft, während ich es sage. Über dieses Thema haben sie und ich schon ausführlich gesprochen.

Gwen glaubt, dass es die eine wahre Liebe gibt. Ich glaube das nicht.

Ich bemerke, dass es ein Fehler war, den ‚Einen' zu erwähnen, als Gwens Augen groß werden und ihr Lipgloss aufblitzt. „Man kann nie wissen. Er ist da draußen und sucht nach dir. Das Schicksal könnte versuchen, euch zusammenzubringen."

„Nun, das Schicksal wird ihn direkt in meine Wohnung schicken müssen, denn da werde ich jetzt hingehen. Gute Nacht, Gwen." Ich drehe mich um und stapfe nach Hause.

„Warte, du gehst zu Fuß?", ruft Gwen mir hinterher. „Hast du kein Auto?"

„Nö. Ist schon gut. Ich wohne in der Nähe." Fünf Blocks – nicht so nah, aber nahe genug, um zu laufen. Ich gehe schneller in die entgegengesetzte Richtung und lehne Gwens Angebot, mich mitzunehmen, mit einem Winken ab.

Das Kribbeln in meinem Nacken hält an und ich reibe meine Arme, während ich gehe. Das ist nichts Neues. Schon seit ein paar Tagen habe ich das Gefühl, verfolgt zu werden. Seltsam.

Aus dem Augenwinkel sehe ich ein Flackern. Eine geisterhafte, weiße Gestalt flattert auf mich zu und ich springe gefühlte fünf Meter in die Luft, bevor ich bemerke, dass es nur ein Stück Papier ist. Es landet vor meinen Füßen und ich hebe es vom Boden auf. Im Licht des Vollmondes kann ich es deutlich lesen. „Anzug und Krawatte. Freier Eintritt für Damen."

Es ist ein Flugblatt für einen Club. In der Ecke ist ein Logo und als ich es mir genauer ansehe, überkommt mich wieder ein Schauer.

Toxic Club. Das ist der Club, von dem Gwen gesprochen hat. Wenn meine Oma hier wäre, würde sie sagen, es ist ein Zeichen.

Oder … ich bin einfach nur müde. Mein erschöpfter Körper reagiert über. Die Sache mit diesem Toxic Club ist nur ein Zufall und nicht das Universum, das mir etwas sagen will.

Ich zerknülle das Flugblatt und gehe weiter.

CHARLIE

MEINE STERBLICHE BEUTE wirft ein Stück Müll in den richtigen Mülleimer, zieht ihre Handtasche höher und geht weiter. Nach meinen Informationen und Beobachtungen lebt sie allein.

Perfekt für meine Zwecke.

Ich folge ihr die Congress Street hinunter. Wenn alles nach Plan läuft, werde ich sie mir heute Nacht schnappen. Der König dieses Territoriums darf nicht wissen, dass ich hier bin, also gehe ich rein, hole mir was ich brauche und verschwinde wieder.

Und nur eine arme Sterbliche wird je erfahren, dass ich hier war …

Aurelia

ICH GEHE ZÜGIG durch die dunklen Straßen der Innenstadt und spähe in die Gassen. Normalerweise ist diese Gegend sicher und belebt, aber es ist spät und unter der Woche. Die Straßen sind größtenteils leer.

Der Mond leuchtet mir den Weg. Ich wende mein Gesicht in das silbrige Licht und atme ein. Wenn ich mir eine Sekunde Zeit nehme, um mich in der Schönheit der Natur zu sonnen, fühle ich mich immer besser. Nach einem Moment im Mondschein schmerzen sogar meine Füße weniger.

Ich bin fast zu Hause angekommen, als sich ein großer

Schatten von der Wand einer Gasse löst und mir den Weg versperrt.

Ich erschrecke, aber auf den zweiten Blick ist es nur ein Mann. Er sieht nicht allzu bedrohlich aus. Er ist groß und blass, trägt eine schlichte schwarze Hose und ein weißes Hemd mit einer dünnen schwarzen Krawatte. Ein Geschäftsmann, der wahrscheinlich nach dem Abendessen oder einem Drink nach Hause geht. Vorsichtshalber stecke ich meine Schlüssel zwischen meine Fingerknöchel, so wie ich es in einem Selbstverteidigungskurs am College gelernt habe.

Der Mann kommt auf mich zu. Je näher er kommt, desto größer wird er, und mein Herz klopft schneller. *Es ist alles in Ordnung. Er ist völlig harmlos.* Um meine Angst zu beruhigen, visualisiere ich einen riesigen Ball aus weißem Licht, der mich umgibt. Es ist eine alberne kleine Übung, die ich mir selbst ausgedacht habe, aber sie hat mir immer geholfen, mich zu sammeln. Manchmal stelle ich mir vor, dass ich das Glühen dieser schützenden Aura sogar aus meinen Augenwinkeln leuchten sehen kann.

Und es funktioniert. Sobald ich mir die weiße Aura vorstelle, fühle ich mich ruhiger. Doch dann passiert etwas Seltsames.

Der Mann, der sich mir nähert, hält inne. Und er starrt auf meine Aura, als ob er sie sehen könnte.

Ich erstarre wie ein Kaninchen, das den Jäger erblickt.

Dann bekomme ich schon wieder eine Gänsehaut, als sich gemächlich ein Grinsen auf dem Gesicht des Mannes ausbreitet. „Ist die für mich?", fragt er mit einem gedehnten sexy britischen Akzent. Das Mondlicht glitzert über seine ungewöhnlich langen Eckzähne.

Vampir.

Ich weiß nicht warum, aber das Wort kommt mir plötzlich in den Sinn.

Der Mann grinst breiter und zeigt mir seine scharfen Eckzähne, die viel zu lang sind, um menschlich sein zu können. „Ja", schnurrt er, als hätte ich das Wort laut ausgesprochen. „Und du bist … was? Ein junges Hexenweibchen?" Er neigt den Kopf zur Seite, „Eine Priesterin? Oder etwas Besonderes … etwas *Höheres*?" Seine Stimme ist ehrfürchtig, als er seine Fingerspitzen in die Luft streckt und den Rand meiner Lichtkugel berührt. Und blitzschnell sehe ich deutlich, was ich vorher nur flüchtig wahrgenommen habe – eine schimmernde weiße Schutzwand, die sich kräuselt und seine Berührung abwehrt.

Ein weiterer Schauer läuft mir über den Rücken.

Selbst im schwachen Licht der Straße kann ich erkennen, dass er wunderschön ist. Dunkles Haar, kräftiger Kiefer. Seine Wangenknochen sind kantig genug, um meine Handfläche zu schneiden. Er ist blass, aber es gibt tiefe Schatten unter seinen dunklen Augen.

Ich kann nicht aufhören, ihn anzustarren. Es ist schlimmer als das eine Mal, als ich einen Filmstar in einem Coffee-Shop gesehen habe. Wenn dieser Typ mich nach meinem Namen fragen würde, könnte ich nur Kauderwelsch stammeln. Vielleicht sogar sabbern. Er ist so verdammt heiß.

Und er weiß es. Seine Mundwinkel kräuseln sich, als er mich mit offensichtlicher Faszination mustert. Er legt seinen funkelnden Blick auf mich und seine Augen treffen auf meine. Augen, die so dunkel sind, dass ich nicht weiß, wo seine Iris endet und seine Pupillen beginnen.

Energie regt sich in mir. Die Straße fühlt sich an, als würde sie unter meinen Füßen wegrutschen, und als ich einen Schritt mache, um mich auszubalancieren, scheint sich mein Bauch nach links zu bewegen, während sich meine Brust nach rechts bewegt.

In Zeitlupe hebt der Mann seine Hand. Noch immer meinen Blick haltend, schnippt er mit den Fingern.

Und meine Lichtblase … verschwindet.

Ich keuche, schwankend, und schnaufe, als wäre ich einen Kilometer gelaufen. Ich spanne mich an, bereit loszurennen.

Er grinst noch breiter.

„Oh ja, lauf, mein kleines Glöckchen", murmelt er, seine Stimme tief und sanft, als würde er einer Geliebten süße Nichtigkeiten zuflüstern. „Ich liebe es so sehr, einen guten Fang zu machen. Ich bin schon lange auf der Suche nach einer von deiner Sorte."

Ich stolpere rückwärts; will rennen, doch meine Füße gehorchen nicht. „Ich … ich weiß nicht, wovon du sprichst." Was hat er vorhin gesagt? „Ich bin keine Priesterin oder Hexe. Ich bin ein Niemand − nur eine Betreuerin an der Schule für geistig Behinderte."

Der Mann pirscht sich langsam vorwärts, ein Raubtier, das zufrieden ist, weil es weiß, dass seine Beute in der Falle sitzt. Jede Zelle in mir schreit, dass ich zurückweichen soll, aber ich kann kaum einen Schritt rückwärts machen. Es ist, als würde ich im Treibsand versinken.

„Wo hast du das gelernt?"

„Was? Die Blase?" Die Worte platzen aus meinem Mund, bevor ich mich entscheiden kann, ob ich reden will. Er kontrolliert mich, schreit ein panischer Teil meines Gehirns. Aber ich kann nicht widerstehen. „Ich weiß es nicht − ich habe es einfach erfunden, denke ich."

„Mächtig", murmelt er, mehr zu sich selbst als zu mir. Diese nachtschwarzen Augen fixieren mich wie ein Laserstrahl. „Kannst du auch zaubern?"

Ich schüttle den Kopf so heftig, dass mir die Haare ins

Gesicht fliegen, und sehe mich nach jemandem um, der mir helfen könnte. „Nein, Sir."

Ich weiß nicht, woher das „Sir" kommt, aber es fühlt sich richtig an. Und es scheint den Fremden zu amüsieren. Seine Lippen verziehen sich zu einem weiteren Grinsen, seine Reißzähne werden vor meinen Augen immer länger.

Da fällt mir etwas über Vampire ein. Es ist der Blickkontakt mit ihm gewesen, der die Blase hat platzen lassen. Ich muss nur vermeiden, ihn direkt anzusehen.

Diesmal erzittert mein ganzer Körper, als ich mich darauf konzentriere, eine weitere Blase zu erzeugen. Diesmal ist es schwieriger, als würde ich einen Muskel anspannen, den ich noch nie benutzt habe. Einen magischen Muskel. Aber es funktioniert. Sobald die weiße Kugel um mich herum auftaucht, renne ich los, so schnell ich kann. Ich rase um die nächste Ecke und lausche angestrengt, aber es folgen keine Schritte. Nur ein Lachen – ein tiefes, schokoladiges Glucksen, bei dem sich mein Magen nicht aus Angst, sondern aus einem ganz anderen Grund zusammenzieht. Es ist das sexieste Lachen, das ich je gehört habe. Es kommt von dem attraktivsten Mann, den ich je getroffen habe. Schlank und fit und mit diesem Gesicht. Und unter seinem Hemd und seiner Hose …

Nein! Ich stelle mir den Vampir nicht nackt vor. Aber wenn ich es tue, ist es dann wirklich meine Schuld? Er hat ein unwiderstehliches Mojo. Sex und Vampire gehören doch zusammen, oder?

Ich renne nach Hause, jedes Haar an meinem Körper stellt sich warnend auf. Was kann einen Vampir noch aufhalten? Ich stecke meinen Schlüssel in das Schloss. So weit, so gut. Ich schlage die schwere Tür hinter mir zu, schiebe den Riegel vor, überprüfe die Schlösser. Dann eile ich zur Hintertür. Verriegelt. Und die Fenster – verriegelt. Die ganze Zeit über atme ich schwer vom Adrenalin und vom Laufen. Aber mein Körper fühlt sich langsam und träge an, als käme ich gerade aus dem Bad oder, so wahr mir Gott helfe, aus dem Bett nach einem zweistündigen Sexmarathon mit einem Vampir.

Ein Pflock durch das Herz. So tötet man einen Vampir. Und Knoblauch. Ich ziehe die Küchenschubladen auf und suche nach irgendeinem Holzspieß. Da – der Dübel in dem kleinen *Lebe-Liebe-Lache-Bild*, das mir meine Nachbarin geschenkt hat. Der Dübel ist zwei Zentimeter dick und beeindruckende dreißig Zentimeter lang. Das könnte funktionieren. Ich schnappe mir ein Messer und beginne, das Ende zu einer groben Spitze zu schnitzen.

Als jemand an meine Hintertür klopft, lasse ich es schreiend fallen. Die Stimme meiner Nachbarin ruft: „Hey, Aurelia, hast du Zigaretten?"

Ich hätte ihr nie erzählen sollen, dass ich in der Nachtschicht arbeite. Es ist schon halb Eins, um Himmels willen. „Nein, Karen! Ich rauche nicht, schon vergessen?"

Nach einer kurzen Pause ruft sie: „Ich habe mich aus Versehen aus meiner Wohnung ausgesperrt. Kann ich reinkommen?"

Verdammt.

Ich schleiche zur Tür, den angespitzten Pflock in der Hand, und öffne sie.

Und da steht er, neben meiner Nachbarin, mein Vampir-Stalker – groß, dunkel und zähnefletschend lehnt er im Türrahmen. Irgendwie bin ich nicht überrascht.

KAPITEL ZWEI

Aurelia

„GEH ZURÜCK IN DEINE WOHNUNG", murmelt er in Karens Richtung, deren Augen glasig und unkonzentriert sind. Meine Nachbarin trottet gehorsam davon, eindeutig fasziniert von dem Vampir.

Vielen Dank, Karen.

Ich runzle die Stirn über meinen dunklen Stalker und dann mache ich einen Fehler: Unsere Blicke treffen sich und meine Welt wird schwarz. Ich höre seine Finger schnippen und genau wie zuvor spüre ich ein seltsames, wirbelndes Gefühl in meinem Bauch und meiner Brust, als würde ich in zwei entgegengesetzte Richtungen zugleich gedreht werden.

„Komm rein", höre ich mich erschrocken selber sagen.

Dann klärt sich meine Sicht und der Vampir zeigt mir einen seiner blitzenden Reißzähne, als er sich an mir vorbei in meine Maisonette-Wohnung schiebt.

„Aurelia", sagt er langsam und scheint zu prüfen, ob das mein Name ist.

„Ja."

„Ich werde dir nicht wehtun. Zumindest nicht, wenn du kooperierst. Ich bin schon lange auf der Suche nach dir."

Er hat nach mir gesucht? Ich versuche, mir einen Reim darauf zu machen, aber seine Augen sind so dunkel. Unergründlich. Ich könnte ihn ewig anstarren, bis die Welt aufhört zu existieren. Warum war ich so besorgt?

Eine kleine Stimme in meinem Hinterkopf schreit jedoch auf und sagt mir, dass ich kämpfen soll.

„Ich weiß, das ist unkonventionell", fährt der Vampir fort. „Aber Geheimhaltung ist das A und O. Ich darf in Tucson nicht gesehen werden und wenn meine Feinde dich dabei erwischen, wie du mit mir redest, ist dein Leben verwirkt. Und das wollen wir doch nicht, oder?"

Ein kleines bisschen Logik schleicht sich in meine verwirrten Gedanken. *Vampir. Feinde.* „Nein", flüstere ich.

„Du kooperierst mit mir und ich werde dich beschützen. Aber wenn du mich hintergehst, werde ich dich bestrafen. Abgemacht?" Sein Akzent lässt die Worte so höflich und altmodisch klingen.

Das Ziehen in meiner Brust lässt so weit nach, dass ich tief einatmen kann.

„Ja", stimme ich zu, auch wenn sich meine Finger um meinen selbstgemachten Pflock verkrampfen.

„Dann lass uns fortfahren. Sollen wir uns setzen?" Der Vampir dreht sich um und führt mich in mein eigenes Wohnzimmer.

In dem Moment, in dem sich unsere Blicke trennen, kommt mein Verstand zurück. Ich stürze mich auf ihn. Ziele mit dem angespitzten Dübel auf die Mitte seines breiten oberen Rückens.

Lebe, liebe, lache, stirb!

Der Vampir wirbelt jedoch herum und fängt mein Handgelenk so schnell, dass ich es nicht einmal realisiere. Irritation zeichnet sich auf seinen perfekten Zügen ab. Sein Gesicht verzieht sich, als sich seine Reißzähne von selbst verlängern und er zischt.

Gefangen im Griff eines Monsters schreie ich auf. Eine neue Ladung Adrenalin wird in meinen Blutkreislauf gepumpt. Mein Handgelenk pocht.

„Ungezogene kleine Sterbliche." Er reißt mir den Pflock aus der Hand, packt mich um die Taille und trägt mich strampelnd und zappelnd in mein Wohnzimmer. Ein weiterer Wandbehang – dieses Mal ein Zitat von Marianne Williamson, das mir versichert, dass ich unfassbar stark bin – kracht auf den Boden. Ein weiterer Tritt, und ich treffe mein hübsches Leiter-Bücherregal. Das Gesamtwerk von Gabrielle Bernstein fliegt durch die Luft. Und für eine Sekunde hält mir das Universum den Rücken frei, denn der Vampir stolpert. Aber dann knurrt er – verdammt furchterregend – und hebt mich wieder hoch. Alles klar, das wars. Ich bin erledigt. Ich hätte eine Knoblauchzehe essen sollen, anstatt die Sache mit dem Pflock zu versuchen.

Er lässt sich auf mein Second-Hand-Sofa plumpsen und zieht mich – zu meiner Überraschung – mit dem Gesicht nach unten auf seinen Schoß.

„Das war sehr unhöflich", teilt er mir in seinem hochgestochenen Akzent mit und gibt mir einen Klaps auf meinen nach oben ragenden Hintern. Ich höre jedoch keine Irritation in seiner Stimme … er ist bereits wieder zu seinem kühlen, aufgesetzten Ton zurückgekehrt.

Unhöflich?

Beinahe muss ich kichern. Ich dachte, er würde mich

ausbluten lassen, aber stattdessen bekomme ich einen Klaps auf den Hintern.

Perverser Vampir.

„Du hast zugestimmt, höflich zu mir zu sein, und das sollst du auch – oder du wirst die Konsequenzen tragen." Er versohlt mir noch einmal den Hintern. Für eine Sekunde habe ich dieses verrückte Gefühl eines Déjà-vus, als wäre ich schon einmal hier gewesen. Die ganze Szene – der Vampir, meine Position über seinem Schoß – kommt mir sehr bekannt vor.

Und ich verliere meinen Verstand. Ich wackle mit meinem Arsch und verlange nach mehr, weil ich plötzlich eine Tracht Prügel brauche.

Und dann auch noch von einem Vampir.

Er kommt meinem Wunsch nach und das Déjà-vu-Gefühl verschwindet mit dem plötzlichen Stich, den seine Handfläche auf meiner Haut verursacht. Etwas zwischen einem Lachen und einem Schluchzen bricht aus mir heraus. Es ist hauptsächlich Erleichterung darüber, dass ich nicht sofort zu Vampirfutter werde. Aber vielleicht macht er sich nur einen Spaß daraus, bevor er in eine meiner Adern beißt. Um nicht kampflos unterzugehen, wehre ich mich gegen seinen Griff, aber sein Arm um meine Taille ist wie ein Stahlband. Nun, Vampire haben übermenschliche Kraft. *Aber glitzert er auch in der Sonne?*

Er fängt an, fester auf meinen Hintern zu schlagen, und ich winde mich. Das meiste des stechenden Schmerzes wird durch meine Jeans gedämpft.

So habe ich mir meine Nacht nicht vorgestellt. Der Gedanke lässt mich laut aufkichern. Die Spannung bricht und mein Schock und Stress entladen sich in der Form eines schluchzenden Lachens.

Er hört auf und ich versuche aufzustehen, immer noch lachend-schluchzend. Ein wenig gedemütigt, sehr angetörnt. Er zieht mich hoch, hält meine Hüften und schaut mir in die Augen. Sein Gesichtsausdruck ist teilnahmslos, aber ich denke, ich sehe ein Glitzern der Neugier in seinem Blick, die meine eigene widerspiegelt. Hitze kriecht durch meinen Körper, läuft meine Innenschenkel hinunter bis zu meinen Fußsohlen.

Vampire und Sex gehören zusammen. Und dieser Typ mit Reißzähnen ist das sexieste Wesen, das ich je gesehen habe.

Die Irritation ist aus dem Ausdruck des Unsterblichen verschwunden. Seine Reißzähne haben sich zurückgezogen. Er sieht wieder aus wie ein normaler Mann, wenn auch ein umwerfend gutaussehender. Seine Lippen verziehen sich zu einem Grinsen, das nur aus amüsierter Arroganz besteht.

„Zieh deine Hose runter, Glöckchen", säuselt er einen Befehl.

Er kann seinen Glamour nicht benutzt haben, oder wie auch immer der Volksmund Vampirhypnose nennt, denn ich spüre das seltsame Ziehen nicht.

Meine Muschi krampft sich zusammen, aber ich bin nicht bereit, seinem selbstherrlichen Befehl nachzukommen. Ich umklammere den Bund meiner Jeans.

„Auf keinen Fall!" Mein Protest wäre überzeugender, wenn ich nicht so atemlos klingen würde.

Seine Mundwinkel heben sich. Langsam, so langsam, dass ich ihn aufhalten könnte, zieht er meine Hände von meinem Hosenbund. Wieder habe ich das Gefühl eins Déjà-vus. Es trifft mich so stark – das Gesicht des Vampirs, seine Wangenknochen scharf genug, um Atome zu spalten, die Kurve seiner Reißzähne und das Grübchen in seinem Kinn. Ich bin so verloren in dem Gefühl, ihn zu kennen, dass ich vergesse zu kämpfen.

Der Vampir knöpft meine Jeans auf und öffnet den

Reißverschluss. Mein Bauch kommt unter dem Reißverschluss zum Vorschein. Er ist so sexy, dass ich keine Luft
mehr bekomme.

Dann hakt er seine Daumen in den Bund meiner Jeans
und schiebt sie nach unten, wobei er mein Höschen gleich
mitnimmt. Mein Gehirn stottert vor sich hin und ich
mache eine halbherzige Bewegung, um mir mein Höschen
zu greifen und oben zu halten. Meine Weiblichkeit ist jetzt
unbedeckt und seinem zufriedenen Blick ausgesetzt.

Die Muskeln in meiner Muschi zittern. Es kommt mir
in den Sinn, mein Shirt nach unten zu ziehen und zu
versuchen, meine nackte Spalte zu bedecken, während ich
auf zitternden Beinen dastehe. Will ich das? Habe ich
überhaupt eine Wahl? Ich sollte mir wahrscheinlich überle-
gen, wie ich von ihm wegkomme – oder wie ich mich selbst
schützen kann, anstatt hier wie ein jungfräuliches Opfer zu
stehen, aber ich bin zu sehr von der Erotik davon gefesselt,
dass er mich zuerst verhauen und dann auch noch ausgezogen hat. Ganz zu schweigen von dem Gefühl, dass ich
das schon einmal gemacht habe.

Was wird der sexy sadistische Vampir als Nächstes tun?

„Trotzigkeit wird dir eine zusätzliche Bestrafung
einbringen, meine Liebe." Sein Lächeln ist räuberisch.

In meinem Bauch tanzen vor Erregung
Schmetterlinge.

Er ist die Katze und ich bin seine Maus. *Oh ja, lauf, mein
kleines Glöckchen. Ich liebe die Jagd so sehr.*

Er spielt mit seinem Essen, bevor er mich frisst. Oder
mich austrinkt, wie es der Fall sein könnte. Ist es falsch von
mir zu hoffen, dass er mich frisst? Es wäre gar nicht so
schlecht, von einem Vampir verschlungen zu werden.

Aber stattdessen hebt er meinen Pflock auf und zerrt
mich zurück über seine Knie.

Oh, oh.

Ein Schlag mit dem Holzstock und ich quieke. Der behelfsmäßige Stock hinterlässt eine brennende Linie auf meiner Haut. Das nächste Mal, wenn Karen versucht, mir einen Wandspruch zu schenken, werde ich ihn ihr ins Gesicht schleudern.

Ich winde mich und versuche, meinen nackten Hintern mit einer Hand zu bedecken, aber der Vampir erwischt mein Handgelenk und biegt meinen Arm hinter meinen Rücken. Er schlägt mit dem dünnen Stock wieder auf mein Fleisch.

„Oh, verflixt!", jaule ich auf und drückte meine Augen zu.

Der Vampir hält inne. „Verflixt?"

„Ähm, ja", keuche ich, dankbar für die Gnadenfrist. „Ich versuche, nicht zu fluchen. Ich arbeite mit Kindern."

„Ahh", sagt er und lässt den Stock wieder fallen. Er sticht so höllisch auf meiner Haut. Ich trete aus wie ein Fohlen und er kichert.

„Verflixt!", schreie ich wieder. „Hör auf!"

„Nimm deine Strafe, kleine Sterbliche", sagt er. „Du hast sie verdient. Es gibt nichts, was du jetzt tun kannst, um es aufzuhalten. Aber wenn du kooperierst, überlege ich vielleicht, dich kommen zu lassen, wenn alles vorbei ist."

„Mich kommen *lassen*?" Warum macht mich seine Dominanz so an?

„Deine Entscheidung", sagt er milde und versohlt mir noch ein paar Mal den Hintern.

Er schnippt den Stab auf meinen Oberschenkel und ich kann es nicht mehr aushalten. „Na gut! In Ordnung, Vampir … es tut mir leid."

„Ah." Er lässt den Stab fallen und reibt mir für einen seligen Moment den Hintern, bevor er mir in schneller Folge drei weitere Schläge mit seiner Hand verpasst.

„Magische Worte. Sag es so, als würdest du es ernst meinen", schnurrt er.

„Es – es tut mir leid, Vampir", schreie ich überstürzt auf. „Es tut mir leid, dass ich versucht habe, dich mit einem Pflock zu töten. Ich werde es nicht wieder tun, versprochen."

Er kichert und verpasst mir einen weiteren Klaps. „Ich bin mir nicht sicher, ob ich dir glaube. Ich bin hierhergekommen, weil ich einfach nur reden wollte, und du lieferst mir eine schlechte Imitation von Buffy der Vampirjägerin."

„Das wollte ich nicht …"

Er gibt mir wieder einen Klaps. „Bitte, Vampir. Es tut mir leid." Ich halte die Luft an und hoffe, dass er meine Entschuldigung annimmt.

„Nicht so reumütig, wie ich es gerne hätte, aber ich akzeptiere."

Er beugt sich hinunter, greift erneut nach dem Stab und bricht die scharfe Spitze meines behelfsmäßigen Pfahls ab. Dann bricht er die Länge in zwei Hälften und lässt die Stücke auf den Boden fallen. „Das ist wahrscheinlich das Beste, was du mir im Moment geben kannst", sinniert er und fährt mit einer kühlen Hand über meine nackten Backen, wodurch andere Teile von mir lebendig werden. Zwischen meinen Beinen wird es feucht, mein Atem bleibt mir aus neuen Gründen weg.

Der Vampir riecht schwach nach Eau de Cologne und etwas anderem – es ist ein voller, wilder Duft, der mich an frische Luft und kalten Stein erinnert.

Seine Finger streifen meine bedürftigsten Stellen und ich öffne meine Schenkel.

„Nein, nein, Glöckchen." Zu meiner Enttäuschung hebt er mich in den Stand und zieht meine Jeans und mein Höschen hoch. „Du hast dir deine Belohnung heute Abend nicht verdient." Er lotst mich wieder auf seinen Schoß zurück.

Ich winde mich, mein Hintern sticht und ist wund, meine Weiblichkeit pocht. Meine verhärteten Brustwarzen reiben an der Innenseite meines BHs.

Wenn er keinen Sex will, dann … Ich bedecke meine Kehle.

„Dafür bin ich auch nicht gekommen."

„Warum bist du dann hier?", frage ich.

„Wegen deiner Magie, meine Liebe."

Ich sitze auf dem Schoß eines Vampirs, nachdem er mich wie sein unartiges Schulmädchen bestraft hat, und jetzt reden wir über Magie. Das muss ein Traum sein. Oder Karen hat in den Brownies, die sie mir gegeben hat, Hasch-Butter verwendet und ich bin auf einem schlechten Trip. „Ich besitze keine Magie."

„Ah, tust du doch, und sie ist äußerst mächtig. Dein Schutzzauber da draußen hat mich verblüfft, Darling. Du musst lernen, deine Fähigkeiten zu nutzen, denn es gibt einen Fluch, der rückgängig gemacht werden muss."

Einen Fluch? „Ich kann dir nicht helfen. Ich weiß nicht, wovon du redest", beharre ich. So ein Mist. Was, wenn er mir nicht glaubt? Wie soll ich aus dieser Sache wieder rauskommen?

Er streicht mir eine Haarsträhne aus dem Gesicht, steckt sie hinter mein Ohr. „Ich brauche deine Kraft, mein kleines Glöckchen. Du weißt vielleicht nicht einmal, dass du sie besitzt, aber du tust es, und ich werde dich nicht in Ruhe lassen, bis du mein Dilemma gelöst hast."

Er wird mich töten. Ich beginne schnell zu blinzeln, mein Brustkorb hebt und senkt sich wild unter meinen flachen Atemzügen.

„Ah." Seine Miene wird weicher. „Da sind die Tränen."

„Ich weine nicht!", krächze ich, aber mein Inneres zieht sich zusammen und ein erstickter Schluchzer bricht aus meiner Kehle hervor.

„Schhhh, ganz ruhig. Ich will dich nicht töten."

Ich zucke zusammen, doch er zieht mich an seine Brust. Sein köstlicher Duft umhüllt mich, während er meinen Kopf an seinen Hals legt und meinen Rücken streichelt, als wäre ich ein Kätzchen. Für eine Sekunde fühle ich mich fast getröstet. Vielleicht ist das alles gar nicht so schlimm.

„Süß", murmelt er. „Du riechst so süß, kleine Sterbliche. Wie Erdbeeren."

Nö, er ist definitiv ein Psycho, der mich fressen will. Ich wehre mich gegen seine Umarmung, aber er hält mich fest und lässt mich nicht los. Ich habe das Gefühl, dass er nicht einmal ein Zehntel seiner Kraft einsetzt, um meinen Widerstand zu unterdrücken.

Also gebe ich auf.

„Bist du bereit, dich zu unterwerfen, Glöckchen?" Sein hübsches Gesicht ist nur Zentimeter von meinem entfernt. Meine Gedanken überschlagen sich.

„Du bist ein bisschen zu alt für Disney-Film", platze ich heraus.

„Wie bitte?" Er zieht eine Augenbraue hoch, sieht aber amüsiert aus. Als wäre ich ein Kätzchen, das versucht, ihn mit winzigen Krallen zu zerreißen.

Ich lecke mir über die Lippen. „Die Anspielungen auf Glöckchen, die Fee."

„Ah." Er erklärt es mir nicht.

Und plötzlich kichere ich wie eine Verrückte. „Ich kann nicht glauben, dass du mir den Hintern versohlt hast." Ich möchte meine Finger zwischen meine Beine schieben und meine sexuelle Frustration herausreiben. Er hat mich definitiv scharf gemacht. Wenn das ein Teil seiner Dominanz ist, hat es funktioniert.

Er berührt meine Unterlippe und zeichnet sie nach. „Ja, ich bin ein bisschen altmodisch, wenn es um Frauen geht. Ich komme aus einer anderen Zeit."

Ich lache wieder los. „Nein, ich meine, ich habe versucht, dich mit einem Holzpflock zu *töten*, und du hast mir einfach nur den Hintern versohlt."

„Du hattest Angst, als du wie eine Vampirjägerin auf mich losgegangen bist." Jetzt wischt er mir die Tränen von den Wangen. „Das kann ich dir nicht wirklich verübeln, oder?"

„Woher wusstest du, dass ich Angst hatte?"

„Ich konnte es riechen." Er lehnt sich näher zu mir. „So wie ich jetzt das Salz deiner Tränen riechen kann und deine Lust."

Lust? Und einfach so pocht meine Klitoris wie ein zweiter Herzschlag eindringlich zwischen meinen Schenkeln. Ich presse meine Beine zusammen. „Du hast gesagt, du würdest mir nicht wehtun." Ich versuche tapfer zu sein, aber meine Stimme kommt nur zittrig heraus.

„Das habe ich. Aber wenn du mich hintergehst, werde ich dich bestrafen." Er streichelt meine Wange. Er berührt mich, als ob er das Recht dazu hätte. Ich bin noch nie auf diese Weise angefasst worden, aber irgendetwas an seinem Duft, seiner Anwesenheit, seiner Aura lullt mich in Selbstgefälligkeit ein. Ich lasse seine Berührung nicht nur zu, ich sehne mich förmlich danach. „Ich hoffe, du wirst kooperieren, meine schöne Sterbliche. Es wäre eine Schande, dich wirklich zu erschrecken."

KAPITEL DREI

Charles

MEINE SCHÖNE BEUTE zittert in meinen Armen. Ihr Puls
rast und hämmert in ihrer Kehle. Meine Reißzähne
pochen und werden so scharf, dass sie mir die Haut in
meinem Mund aufschneiden. Ich beiße mir auf die Wange
und lasse den Geschmack meines eigenen Blutes mein
inneres Raubtier befriedigen. Mein Schwanz kribbelt unter
ihrem reizenden Arsch.

Sie ist ein traumhafter Anblick, meine gefangene Sterbliche. Langes, seidiges, dunkles Haar und goldene Haut.
Dunkle Augen, die durch kleine Goldflecken einzigartig
werden. Sie ist fürchterlich jung und fürchterlich schön. Ich
habe sie schon, bevor sie die leuchtende Aura eines Schutz-
zaubers ausgestrahlt hat. Meine Nachforschungen haben
mir gesagt, dass die Sterbliche, die ich gesucht habe, hier in
Tucson ist, aber sie hat mich angezogen, bevor ich wusste,
dass sie diejenige war.

Sie fühlt sich auch zu mir hingezogen. Obwohl sie

verängstigt ist, steigt der Duft ihrer Erregung wie Moschus um uns herum auf. Es hat ihr gefallen, von mir angefasst zu werden.

Ich umfasse ihren Kiefer mit einer Hand und ziehe ihr Gesicht zu meinem. „Nur eine Kostprobe", murmle ich und sie versteift sich, erstarrt, als erwarte sie, dass ich zubeiße. Ich streiche mit meinen Lippen über ihren vollen, schmollenden Mund und sie entspannt sich. „Deine Lippen … nicht dein Blut", stelle ich klar, obwohl sie es schon verstanden hat. Sie schmeckt so süß, wie ich es mir vorgestellt habe. Ich lasse meine Lippen wieder über ihre gleiten und sie bewegt ihre gegen meine und gibt mir einen Hauch von Zunge.

Ihr Geschmack ist prickelnd und leicht auf meiner Zunge, berauschend wie Champagner. Und ich habe noch nicht einmal von ihrem Blut getrunken. Ihr Duft allein macht mich verrückt.

Ich muss mich zwingen, mich zurückzuziehen, das Pochen meines Schwanzes ist zu schmerzhaft.

Und obwohl sie es besser weiß, sucht sie mutig Blickkontakt. „Aus welcher Epoche kommst du?" So liebenswert neugierig, trotz ihrer Beklemmung.

„Ich wurde 1825 verwandelt."

„In einen Vampir?"

Ich nicke. Normalerweise erzähle ich keine persönlichen Details, aber ich kann mir nicht helfen.

Ein kleiner Schauer durchfährt sie, aber sie starrt mich weiter an. Sie streckt die Hand aus und berührt meinen Kiefer, ein winziger Stromstoß fährt durch meinen Körper.

Ich fange ihre kleine Hand und drehe sie um. Mein Blick wird unweigerlich von der blauen Ader in ihrem Handgelenk angezogen. Sie merkt es, reißt ihre Hand zurück und hält sie an ihre Brust, während sie mich misstrauisch beäugt.

„Ich werde dich nicht ausbluten lassen und ich werde dich nicht verwandeln, aber ich verlange deine volle Kooperation." Ich legte einen Finger unter ihr Kinn. „Kannst du mir das geben, Aurelia?"

Sie hebt ihr Kinn. „Was passiert, wenn ich *nein* sage?"

Ich lächle breit genug, um meine Reißzähne zu zeigen. „Niemand sagt *nein* zu einem Vampir. Du bist jetzt meine Gefangene. Du wirst deine Freiheit zurückgewinnen, wenn du herausgefunden hast, wie du mich von meinem Fluch befreien kannst."

Aurelia

„ICH SAGTE DOCH, ich habe keine magischen Fähigkeiten." Meine Stimme kommt ein wenig zittrig heraus. Meine Oma sagte, ich solle meinem Instinkt vertrauen, dass mehr in mir steckt, als ich denke. Aber … Magie? Ich soll magische Kräfte haben? Hat sie das gemeint?

Der Vampir wirft mir einen Blick zu. Wir beide wissen, dass er mein magisches Aura-Blasen-Ding gesehen hat, oder was auch immer es eigentlich ist.

Ich schlucke. „Wenn ich es tue, weiß ich nicht, wie ich es kontrollieren kann. Ich bin keine Hexe."

„Nein, das bist du nicht", stimmt er zu und dreht mein Gesicht von links nach rechts.

„Aber du bist nicht ganz menschlich, kleine Sterbliche. Du bist etwas Besonderes. Etwas mehr."

„Was zum Beispiel?"

„Rate mal, *Glöckchen*." Er betont den Namen der Disney-Figur. Die Fee in *Peter Pan*.

Fee. Ich blinzle. „Du denkst, ich bin eine Fee?"

„Ich glaube, der richtige Begriff ist *Fae*." Er schiebt mich auf seinem Schoß hin und her, gerade genug, um mich daran zu erinnern, dass mein Hintern immer noch brennt. Von einem Vampir eine Tracht Prügel zu bekommen ist schon surreal genug. Jetzt soll ich auch noch für ihn zaubern? Einen Fluch loswerden? Und wenn ich etwas, von dem ich keine Ahnung habe, wie es geht, nicht tue, wird er mich nicht gehen lassen. *Ist ja kein Problem.* Ich atme tief ein, bevor ich ohnmächtig werde.

„Wie kommst du darauf, dass ich eine Fee bin? Hätte ich dann nicht Feeneltern gehabt? Oder so etwas in der Art?"

Seine Lippen verziehen sich zu einem sexy Lächeln. „Ja. Aber so eine Fee ist mir noch nicht begegnet. Durch meine Nachforschungen habe ich einige Sterbliche gefunden, die Spuren von Feenblut in sich tragen."

„Nachforschungen? Welche Art von Nachforschungen? Gibt es eine Art von paranormaler Genforschung?"

Sein Kichern ist sexy genug, um mein Höschen zum Beben zu bringen. „So was in der Art. Ich bin schon lange auf der Suche. Ich habe herausgefunden, dass die Fae in einigen Sterblichen stärker in Erscheinung tritt als in anderen."

„Und du denkst, das ist es, was ich habe? Fae-Blut?"

„Ja." Er hebt mich von seinem Schoß. „Und das macht dich perfekt für meine Zwecke."

„Wie kommst du darauf, dass ich dir helfen wollte, selbst wenn ich es könnte?"

Er neigt seinen Kopf zur Seite. Sein dunkles Haar fällt ihm über die Stirn und umrahmt seine glitzernden schwarzen Augen. „Meine Liebe, was lässt dich glauben, dass du eine Wahl hast?" Er schenkt mir ein breites Lächeln. „Ich bin jetzt dein Meister, Kleines. Befriedige mich und ich werde dich belohnen. Enttäusche mich und du wirst die Konsequenzen tragen." Sein Blick ist erhitzt, als würde ihn die Vorstellung, noch mehr Konsequenzen umzusetzen, anmachen.

Meine Brustwarzen ziehen sich zusammen, bis sie hart wie Diamanten sind.

„Muss ich dich wieder bestrafen, um dich daran zu erinnern, dass ich dein Herr bin?"

Ja. Meine Muschi krampft sich zusammen. „Nein."

„Dann schlage ich eine Partnerschaft vor. Aber zuerst einen Gehorsamkeitstest." Er studiert mich so lange, bis ich ungeduldig von einem Fuß auf den anderen trete. „Etwas Einfaches ... Ich weiß." Er hebt die Hand und schnippt mit den Fingern, bevor er in Richtung Küche deutet. „Mach mir einen Snack."

Ernsthaft? Wo sind wir hier, in den 50er-Jahren? Und warum bin ich so angetörnt davon?

Meine Verwirrung lässt mich schnippisch werden. „Warum machst du dir deinen Snack nicht selbst?"

Er zieht mich zurück auf seinen Schoß und reißt meinen Kopf an den Haaren nach hinten. Seine Reiß-zähne fahren aus und die Menschlichkeit in seinem Ausdruck verschwindet, als er auf meinen entblößten Hals starrt. „Soll ich?", krächzt er.

Ich gebe einen unzusammenhängenden Laut von mir, der irgendwo zwischen einem Stöhnen und einem Wimmern eingeordnet werden kann.

Er senkt seinen Kopf, bis sein Haar mein Gesicht streift, und berührt mit seinen langen Reißzähnen meine Halsschlagader. „Soll ich mir meinen Snack selbst aussu-chen, kleine Fee? Oder wirst du mir lieber etwas aus deiner Küche servieren?" Unter meinem Hintern spüre ich seinen Schwanz, lang und hart. Ich weiß nicht, warum ich mir dessen so bewusst bin, aber ich bin es.

„Ich mache dir etwas", würge ich hervor.

Er lässt mein Haar los und hilft mir aufzustehen. „So eine liebenswürdige Gastgeberin. Vielen Dank." Sein britischer Akzent ist der Gipfel der Herablassung.

Ich taumle in Richtung Küche. „Ich hätte nicht gedacht, dass sich Vampire von normalem Essen ernähren", sage ich mit zitternder Stimme und scheitere bei dem Versuch, ungekünstelt zu klingen.

„Das tun wir für gewöhnlich nicht", sagt er. Er folgt mir, die Hände in den Taschen, und lehnt sich in einer sexy Pose gegen den Türrahmen. „Aber wir können es. Ich bevorzuge dennoch Blut."

Ich schaudere.

„Aurelia ..." Seine trällernde Art, meinen Namen zu säuseln, klingt fast musikalisch. „Wenn du dich benimmst und tust, was ich verlange, werde ich dir nie wehtun."

Nicht beruhigend. Als ob es normal für einen Vampir wäre, mich zu verletzen.

„Du hast mir schon den Hintern versohlt", murmle ich.

„Und du hast gelacht. Es hat dir gefallen, dabei habe ich dir nicht einmal erlaubt, danach zu kommen."

Ich halte meinen Mund. Ich werde das nicht auch noch mit einer Antwort würdigen.

Stattdessen öffne ich meinen Kühlschrank und werfe einen Blick hinein. Was serviert man einem unwillkommenen Vampir? Wird er es merken, wenn ich seinen Snack mit Knoblauch aufpeppe?

Meine Regale sind ziemlich leer. Ich bin zu sehr mit der Schule und meiner Arbeit beschäftigt, um viel zu kochen, auch wenn ich es genieße, wenn ich die Zeit dazu habe.

Ein Blick hinter mich zeigt mir, dass mein Vampir-Stalker zurück ins Wohnzimmer gegangen ist.

„Meister, was soll ich dir kochen?" Ich grinse leise vor mich hin.

„Sei vorsichtig, Liebes", ruft er aus dem anderen Zimmer und lässt mich zusammenzucken. „Ich werde dich wieder bestrafen und ich verspreche dir, dass du dieses Mal nicht lachen wirst."

Ich stecke meinen Kopf zurück in den Kühlschrank. Mein Hintern scheint als Antwort zu kribbeln und die Wärme wandert noch tiefer, zu meiner Weiblichkeit. Was ist nur los mit mir? Ich weiß, er ist superheiß für einen bösen Vampir, aber macht mich die Vorstellung, bestraft zu werden, tatsächlich an?

Ich schließe die Kühlschranktür und fische eine Schachtel Graham-Cracker zusammen mit einem Glas Erdnussbutter und der Flasche Schokoladensirup aus dem Schrank. Dann ziehe ich einen Teller heraus, ordne acht Cracker darauf an, bestreiche jeden mit Erdnussbutter und träufle Schokolade darüber.

Ich bringe den Teller ins Wohnzimmer, wo der Vampir nun wie ein König auf meiner Couch lümmelt, und reiche ihn ihm.

Zum ersten Mal sieht er leicht verunsichert aus. „Was ist das?"

„Meine Version von Kalter Hund."

Seine Lippe verzieht sich.

„Probier einfach mal. Die sind lecker." Ich hebe eines der Quadrate auf und halte es vor seine perfekten Lippen. Mein Herz macht Luftsprünge bei meiner eigenen Schlag-fertigkeit. „Ich verspreche, ich habe sie nicht mit gerös-tetem Knoblauchaufstrich oder so vergiftet."

Sein Mund zuckt amüsiert und er öffnet ihn einen Spalt, als ob er nur ein winziges Stückchen hineinlassen wollte. Er knabbert an einer Ecke und seine Augen verdrehen sich, als er die Leckerei probiert. „Nicht schlecht." Er nimmt mir den Cracker und den Teller aus der Hand. „Ich denke, ich werde dich nicht dazu zwingen, auf Händen und Knien herumzukriechen und meine Hand abzulecken."

Was zum Kuckuck? Ich weiß nicht, ob ich lachen oder ihm gegen das Schienbein treten soll. „Verzeihung?"

„Meine liebe Fee, ich habe viele Möglichkeiten, dich zu bestrafen, und alle davon führen zu deiner Unterwerfung."

Ich unterdrücke einen kalten Schauer und sehe ihn mit zusammengekniffenen Augen an.

„Zu meiner Zeit wurde den Frauen beigebracht, den Männern zu gehorchen."

Ich neige meinen Kopf zur Seite. Er klingt so ernst, aber da ist ein Funkeln in seinen dunklen Augen. „Irgend-etwas sagt mir, dass du nur Sprüche klopfst."

Ein weiteres Glucksen. „Du bist ja sehr amüsant. Wenn du zu meinen Füßen sitzen möchtest, nur zu. Unterwürfig-keit ist mir immer ein Genuss. Du kannst aber auch gerne neben mir sitzen."

Ist das ernsthaft ein verbaler Schlagabtausch mit einem Vampir? „Ich weiß nicht, ob du Witze machst oder nicht."

„Komm und finde es heraus", fordert er mich mit diesem sexy Grinsen im Gesicht auf. Dieses Mal erschreckt es mich gar nicht. Ich muss mich wohl langsam an ihn gewöhnen, denn ein nervöses Lachen kommt mir über die Lippen. Ich lasse mich neben ihn plumpsen und mache eine Show daraus, einen der Cracker von dem Teller auf seinem Schoß zu schnappen.

Ich beiße in den Cracker und beobachte ihn. Während ich kaue, studiere ich sein schönes Gesicht.

Er hat seine schwarze Krawatte gelockert und lehnt lässig an den Kissen, aber seine Mischung aus einstudierter Lässigkeit und Business-Outfit lässt ihn auch nicht normaler wirken. Wenn überhaupt, dann ist das ein

Kostüm, ein Schauspiel, eine Show. Seine Schönheit macht ihn unnahbar, wie aus einer anderen Welt. *Das ist kein Mensch!*, schreien meine Sinne. *Ein Vampir! Lauf!*

Aber ein anderer Teil von mir ist fasziniert. Mein Körper fühlt sich so warm an, während ich neben ihm sitze, und ich genieße die Berührung unserer Schultern.

Ich esse meinen Cracker auf und greife nach einem weiteren, aber er klopft mir auf die Hand und zieht den Teller weg. Ich gebe einen Laut der Empörung von mir.

„Sag bitte", befiehlt er.

„Das sind *meine* Cracker!"

„Sind sie das?", fordert er mich heraus und seine schwarzen Augen starren mich an. Es ist ein Wettkampf, den ich nicht gewinnen kann.

Ich beiße die Zähne zusammen und schaue weg. „Vergiss es."

Er schlägt ein Bein über das andere. „Siehst du, es gibt hier eine Rangordnung, Liebes. Je eher du sie akzeptierst, desto einfacher wird es zwischen uns laufen."

„Fahr zur Hölle", murmle ich und mache Anstalten, aufzustehen.

Doch er schnappt mich stattdessen, als würde ich nichts wiegen, und lässt mich auf seinen Schoß plumpsen. „Ich bin deine Hölle, Schätzchen. Glaube mir."

Ich würde mich mehr ärgern, aber ich spüre, dass genau das sein Ziel ist. Also belohne ich ihn stattdessen mit einem Augenrollen.

Vielleicht nehme ich das alles nicht ernst genug, aber bitte – Magie?

„Hör zu, ich bin keine Fee. Ich weiß nichts über Flüche oder Magie. Selbst wenn ich dir helfen wollte, ich kann es einfach nicht."

Er streckt die Hand aus, um mit seinem Daumen einen Tropfen Schokoladensirup von meinem Mundwinkel zu wischen, und zeigt ihn mir, bevor er ihn in den Mund nimmt, um ihn abzulutschen. Seine Lippen sind glatt und voll und für einen schwindelerregenden Moment stelle ich mir vor, wie er den Schokoladensirup auf andere Teile meines Körpers träufelt, damit er ihn davon ablecken kann …

Scheiße, ich stehe auf einen Vampir! Meine Nippel spannen sich an. Als ob er durch meine Kleidung hindurchsehen könnte, fällt sein Blick auf meine Brüste, bevor er langsam zu meinem Gesicht zurückwandert. „Ich glaube, du kennst oder verstehst deine Fähigkeiten nicht", sagt er. „Aber ich werde dir helfen, sie zu entdecken."

„Wie?"

Er zuckt mit den Schultern und bietet mir den Teller mit den Crackern an. Ich greife nach einem, aber er zieht ihn weg. „Sag bitte."

Ich schnaube. „Bitte?"

Er grinst. „Siehst du? Das war gar nicht so schwer." Nun lässt er mich einen nehmen. „Was das Wie angeht, bin ich mir noch nicht sicher. Es ist lange her, dass ich in der Nähe von jemandem mit Feenblut verweilt bin. Eigentlich dachten wir, sie wären inzwischen größtenteils ausgestorben, nachdem einige von ihnen in eine Paralleldimension ausgewandert sind, wo die *Natur immer weiterwächst.*" Den letzten Teil über die Natur sagt er mit einer Kopfstimme, als ob er jemanden zitieren würde. „Aber du hast so viel natürliche Kraft in dir, dass es nicht so schwer sein kann."

„Was für ein Fluch ist es?"

Seine Augen verengen sich und ein Muskel zuckt in seinem Kiefer. „Das wirst du sehen, wenn es so weit ist", sagt er steif.

„Okay." Ich reibe mir über das Gesicht. Ich bin fertig. Vampir, Fluch, Feen. Das ist nichts, womit ich nachts um eins nach einem Arbeitstag fertig werden will. „Ich sollte schon längst im Bett sein. Ich weiß, du bist nachtaktiv, aber ich brauche meinen Schlaf, sonst werde ich sehr mürrisch. Also … ähm, lässt du mich jetzt ins Bett gehen?"

Seine Mundwinkel verziehen sich. „Ich bin froh, dass du erkannt hast, wer hier der Herr ist."

Mein Herz macht einen langsamen Hüpfer bei dem Funkeln in seinen Augen. Verdammt, wenn seine Dominanz mein Feuer nicht so entfachen würde. „Alleine?" Ich stelle klar.

Er hebt mich hoch und stellt sich vor mich hin. Er ist viel größer und obwohl er einen schlanken Körperbau hat, wirkt er viel mächtiger als ich. Er ergreift meinen Kiefer und neigt mein Gesicht zu seinem.

Ich versteife mich und starre auf seine glitzernden Reißzähne. Er beugt sein Gesicht zu meinem, sein unendlich wirkender Blick fesselt mich. Die Reißzähne scheinen verschwunden zu sein, als er mit seinen weichen Lippen über meine streift. Er küsst mich, als wären wir am Ende eines ersten Dates, und nicht am Ende eines bizarren Austauschs von versuchtem Mord, einer Tracht Prügel und … was eigentlich noch, angelangt? Einer Entführung? Einer Geiselnahme? Meine Gedanken überschlagen sich und Funken fliegen, als der Kuss andauert. Ich bin wie gelähmt unter seiner leichten Liebkosung, rieche die süße Schokolade in seinem Atem.

„Aurelia." Er wiederholt meinen Namen, als ob er ihn sich einprägen wollte. „Hübsche kleine Fee. Sei ein braves Mädchen und geh gleich schlafen. Wenn du wegläufst, wirst du die Konsequenzen tragen. Verstanden?"

„Ja, Sir." Was soll ich sonst sagen?

Einen Moment lang blicken seine dunklen Augen in meine. Ihm muss gefallen, was er sieht, denn er nickt.

Und dann verschwindet er. Puff! Weg. Meine Sinne

spielen verrückt und ich suche nach seinem Körper, der eben noch vor mir stand. Aber er ist weg und ich bin wieder allein in meinem Wohnzimmer und mein Herz tanzt einen verrückten Tango.

Ich strecke meine Hand aus, wische damit durch die Luft, durch den leeren Raum, wo eben noch der Vampir war.

„Warte", sage ich. Ich sollte erleichtert sein, aber stattdessen fühle ich mich innerlich leer. „Ich weiß nicht einmal deinen Namen ..."

KAPITEL VIER

Charlie

SOWIE ICH MICH in meinem Schlafzimmer materialisiere, will ich zu Aurelia zurück. Wenn ich es nicht besser wüsste, würde ich sagen, die kleine Fee hat mich verzaubert.

Aber nein, sie hat nicht gelogen als sie behauptete, keine Ahnung von ihrer wahren Macht zu haben. Sie ist eine jungfräuliche Magierin, unberührt, unerprobt, aber nicht unwillig. Nicht mit der richtigen Motivation.

Das lasse ich mir nicht entgehen.

Ich packe schnell meine Sachen zusammen. Etwas könnte meiner kleine Feenkämpferin zustoßen. Zum Glück habe ich die Kraft, mich zu entmaterialisieren und an einem anderen Ort wieder aufzutauchen. Nicht jeder Vampir kann das, aber ich bin einer der wenigen Glücklichen. Es wird mir helfen, in Lucius' Stadt unentdeckt zu bleiben. Ich werde mich auf Aurelias Wohnung beschränken müssen, aber das wird kein Problem sein. Die kleine Fee, Glöckchen, könnte protestieren, aber ihr

Geruch verrät mir, dass sie genauso fasziniert von mir ist wie ich von ihr. Was die Sache einfacher machen wird. Lieber nutze ich den Tanz der sexuellen Dominanz, um ihren Körper zu beherrschen und ihre Kooperation zu gewinnen, als ihr oder ihren Lieben tatsächlich zu schaden oder sie zu bedrohen.

Ich bin dennoch bereit, alles zu tun, was nötig ist, um zu bekommen, was ich will. Als einsamer Vampir bin ich nur einem treu: mir selbst. Das einzige Mal, als ich einem anderen vertraute, wurde ich mit einem Fluch belegt.

Ich werde nicht wieder unvorsichtig sein. Nicht einmal bei Aurelia. Nicht einmal, falls sie es herausfordert.

Es war so niedlich, wie sie mit dem angespitzten Pfahl auf mich zukam. Sie hat eine schnelle Auffassungsgabe, wenn man bedenkt, dass sie noch nie einen Vampir getroffen hat oder sich gar überlegt hat, wie sie ihn töten könnte. Beeindruckend. Und, ich wage es zu sagen, sexy. Ich fühle mich zu ihr hingezogen.

Und zwar nicht wegen ihres geschmeidigen Körpers oder ihres schönen Gesichts. Vielleicht ist es ihre angeborene Kraft oder die Art und Weise, wie sie sich mir gegenüber behauptet hat, selbst wenn sie Angst hatte. In mir kommt der Wunsch auf, in ihre dicken, schimmernden Haare zu fassen und ich den Hintern zu versohlen. Ich will ihr zeigen, wer das Sagen hat.

Aber nein. Mich mit ihrem Körper zu befriedigen ist das Letzte, was ich brauche. Es würde nichts nützen. Dafür hat der Fluch gesorgt.

Ich hebe eine Kiste mit Vorräten hoch und begebe mich zurück zu Aurelia. Ihr Wohnzimmer ist leer, aber die Tür zu ihrem Schlafzimmer steht einen Spalt breit offen. Sie hat sich unter ihrer Decke zusammengerollt und die Augenbrauen zusammengezogen, als würde sie sich konzentrieren. Ihr Gesicht sieht im Schlaf so jung und unschuldig aus. Es berührt mein lebloses Herz. Als ich sie träumen sehe, fühle ich fast ... was? Mitleid? Zuneigung? Irgendeine Art von Fürsorge?

Nein. Unmöglich.

Ich kehre in meine Wohnung zurück und hole eine weitere Ladung an Vorräten, dann noch eine und noch eine, bis ich fertig bin.

Ich werde diese Wohnung zu meiner machen. Dafür schnappe ich mir eine Rolle Klebeband und klebe jedes Fenster in der Wohnung zu. Als Nächstes nagle ich in jedem Zimmer Sperrholzplatten vor die Fenster, außer in Aurelias – ihr Schlafzimmer hebe ich mir für den Schluss auf. Ich schließe die Tür, um sie nicht zu wecken. Sie muss sich ausruhen, da sie morgen wieder Unterricht hat.

Meine Vorbereitungen für die Morgendämmerung sind rigoros, aber effektiv. Als kein Strahl des Mondlichtes mehr in die Wohnung dringt, entspanne ich mich endlich.

Operation „Gebrochener Fluch" hat begonnen.

Aurelia

Ich renne die Congress Street hinunter. Ein Monster jagt mich – ein riesiger schwarzer Schatten mit weißen Reißzähnen. Vor mir, mitten auf der Straße, tanzt Gwen auf dem Dach ihres gelben Autos zu K-Pop-Musik. Je schneller ich renne, desto langsamer werde ich, und meine Füße tun weh. Dann höre ich ein rhythmisches Klopfen – als ob jemand auf etwas hämmert, das gerade außer Sichtweite ist. Das Monster holt auf und Flyer für den Toxic Club flattern von oben auf mich herab.

„Schhhh, wach auf kleine Fee. Du hast einen Albtraum."

Ich schlage um mich und jemand packt mich an den Handgelenken. Ich blinzle in der Dunkelheit in ein schmales Gesicht. Sowie mein Blick auf seine dunklen Augen trifft, entspannt sich mein Körper.

„Vampir", hauche ich. „Du bist zurückgekommen."

„Das bin ich. Ich bleibe noch eine Weile."

„Hier? Mit mir?"

„Ja, mein Schatz." Er beugt seinen Kopf über mich und flüstert eine Reihe von Befehlen. Die Worte fahren mir in die Knochen – *berühre nicht die Fenster, berühre nicht die Türen, gehe nicht ohne meine Erlaubnis.*

„Was?", ein kleiner Teil von mir regt sich gerade genug, um sich zu wehren. „Was machst du da?"

„Schhh", drückt mich der Vampir leicht zurück ins Bett. Er flüstert weitere Befehle, die ich nicht ganz verstehe, und streicht mit einem Finger über meine Lippen, als er fertig ist. „Tut mir leid, Liebes. Ich hasse es, dich zu zwingen. Ich wünschte, es könnte anders sein, aber dafür ist keine Zeit."

„Wovon sprichst du?" Meine Gedanken sind schwer, meine Stimme schläfrig. Er ist so attraktiv, dieser Vampir in meinem Bett. Ich weiß gar nicht, warum ich so in Panik war.

„Du bist nicht ganz so gefügig wie meine übliche Beute", murmelt er. „Ein natürlicher Instinkt der Verteidigung, ein Nebeneffekt deines Fae-Blutes?" Er streichelt mein Haar zurück. „Das macht nichts. Ich mag die Herausforderung." Sein Ton wird wehmütig. „Es ist schon so lange her, dass ich eine hatte."

„Gerne", sage ich seufzend, verkrieche mich tiefer in die Decke und drücke mich näher an den festen Körper neben mir.

Der Vampir wird unnatürlich still. „Was machst du da?"

„Kuscheln." Es ist seltsam, mit jemandem zu kuscheln, der tot ist. Ich achte auf einen Herzschlag oder Atemgeräusche, aber ich höre nichts. Aber ich bin auch zu müde, um mich wirklich darum zu kümmern. „Es ist schön."

„Ich bin nicht nett, Liebes." Aber seine Finger in meinem Haar fühlen sich so gut an. Ich schnurre vor Vergnügen, als er mich wie ein Kätzchen streichelt. Ich habe das Gefühl, dass ich schon mal hier war, das schon mal gemacht habe, aber darüber muss ich jetzt nicht nachdenken. Im Moment will ich das Kuscheln einfach nur genießen.

Momente vergehen, bevor der Vampir murmelt. „Das habe ich schon lange nicht mehr gemacht."

„Du bist gut darin. Es ist wie Fahrrad fahren."

„Scheint so." Eine lange Pause. „Früher war ich nicht so. Ob du es glaubst oder nicht, ich hatte eine Angebetete."

„Ja?"

„Ich weiß nicht, warum ich dir das erzähle." Seine Hand ruht in meinem Nacken. „So etwas habe ich noch nie gefühlt. Es ist schwer, mir das einzugestehen."

„Was?" Meine Augenlider flattern, aber ich kann sie nicht öffnen. Sie sind schwer, als wären sie zubetoniert.

Kühle Lippen streifen meine Stirn.

„Schlaf. Daran wirst du dich morgen nicht erinnern." Aber sein letzter Kommentar verfolgt mich bis in meine Träume. „Ich sollte besser vorsichtig mit dir sein. Anscheinend habe ich eine Schwäche für kleine Feen."

KAPITEL FÜNF

Aurelia

Ich erwache mit der Erinnerung an einen Traum, der mich immer noch umgibt. Eigentlich erinnere ich mich an nichts davon, außer an das magische Gefühl – ich fühlte mich sicher und geliebt. Wahrhaftig nicht mein üblicher Daseinszustand.

Ich hatte keine traumatische Kindheit, aber ich war, zumindest emotional gesehen, die meiste Zeit meines Lebens auf mich allein gestellt. Meine Mutter war alleinerziehend. Sie kämpfte damit, über die Runden zu kommen, an ihrer beschissenen Karriere zu arbeiten und ihr eigenes Dating-Leben zu führen, das nicht besonders erfolgreich ausfiel. Mein Bruder und ich waren Schlüsselkinder und ich habe seit dem Tag meines Highschool-Abschlusses selbst für mich gesorgt.

Ich halte meine Augen geschlossen, will in dem schönen Gefühl verweilen. Die Erinnerungen an die letzte Nacht kehren ruckartig zurück – der Vampir und die

41

Schläge. Und der Kuss. Anstatt mich aus meiner angenehmen Stimmung zu reißen, erfüllen sie mich mit einem wohltuenden sexuellen Bewusstsein. Mein ganzer Körper kribbelt in der Erinnerung daran, angefasst worden zu sein. Obwohl mein logischer Verstand die Gefahr erkennt, hat mein Körper kein Interesse, vorsichtig zu sein, wenn es um diesen sexy Mann geht.

Ganz im Gegenteil wird mein Körper jede Strafe, die er mir auferlegt, ertragen und mehr wollen.

Ich werfe ein Bein über ein Kissen und neige mein Becken, um Reibung gegen meinen Hügel zu erzeugen. Das Kissen bietet genau das, was ich brauche – es passt perfekt zwischen meine Beine, hart und fest. Ich reibe mich daran, drifte ab an diesen wundervollen Ort zwischen Schlaf und Bewusstsein, und wieder steigt Hitze in mir auf, als das harte Kissen über meine Klitoris reibt.

Hartes Kissen? Ich reiße meine Augen auf und verschlucke mich beinahe an einem Keuchen.

Neben mir liegt der Vampir, grinst schläfrig und greift nach meinem Hintern, der über seinen Oberschenkel ragt. Ich habe mich an ihm gerieben und nun ist meine Falte schlüpfrig, prall und tropfnass.

Ich reiße mein Bein von ihm, rolle mich auf die Seite und springe vom Bett. „Was zum …"

„Ich werde noch eine Weile schlafen, aber du darfst mich gerne vögeln, so viel du willst", sagt er mit verträumter Stimme.

„Was machst du in meinem Bett?", möchte ich wissen, aber seine Augen sind schon wieder zugefallen. Er liegt ohne Hemd auf der Decke auf meiner Matratze, seine maskuline Brust und seine Arme gleichen den Formen einer griechischen Statue und ich trage immer noch meinen Schlafanzug – und das ist auch gut so. Er hat sich nicht an mir vergangen, während ich geschlafen habe.

Obwohl … der Gedanke beschäftigt mein bereits erregtes Inneres.

Wie spät ist es? Ich schaue auf die Uhr und schnappe nach Luft. Vier Uhr nachmittags?

„Verflixt! Ich habe verschlafen!" Und das ist noch nicht alles. Von der Abenddämmerung ist keine Spur zu sehen, weil meine Fenster mit Holzplatten zugenagelt sind. „Was zum …?"

Nun, natürlich kann der Vampir nicht bei Tageslicht draußen sein, und er hat die Absicht, bei mir zu bleiben, bis ich seinen Fluch gebrochen habe. Ich reibe eine Hand über mein Gesicht. Das ist alles zu seltsam.

Der Vampir liegt in meinem Bett und schläft wie ein Toter. Ich schätze, in gewisser Weise ist er auch tot. Nicht, dass mich das davon abhalten kann, ihn anzustarren.

Ich gehe ins Wohnzimmer und sehe, wenig überraschend, dass alle Fenster hier auch verbarrikadiert sind.

Verflixt und zugenäht. Ich hoffe, das wirkt sich nicht auf meine Mietkaution aus.

Einen Moment lang überlege ich, ob ich etwas davon abreißen soll, aber in diesem Moment beginnt meine Haut zu kribbeln. Der Gedanke widerstrebt mir offenbar. Natürlich werde ich die Bretter nicht entfernen – dann würde er sterben. Und obwohl ich letzte Nacht versucht habe, ihn zu töten, will ich sein Leben jetzt nicht wirklich beenden.

Er hat mich nicht gebissen. Oder versucht, mein Blut zu trinken. Er hat mir nicht wehgetan, abgesehen von der Tracht Prügel.

Ich beobachte ihn beim Schlafen, während ich in Richtung Badezimmer gehe. Wie konnte ich nicht bemerken, dass er zu mir ins Bett geklettert ist? Oder Bretter an meine Fenster genagelt hat? Und was ist mit diesen unglaublichen Träumen? Ich habe noch nie so geträumt. Hat es etwas mit der Nähe zu ihm zu tun?

Mein Magen dreht sich wie bei einer Achterbahnfahrt. Vielleicht hat es doch etwas mit dem Vampir zu tun. Ich glaube nicht, dass ich jemals so erregt war.

Ich schleiche ins Bad, schließe die Tür ab und ziehe meine Schlafanzughose aus, um mich selbst zu befummeln. Um nicht unter den Berührungen meiner Finger zu stöhnen, beiße ich die Zähne zusammen. Meine empfindlichsten Stellen sind noch ganz prall von meiner schamlosen Masturbation an seinem Bein. Mein Gott. Ich habe das Bein eines Vampirs gebumst. Wie soll ich ihm nach dieser Sache noch gegenübertreten?

Es kostet mich große Überwindung, doch ich ziehe meine Finger zurück und steige unter die Dusche und halte das Wasser kühl, um meinen Kopf freizubekommen. Ich muss mir über meine aktuelle Situation klar werden. Ich habe einen Vampir-Mitbewohner, der etwas will, von dem ich nicht weiß, wie ich es ihm geben soll. Fantastisch.

Wie soll ich mich nur aus diesem Schlamassel befreien?

Ich steige aus der Dusche und trockne mich ab. Wie sehr ich wünschte, ich hätte mir etwas zum Anziehen mit ins Bad genommen. Stattdessen wickle ich mir das Handtuch unter meine Achseln und spähe zur Tür hinaus, um mich zu vergewissern, dass der Vampir noch schläft. Seine Augen sind noch geschlossen, lange Wimpern berühren beinahe seine Wangen. Er ist sogar noch hübscher, als ich ihn in Erinnerung hatte. *Hör auf, den Vampir anzustarren!*

Auf Zehenspitzen schnappe ich mir meine Shorts und ein Tank-Top und ziehe beides hastig an, so wie ich es im Kaufhaus mache, wenn ich zehn Kleidungsstücke zur Anprobe in der Umkleidekabine habe und vierzehn weitere auf mich warten.

Ich schnappe mir meine Haarbürste und gehe hinaus ins Wohnzimmer, bestürzt über die Dunkelheit in der plötzlich fensterlosen Wohnung. Ich werde tagsüber das

Licht anmachen müssen. Schließlich bin ich das krasse Gegenteil eines Vampirs. Ich brauche Licht. Das Leben in Arizona hat mir bei meiner jahreszeitlich bedingten psychischen Störung geholfen und ich möchte gesund bleiben. Wie lange hat dieser Vampir vor, mich hier im Dunkeln gefangen zu halten?

Du bist jetzt meine Gefangene. Du wirst deine Freiheit zurückgewinnen, wenn du herausgefunden hast, wie du mich von meinem Fluch befreien kannst.

Ich mache mir eine Schüssel Müsli und esse in einer Art Rauschzustand, wobei mein Gehirn jedes Mal bei dem Vampirteil einen Kurzschluss bekommt. Was für ein Fluch? Habe ich wirklich besondere Kräfte? Ich versuche mich zu erinnern, wo ich gelernt hatte, die Schutzblase um mich herum aufzubauen, aber es fällt mir nicht ein. Es scheint, als hätte ich das schon immer so gemacht. Ich nehme an, dass es nur eine Marotte aus meiner Kindheit war, so wie ich meine Hand küsse und an den Autohimmel fasse, wenn ich über eine gelb-rote Ampel fahre. Was ich heutzutage nicht mehr tue, da ich kein Auto habe.

Wusste meine Oma, dass ich Magie in mir trage? Wusste sie es? Wenn ja, würde es erklären, warum sie immer versucht hat, mich zu unterrichten. Ich wünschte, ich hätte ihr mehr Fragen gestellt und besser aufgepasst. Ich war diejenige in der Familie, die ihr am nächsten stand, also ist alles, was Oma wusste, mit ihr gegangen.

Jetzt ist mein Vampir-Entführer meine große Chance, meine Kraft zu verstehen.

Ich sollte eigentlich meine Flucht planen, aber ich will tatsächlich bleiben. Der rationale Teil von mir will zur Polizei gehen, aber ich will diesen Vampir nicht verlassen. Es ist nicht nur die Neugierde über meine vermeintlichen Zauberkräfte. Es ist etwas Stärkeres. Ein Zwang, … und zwar keiner, der mir von einem Vampir auferlegt wurde. Er kommt tief aus meinem Inneren. Er ist echt. Ich will nicht von der Seite des Vampirs weichen. Ich kann den Gedanken nicht ertragen, ihn nie wiederzusehen.

Was zwar verrückt ist, aber so ist es nun mal. Meine Oma hat mir immer gesagt, ich solle auf meine Intuition vertrauen. Ich bezweifle, dass sie dieses Szenario gemeint hat, aber mein Bauchgefühl sagt mir, dass ich bleiben muss. Ich muss das bis zum Ende durchziehen.

Im Moment muss ich aber nach draußen in meinen Garten gehen. Ich laufe nicht weg, ich brauche nur etwas Freiraum. Es ist ein Kompromiss. Die Pflanzen zu gießen, Unkraut zu zupfen und mein Gemüse zu pflegen hilft mir immer, meine Gedanken zu sortieren.

Ich wasche meine Schüssel in der Spüle ab und stelle sie in das Trocknungsgestell. Dann gehe ich zur Haustür, greife nach der Klinke und halte inne. Vielleicht sollte ich nicht gehen, bevor ich meine E-Mails gecheckt habe.

Also setze ich mich an meinen Computer, aber als er sich einschaltet, fällt es mir wieder ein. Der Garten. Ich wollte in den Garten gehen. Den Vampir nicht im Stich lassen, aber ihm auch nicht gehorchen.

Als ich zur Tür komme, zögern meine Finger, bevor sie den Knauf berühren. Warum nicht einfach meine E-Mails checken? Oder ein bisschen aufräumen?

Das sind meine Gedanken, bevor ich mich ganz abwende. Irgendetwas stimmt hier nicht.

Ich wende mich wieder der Tür zu. Langsam greife ich nach dem Knauf und meine Finger zittern. Es ist, als hätte ich Blei in meinen Venen.

Alle meine Instinkte schreien danach, meine Hand wegzureißen, aber ich versuche es weiter, halb in der Erwartung, dass die Tür in Flammen aufgeht, wenn ich sie berühre. Meine Hand erreicht schließlich den Knauf, aber ich kann mich nicht dazu bringen, ihn zu drehen.

Ich schlucke und meine Schläfen pochen vor Anstrengung.

Öffne sie, befehle ich meiner Hand. *Öffne die verdammte Tür.*

~

CHARLIE

„WAS HAST du mit mir gemacht?"

Ich öffne meine Augen, die schwere Benommenheit des Tages lässt langsam nach, als eine schöne Frau auf mich klettert und sich rittlings auf mich setzt. Aurelia. Die goldenen Flecken in ihren Augen blitzen auf, als sie ihr schwarzes Haar aus ihrem schönen, zornigen Gesicht zurückwirft.

Meine Reißzähne schießen so schnell hervor, dass sie fast in meine Lippen schneiden. Ich ergreife ihre Hüften und ziehe sie näher an meinen Körper, sodass ihre Mitte direkt über meinem stahlharten Schwanz ruht. Ihre Hitze verursacht in mir einen Schock der Lust und meine Augen schließen sich halb.

„Hör auf!" Sie wehrt sich gegen meinen Griff.

Schlechte Idee, kleine Sterbliche. Ich liebe es, wenn meine Geliebten kämpfen. Ich ziehe meine Lippe nach oben.

Ihre Augen weiten sich, als sie den Anblick meiner verlängerten Eckzähne erblickt.

Ich finde ihre Kämpfe amüsant, denn ihre Wärme und ihre wehrhaft kreisenden Bewegungen verstärken nur meinen Ständer. „Beruhige dich, Liebes", murmle ich. „Wenn du dagegen ankämpfst, erregt mich das nur."

Sie gibt einen empörten Laut von sich, verharrt dann jedoch und bewegt sich nur noch langsam. Der Duft ihrer

47

Erregung hängt schwer in der Luft und ihre Pupillen sind geweitet. Ich glaube, es ist ihr nicht bewusst, dass sie sich an mir reibt.

„Lass mich aus", sagt sie und atmet schwer.

Widerwillig lasse ich ihre Hüften los und verschränke meine Finger hinter meinem Kopf.

Sie steigt ab und krabbelt klugerweise aus meiner Reichweite. „Was hast du mit mir gemacht?", wiederholt sie und starrt immer noch auf meine Reißzähne.

Während sie mich ansieht, ziehen sie sich zurück. „Was meinst du?"

Sie steht ganz still, ihre Brust bebt immer noch. „Warum sind deine Reißzähne so lang geworden?", fragt sie mit zittrig flüsternder Stimme.

Ich setze mich auf und schwinge meine Beine auf den Boden. „Ich hatte nicht vor, dir dein Blut auszusaugen", sage ich in einem gelangweilten Ton und stapfe an ihr vorbei ins Bad, wo ich mir Wasser ins Gesicht spritze.

„Bist du … hungrig?", fragt sie und tritt ein paar Schritte zurück.

„Nein", schnauze ich sie an. „Ich war erregt. Zu essen befriedigt ein sexuelles Verlangen, abgesehen von der klassischen Nahrungszufuhr." Die Wahrheit ist, dass ich wahrscheinlich bald essen werde müssen, denn es ist schon ein paar Wochen her, dass ich Blut getrunken habe. Aber ich will sie nicht erschrecken.

„Oh", sagt sie.

Ich schaue hinüber und sehe ihre Brustwarzen, die sich durch ihren BH und ihr Tank-Top abzeichnen. Ich atme ihren Duft ein und sehne mich danach, ihre Brüste zu packen, sie besitzergreifend zu kneten und ihre festen Nippel zu kneifen. Ich reiße meine Gedanken von ihrer perfekten Anatomie los. Bei der kleinen Fee zu bleiben, könnte für mich eine ebenso große Qual sein wie für sie.

Ich trockne meine Hände und mein Gesicht mit dem Handtuch ab und schlendere zu ihr, wobei ich die Vene an ihrer Kehle betrachte. „Wirst du mich dich schmecken lassen, Aurelia?", schnurre ich.

Sie macht einen schnellen Schritt rückwärts. „Nein!" Ihre Stimme klingt höher als sonst.

Ich lächle und blitze mit den Zähnen.

Sie richtet sich auf, die Hände zu Fäusten geballt, bereit sich zu wehren. „Ich kann die Haustüre nicht öffnen", sagt sie.

„Ich weiß."

„Was hast du mit mir gemacht? Vampir-Hypnose?"

„Ja", gebe ich zu, wohl wissend, dass sie das wahrscheinlich wütend machen wird. „Ich konnte nicht riskieren, dass du die Tür öffnest und Sonnenlicht hereinlässt, während ich schlafe."

Ihre Schultern senken sich und die Fäuste lösen sich, als ob sie mein Argument akzeptiert. „Oh."

Ich bin irgendwie überrascht darüber, dass sie sich so vernünftig verhält. Sie ist vielleicht lockerer, als es scheint.

Ich gehe an ihr vorbei ins Wohnzimmer.

„Nun, du hättest stattdessen einfach einen Zettel oder so etwas hinterlassen können", sagt sie und folgt mir.

Ich drehe mich um und ziehe die Brauen hoch. „Nach dem, was du gestern Abend mit mir anstellen wolltest?"

Sie beißt sich auf die Lippe. „Nun …"

„Nun, was?"

Sie starrt auf den Boden. Ihre Schüchternheit ist bewundernswert. „Waren die Träume auch von dir?"

Ich erinnere mich an die Art, wie sie ihr Becken an meinem Oberschenkel gerieben hat, als sie aufgewacht ist und lächelte. Ich spürte die Feuchtigkeit ihrer Erregung durch ihre Shorts, und jetzt, ganz wach, wünschte ich, ich hätte ihr geholfen zu kommen. Ich kann es kaum erwarten, diese Szene zu wiederholen. „Wovon *hast* du eigentlich geträumt?"

Sie errötet und der Geruch ihrer Erregung lässt mich die Operation „Gebrochener Fluch" vergessen und sie zum Bett tragen, um ihren nackten Körper zu nehmen, bis sie schreit. Letzte Nacht habe ich den Geschmack ihrer Lippen gekostet. Jetzt will ich den zwischen ihren Beinen probieren.

„Nichts! Ich weiß es nicht …"

Ich lasse sie sich noch ein wenig unter meinem Blick winden, bevor ich ihr ein Geständnis mache: „Ich wollte dich nicht mit meinem Hämmern wecken, also habe ich dafür gesorgt, dass du schöne Träume hast … buchstäblich."

Sie knabbert an ihrer Lippe, während sie das verdaut.

„Waren sie das?"

„Was?"

„Schön?"

„Oh … ähm. Ja."

Ich kann sehen, dass sie einerseits sauer über meine Manipulation ist, andererseits jedoch dankbar für die Geste.

„Tu das nicht noch einmal", sagt sie, wobei es ihr an Überzeugung fehlt.

Ich ignoriere sie und setze mich auf ihre Couch, als gehöre sie mir.

„Hast du mich gehört? Vampir?"

„Charlie", korrigiere ich sie. „Charles Edward Holbrook, der Dritte. Komm her zu mir." Ich krümme einen Finger.

Ich erwarte nicht, dass sie kommt. Gestern Abend war sie noch voller süßem Trotz, aber nach einem kurzen Zögern kommt sie doch zu mir herüber.

Ich schnappe mir ihre Hand und führe sie über meinen Schoß. Sie macht bereitwillig mit. Fast eifrig.

Interessant.

„Wer gibt hier die Befehle?", frage ich leise.

Ich höre ihr Schlucken, die erhöhte Frequenz ihres köstlichen Herzschlags. „Was?"

„Ich sagte, wer gibt hier die Befehle, du oder ich?"

Sie reißt ihr Kinn hoch und schüttelt ihr Haar durcheinander, während sie mich über ihre Schulter ansieht. Ich bin überrascht, dass sie in der Position geblieben ist, in die ich sie gebracht habe. Sie muss meine Spiele genauso genießen wie ich. Ich bin mir dessen sicher, als sie es wagt, zu fauchen: „Fahr zur Hölle."

Das bringt mich dazu zu kichern und gebe ihr einen Klaps auf den Hintern, wobei ich ihre Handgelenke mit der anderen Hand festhalte. „Ich dachte, du fluchst nicht, kleine Sterbliche."

Sie hält den Atem an, als ob sie auf mehr warten würde. Ich gebe ihr auch einen Klaps auf die andere Backe und packe sie dann grob. Sie hat einen prallen, saftigen Arsch. Ich will meinen Schwanz zwischen diesen Backen versenken und ihr zeigen, wer ihr Herr ist.

„Wer sagt, dass du die Befehle geben darfst?", und die Worte schießen mir direkt in den Schwanz.

Ich schlage ihr wieder auf eine ihrer Backen. „Das ist doch klar. Kleine Sterbliche, du stehst ganz unten in der Nahrungskette."

„Fick dich!"

Ich liebe es, dass sie kein Schandmaul ist. Das ist so verdammt niedlich.

Ich drehe sie um damit sie mich ansehen kann, und gebe ihr einen Vorgeschmack auf die Kraft eines Vampirs, indem ich sie an der Taille hochhebe und auf die

Armlehne der Couch setze. Sie blinzelt überrascht. Ich ziehe ihr das Shirt über den Kopf.

„Hey, was machst du da?" Obwohl sie einen BH trägt, bedeckt sie ihre Brüste mit einem Unterarm.

„Jedes Mal, wenn du frech wirst, wirst du ein Kleidungsstück verlieren. Du kannst es dir zurückverdienen, indem du mir deine Unterwürfigkeit zeigst."

„Willst du mich verarschen?", schreit sie, als ich nach ihren Shorts greife. „Es tut mir leid, okay? Es tut mir leid, Eure Königliche Hoheit."

Ich presse die Lippen zusammen, um mein Lächeln zu verbergen. „Ich denke, ich werde das als frech einordnen", dekretiere ich, packe ihren rosa BH zwischen ihren Brüsten und senke meinen Kopf. Dann zerschneide ich den Stoff mit meinen Reißzähnen in zwei Teile und lasse ihn an ihren Armen hinunter auf den Boden gleiten.

Ihre Hände wirbeln hoch, um ihre Brüste zu bedecken, und sie errötet vor Empörung. Diesmal scheint sie ihre Worte zu überdenken, bevor sie spricht. „Du schuldest mir einen neuen BH", sagt sie mürrisch.

Ach, ich liebe es viel zu sehr, wenn sie schmollt.

Ich hebe eine Augenbraue. „So wie du dich anstellst, wirst du vielleicht nie wieder einen BH tragen können."

Und meine chronisch blauen Eier werden mich wahrscheinlich umbringen.

Sie funkelt mich an.

Ich mache mir einen Spaß daraus, meine Augen zu den beiden kessen Brüsten wandern zu lassen, die sich hinter ihren Händen abzeichnen. Ich lasse sie meinen Hunger sehen. „Fordere mich ruhig weiter heraus, kleine Sterbliche", lalle ich.

Sie blickt auf die Ausbeulung in meiner Hose hinunter und wird noch röter. „Was muss ich tun, um es wieder gutzumachen?" Die kleine Füchsin leckt sich über die Lippen, was mich fast umbringt.

„Knie nieder", befehle ich, weil es der einzige Gedanke ist, der mir durch den Kopf geht. Wie sehr ich sie vor meinem Schwanz kniend sehen will, damit sie mich befriedigen kann.

„Was?", fragt sie entrüstet, auch wenn ihre Augen um Gnade flehen. Natürlich würde ich sie nicht zwingen, meinen Schwanz zu lutschen. Ich bin kein kompletter Mistkerl. Nahe dran, aber nicht komplett.

„Du hast mich gehört. Auf die Knie zu meinen Füßen." Ich ergreife ihre Taille und hebe sie von der Lehne der Couch, demonstriere erneut meine Kraft, indem ich sie einen Atemzug lang in der Luft halte, bevor ich sie herunterlasse.

„Wozu?", fragt sie misstrauisch und ihr Blick wandert zu meinem Schritt.

Mein Schwanz wird schlagartig dicker.

„Ich könnte einfach einen anderen BH anziehen", testet sie.

„Und ich könnte dich einfach hypnotisieren, damit du oben ohne die Congress Street entlangläufst."

„Das wagst du nicht!"

„Warte nur ab, kleine Fee. Ich kann ein richtiger Arsch sein."

Sie steht da, die Muskeln in ihrem Kiefer spannen sich an und lösen sich abwechselnd. Schließlich schnauft sie und sinkt auf die Knie.

Mein Gesicht verzieht sich zu einem breiten Lächeln. Ich lasse meine Finger in ihre dicke, glänzende Mähne gleiten und ziehe ihren Kopf zurück. „Danke für deinen Gehorsam, Aurelia. Nimm deine Hände weg."

Ihre Augen schießen zu mir hoch, ihr Mund öffnet sich, sie will protestieren, scheint es sich aber dann anders zu überlegen. Sie reißt ihre Hände hoch und hebt ihr Kinn und ihr Brustbein, als wolle sie mir mitteilen, dass sie nichts zu verbergen hat.

In der Tat, das hat sie nicht. Ihre Brüste sind perfekt, so groß wie Äpfel, die rosigen Nippel reif für meine Lippen. Ich strecke die Hand aus und umfasse eine, fahre mit dem Daumen über die hügelige Spitze.

Sie zittert, bewegt sich aber nicht, ihre Wangen und ihr Hals erröten und sie atmet schwer.

„Ich dachte –" Sie hält inne und räuspert sich, als ihre Stimme bricht. „Ich dachte, du würdest so etwas nicht verlangen", erinnert sie mich.

Ich lasse meine Hand in einem Versuch der Selbstbeherrschung fallen. „Das tue ich nicht. Aber wenn ich dich bestrafen muss, ist alles erlaubt." Das ist nicht wahr. Ich würde sie nicht gegen ihren Willen nehmen. Auch wenn ihr Körper nach mir schreit. Auch wenn es ein Teil von ihr eindeutig will.

Ich rieche wieder ihre Erregung, hocke mich vor sie und greife mit einer Hand zwischen ihre Schenkel. Genüsslich fahre ich mit dem Zeigefinger über ihren Schritt, was sie zu einem scharfen Einatmen veranlasst. „Wirst du brav sein, Aurelia?"

„J-ja", säuselt sie.

Ich kneife ihre äußeren Lippen durch ihre Shorts und sie wimmert. „Braves Mädchen", murmle ich. „Du darfst dich wieder anziehen."

Ich lasse sie los und werfe ihr das Top zu, stehe auf und gehe, als ob ich nicht gerade die dicksten Eier auf dem Planeten hätte.

Ja, sie zu quälen, wäre auch für mich eine Folter … Folter der süßesten Art.

KAPITEL SECHS

Aurelia

„ICH HABE Bücher für dich zum Lernen bestellt", informiert mich Charlie aus meinem Schlafzimmer. Er wandert herum, hebt meine Sachen auf und begutachtet sie. „Aber die kommen erst morgen, also üben wir heute mit deiner Aura-Blase. Ist das dein einziger Trick?"

Ich knabbere an meiner Lippe. „Als ich ein Kind war, hätte ich schwören können, ich könnte den Wind wehen lassen." Ich erinnerte mich an letzte Nacht, als ich Charlies Behauptung, eine Art von Macht zu besitzen, in Betracht gezogen hatte.

Er sieht mich nachdenklich an. „Kannst du es hier in der Wohnung?"

Ich lache verlegen. „Ich glaube, ich kann es nicht mal mehr draußen im Freien. Ich weiß nicht, ob es jemals wirklich passiert ist, oder ob ich nur geglaubt habe, dass ich es kann."

Er lehnt mit dem Rücken an der Wand, verschränkt

die Arme über seiner muskulösen Brust und betrachtet mich. In einem knackigen Hemd mit hochgekrempelten Ärmeln sieht er aus wie aus einem Männermodemagazin – männlich, attraktiv und elegant. „Du könntest es", sagt er, als ob er es definitiv wüsste. „Probiere es aus – gleich hier und jetzt."

Ich schließe meine Augen und erinnere mich daran, wie ich früher auf die Spitze eines Hügels geklettert bin, meine Arme mit Blick nach oben ausgebreitet habe und dann gesagt habe: „Blase Wind, blase!" Ich stelle mir vor, wie sich der Wind auf meinem Gesicht anfühlt, wie sich mein Haar im Lufthauch bewegt.

Ein Windhauch, so leicht, dass er genauso gut nur in meiner Einbildung existieren könnte, weht an meinem Gesicht vorbei.

Ich reiße meine Augen auf. „Hast du etwas gesehen?"

Charlie lächelt. „Sehr gut, Fee. Jetzt schicke ihn in meine Richtung." Er hält seine Handflächen hoch.

Ich atme tief ein und stelle mir vor, den Wind in meinem Rücken zu spüren, sodass er meine Kleidung nach vorne weht. Ein winziger Luftstrom kräuselt meinen Ärmel, dann verpufft er.

„Nochmal", befiehlt Charlie.

„Hast du das gespürt?"

„Das habe ich. Ich möchte, dass du es nochmal machst. Diesmal stärker."

Schon die ersten beiden Versuche haben mich erschöpft. „Ich weiß nicht wie", klage ich.

Charlie schreitet zu mir herüber und sieht dabei ganz und gar autoritär aus. Mein Bauch flattert vor Aufregung und Nervosität. Was wird er dieses Mal tun? Mir wieder den Hintern versohlen? Mit mir schimpfen? Meinen BH mit seinen sexy scharfen Zähnen zerreißen?

Er streichelt mein Kinn und schaut gütig auf mich

herab. „Du machst das sehr gut, kleine Fee. Je mehr du sie benutzt, desto mehr Kraft wirst du haben. Du musst weiter für mich üben."

Seine Zustimmung sollte mich nicht erfreuen, mich zum Schmelzen bringen.

„Es ist … ermüdend", schaffe ich es zu sagen, immer noch verloren in seinem dunklen Blick.

„Brauchst du einen Snack?" Als ich nicke, legt er seine Hand in meinen Nacken, dreht mich und führt mich in die Küche. Dort zieht er einen Stuhl für mich heraus. „Setz dich", befiehlt er. „Und jetzt versuchs noch mal. Lass den Wind durch die Vorhänge dort drüben wehen."

Sowohl aus Neugierde als auch um seinen Ansprüchen gerecht zu werden, übe ich weiter. Nach mehreren Versuchen heben sich die Vorhänge und bewegen sich, als wäre das Fenster dahinter nicht mit Brettern zugenagelt.

„Gut gemacht, kleine Sterbliche."

„Meine Magie zieht alle Vampire an", gebe ich an.

Mit einem Grinsen stellt Charlie einen Teller mit den gleichen Graham-Cracker-Leckerbissen vor mich hin, die ich gestern Abend zubereitet hatte. „Jetzt zeig mir noch mal deine Schutzblase."

Ich ziehe die Aura-Blase hoch und er weicht zurück, um mir Platz zu machen. Wie beim ersten Mal kann ich meine Aura zunächst nicht sehen, aber sobald er mir mit seinen Händen die Ränder andeutet, finden meine Augen den unsichtbaren Umriss und fangen ihren Schimmer ein.

Er stupst und stößt die Blase an, kann ihre Form zwar verändern, sie aber nicht durchstechen. „Kannst du sie dicker machen?", fragt er. Als ich es versuche und Erfolg habe, verlangt er, dass ich sie um mich fixiere und dann ihre Farbe ändere. Es scheint, als wären meine Möglichkeiten unbegrenzt: Ich benutze einfach meine Vorstellungskraft, um das Ergebnis zu visualisieren.

Aufregung kocht in mir hoch. Passiert das alles gerade wirklich? Ich besitze magische Fähigkeiten? Ich fühle mich, wie Harry Potter sich gefühlt haben muss, als er zum ersten Mal den Brief für Hogwarts in den Händen hielt.

Trotz meiner Beklemmung und Verärgerung darüber, dass Charlie hier einfach so hereinplatzt und seine Forderungen stellt, kann ich nichts anderes als Dankbarkeit für dieses Geschenk empfinden.

„Komm hier rüber und stell dich an diese weiße Wand", sagt er. Jedes Mal, wenn er mir einen Befehl gibt, krampft sich meine Muschi zusammen, als ob er mich mit nichts anderem als seiner sexy Stimme steuert.

Ich stelle mich an die Wand, wie er es wünscht, er stellt sich hinter mich und umfasst meine Schultern. „Halte deine Hand vor dich und betrachte die Energie, die dich umgibt. Sag mir, ob du irgendwelche Farben siehst."

„Was ist es, eine Aura?"

„Ich weiß es nicht. Ich sehe es nur ganz schwach und die meisten Sterblichen sehen überhaupt nichts. Aber das heißt nicht, dass es nicht da ist." Er spricht mit seinen Lippen dicht an meinem Ohr, sodass ich mich auf nichts anderes konzentrieren kann als auf die Erregung, die seine Nähe in mir auslöst, seinen maskulinen Duft und die Erinnerung an seine Finger, die mich durch mein Höschen hindurch kneifen. „Was siehst du, Liebes?"

Ich erschaudere bei seinem heißen Atem, der über mein Ohr streicht, und sehe … nichts.

„Soll ich dir sagen, was ich sehe?"

„Ja, bitte."

„Mmm, so höflich. Ich sehe mehrere Schichten aus Gelb, dann Türkisblau, dann Grün."

Ich blicke auf meine Hand und versuche zu sehen, was er sieht.

„Konzentriere dich an der Hand vorbei auf die Wand, aber schau trotzdem auf deine Hand."

„Das ergibt doch keinen …" Ich drehe mich um und meine Brüste stoßen an Charlies feste Brust.

„… Sinn." Meine Brustwarzen ziehen sich zusammen, Röte wandert meinen Hals hinauf.

Er grinst zu mir herunter. Ich bin sicher, er weiß, dass ich ihn attraktiv finde. Er dreht mich wieder um und gibt mir einen Klaps auf den Hintern. „Versuchs noch mal."

Aurelia

ICH BIN MÜDE, aber glücklich, als es Zeit für meine Schicht ist. Ich fühle mich leer, aber auch Triumph macht sich in mir breit.

Außerdem bin ich überrascht, dass Charlie mich überhaupt zur Arbeit gehen lässt, aber ich schätze, er weiß, dass ich nicht weglaufen werde. Schon jetzt gibt es eine Verbindung zwischen uns. Seltsam, aber wahr.

Auf meinem Weg zur Arbeit hole ich mir einen Burrito von einem der Imbisswagen und esse ihn im Gehen. Ich kann nicht aufhören, an den Vampir zu denken. Wurde er wirklich im Jahr 1825 geboren? Was hat er gesehen? Und wie viele Überlieferungen über Vampire sind wahr? Sind Vampire wirklich nicht in der Lage, Lügen zu erzählen? Würde Knoblauch ihn fernhalten? Woher würde er sein Blut bekommen, wenn nicht von mir? Hat er schon oft Menschen getötet?

Vielleicht will ich das gar nicht wissen. Ich eile in die Arbeit und freue mich auf die Kinder, die meine Energiereserven wieder auffüllen werden.

„Aurelia-aaa!", rufen mehrere von ihnen, als ich hereinkomme. Willie flitzt in seinem Rollstuhl herbei, um mich zu begrüßen, und Shelly und Matt rennen auf mich zu und umarmen mich. Ich begrüße die Kinder und verfalle in meine Routine, ihre Spielzeit, das Essen und was sie sonst noch so treiben zu beaufsichtigen.

„Was machen wir heute noch?", fragt Shelly nach dem Abendessen. Ich lasse sie immer noch ein letztes Spiel spielen, bevor sie müde in die Kissen sinken.

„Wir spielen Scharade", verkünde ich in aufgeregtem Ton, begleitet von meinen Händen, die Tanzbewegungen nachmachen.

„Juhu!", jubeln die Kinder.

„Wer ist bereit?"

„Ich, ich!", rufen sie im Chor.

Diejenigen, die spielen wollen, sammeln sich, und ich beginne das Spiel, teile die Gruppe in Teams auf und ziehe die erste Karte für meine Truppe. Ich stehe auf der Bühne und versuche mein Team dazu zu bringen, *Mission Impossible* zu erraten, was an sich schon eine unmögliche Mission zu sein scheint. Diese Kinder haben keine Ahnung, wer Tom Cruise ist. Ich gebe mein Bestes, während die Kinder kichern. „Fast and Furious", bringt Gwen sich ein. Ich verdrehe die Augen.

Und dann erstarre ich.

Charlie steht in der Tür, die Arme vor der muskulösen Brust verschränkt, ein verwirrter Ausdruck auf seinem Gesicht.

Heiliger Strohsack. Er ist tatsächlich bei meiner Arbeit aufgetaucht. Was denkt er sich nur dabei?

Der Wecker läutet und die Kinder teilen mir freudig mit, dass ich verloren habe. Ich klebe ein strahlendes Lächeln auf mein Gesicht und gehe zu meiner Gruppe, ohne Charlie anzusehen. Aber ich weiß ganz genau, wo im

Raum er sich befindet. Er könnte genauso gut eine riesige blinkende Lampe sein. *Vampir-Alarm!*

Gwen dreht sich um und erschrickt sichtlich über den Vampir. Mit halb geöffnetem Mund starrt sie in seine Richtung. Entweder ist sie von Charlies gutem Aussehen fassungslos, oder sie weiß, dass etwas nicht stimmt.

Bevor ich ihren Namen rufen oder hinübergehen kann, wird ihr Gesichtsausdruck plötzlich leer. Sie schaut von Charlie weg, fast an ihm vorbei, und räumt weiter auf, als hätte sie nicht bemerkt, dass er da ist.

Hat Charlie gerade meine Kollegin hypnotisiert? Verdammt. Welches Chaos wird er hier noch anrichten?

Er schlendert in meine Richtung.

„Was machst du denn hier?", zische ich ihn an, als er meine Seite erreicht.

Er zuckt mit den Schultern. „Ich habe es dir gesagt. Du wirst mich nicht los, bevor du den Fluch gebrochen hast."

„Aber ich arbeite. Du musst gehen – jetzt gleich."

„Ah, Liebes." Er verschränkt die Arme. „Wer kann mich dazu zwingen?"

Meine Fäuste ballen sich ganz von allein, aber ich habe absolut keine Möglichkeit, ihn zu irgendetwas zu zwingen. Seine Anwesenheit zu Hause zu ertragen war eine Sache, aber bei dem Gedanken, dass ich diese unschuldigen Kinder gefährde, indem ich sie einem Vampir aussetze, würde ich am liebsten kotzen.

Die Kinder scheinen ihn nicht zu bemerken und ich bin mir nicht sicher, ob das gut oder schlecht ist.

Wutentbrannt drehe ich mich zu ihm um. „Wenn du einen von ihnen auch nur berührst –"

„Ich bin nicht hier, um den Kindern zu schaden", unterbricht er mich und wirkt gekränkt.

„Warum bist du hier?"

„Wir haben Arbeit zu erledigen. Nach Sonnenuntergang ist meine aktivste Tageszeit. Daher werde ich hier mit dir arbeiten."

Ich lasse meine Schultern hängen. „Auf keinen Fall."

„Dann ändere deine Arbeitszeit auf Tagschicht", sagt er, als ob es so einfach wäre.

Ich beiße die Zähne zusammen, um den arroganten Kerl mit den Reißzähnen nicht zu verfluchen. „Das würde ich gerne, aber es liegt nicht in meiner Macht. Ich stehe auch hier ganz unten in der Nahrungskette."

Er schüttelt den Kopf. „Ist die Person, die für diese Entscheidung verantwortlich ist, heute Abend hier?"

Mein Magen kribbelt. Was hat er vor?

„Ja", sage ich, misstrauisch. „Warum? Willst du sie hypnotisieren?"

„Warum nicht?"

„Nun, es ist vermutlich nicht so einfach. Vielleicht hat sie niemanden, mit dem sie meinen Dienst tauschen kann, oder das Management hat eine Regel gegen ..."

„Wo ist sie?", unterbricht er mich.

Ich starre ihn an und meine Gedanken überschlagen sich. Einerseits würde ich es vorziehen, tagsüber zu arbeiten, also was könnte es schaden, es zu versuchen? Andererseits, je mehr sich der Vampir in mein Leben einmischt, desto komplizierter könnten die Dinge werden.

Aber vielleicht geht alles gut aus. Ich lege eine Hand auf meinen Bauch, um ihn zu beruhigen. „Edith Johnson – groß, graumeliertes Haar. Ihr Büro ist am Ende des Flurs auf der rechten Seite."

Er zwinkert. „Ich bin gleich wieder da."

Ich erwarte, dass er einfach verschwindet, wie in der Nacht zuvor, aber er dreht sich um und geht weg, die Muskeln auf seinem Rückens kräuseln sich unter seinem engen Hemd, seine engen Jeans schmiegen sich an seinen Hintern.

„Miss Aurelia!" Ich reiße meine Gedanken von dem perfekten Hintern des arroganten Vampirs los. Mein Team ist wieder an der Reihe und die Kinder wollen, dass ich die Scharade mache.

Unglücklicherweise fangen zwei der Kinder an sich über die Antwort zu streiten, und einer von ihnen, Tommy, ein Achtjähriger mit einer Impulskontrollstörung, packt das andere Kind. Ich gehe dazwischen und halte ihn zurück, so wie es uns beigebracht wurde. Er hat die Arme vor der Brust verschränkt und ich halte ihn von hinten fest, während ich beruhigend auf ihn einrede.

Tommy strampelt mit mehr Kraft, als ich es von einem Kind seiner Größe vermuten würde, und ich verliere fast meinen Halt.

Der kühle Duft von Charlies Parfüm trifft mich, bevor ich merke, dass der Vampir zurück ist. Er ist schneller an meiner Seite, als es einem Menschen möglich wäre. Ich springe und Tommy kämpft noch stärker.

„Es ist alles in Ordnung, Tommy. Bleib ganz ruhig. Atme", beruhige ich ihn.

„Sieh mich an, Tommy", sagt Charlie.

„Nein, nicht!" Ich schnappe nach Luft, mein Herz rast.

Meine Panik heizt die des Jungen nur noch mehr an und er befreit eine seiner Hände, die mich Sekunden später im Gesicht trifft. Ich packe sein Handgelenk wieder und ziehe es an seinen Bauch. Die Situation wird immer schlimmer. Falls endlich die anderen Betreuer auftauchen, um zu helfen, werde ich Charlies Anwesenheit erklären müssen. Es sei denn, er hypnotisiert sie alle, einschließlich Tommy. Aber vor allem habe ich Angst, dass er den Jungen verletzt oder Ärger macht.

Aber Charlie fängt Tommys Blick auf und der Körper des Jungen wird weicher und entspannt sich. Ich lockere meinen Griff um ihn, er dreht sich um und umarmt mich.

„Tut mir leid, *Relia*", zwitschert er dann und sein Anfall ist schlagartig vorbei. Ich erwidere seine Umarmung. „Ist schon gut, Tommy."

Ich werfe Charlie einen Blick zu und der Vampir zieht eine Augenbraue hoch. „Siehst du? Es ist nichts passiert. Jetzt ist er glücklich."

❧

CHARLIE

WENN BLICKE TÖTEN KÖNNTEN, hätte Aurelia mich auf der Stelle gefesselt und gepfählt. Aber als ich gesehen habe, wie sie mit dem Jungen kämpft, ist mich ein irrationaler Beschützerinstinkt überkommen, auch wenn sie die Situation im Griff hatte. Ich habe instinktiv gehandelt.

Dennoch hätte ich mich nicht einmischen sollen.

Ich entmaterialisiere mich und begebe mich zum Eclipse, einer Bar in der Congress Street, die einem Werwolf namens Garrett gehört. Ein mächtiger Vampir namens Lucius ist gerade dabei, Tucson zu übernehmen. Er hat bereits einen Club gegründet, aber ich möchte seine Aufmerksamkeit lieber nicht erregen. Diese Werwolf-Bar ist offen für jeden und solange ich keinen Ärger mache, werden die anderen Lucius nicht sagen, dass ich hier war.

Ich bestelle einen Stoli mit Bitter Lemon und setze mich auf einen Barhocker. Hinten spielt eine Gruppe von Geparden Billard. Ein paar murmeln „Blutsauger" in meine Richtung, aber ich ignoriere sie. Zwischen Vampiren und Werwölfen gibt es keine Freundschaft. Nicht, dass ich mich mit vielen meiner eigenen Art verstehen würde. Dennoch genieße ich die Zeit im Eclipse. Es hat etwas Angenehmes, mit anderen Kreaturen der

Nacht zusammen zu sein. Ich muss meine Anwesenheit oder meine Absichten im Eclipse nicht erklären – niemand stellt hier Fragen.

Eine pinkhaarige Barkeeperin schiebt mir meinen Drink zu. Sie ist sterblich, aber ich bezweifle, dass sie weiß, was in diesem Club wirklich vor sich geht. Einige Menschen fühlen sich zu paranormalen Wesen hingezogen. Wie die Gruftis – viele von ihnen haben eine Affinität zu Vampiren, ob sie sie nun erkennen oder nicht.

„Wie gehts?", säuselt die Frau und beugt sich über die Bar, um mir ihr atemberaubendes Dekolleté zu zeigen.

„Naja", antworte ich so unauffällig wie möglich.

„Na ja, was?"

„Es geht gut. Wie läuft es hier?" Der Smalltalk langweilt mich, ebenso wie der Flirtversuch der Frau. Die Geparden am Billardtisch schicken noch mehr böse Blicke in meine Richtung. Garrett setzt seine Wölfe nur als Türsteher ein, aber sein Rudel ist gut verbündet, und die Geparden-Wächter werden nicht zögern, als Vollstrecker zu agieren, wenn ich ihnen einen Grund dafür gebe.

Währenddessen drückt die Barkeeperin ihre Arme mit den Oberarmen gegen die Seiten ihrer Brüste, sodass sie sich wie eine Opfergabe zusammen und nach vorne bewegen.

Unaufgefordert steigt das Bild von Aurelias schönen Exemplaren in meinem Kopf auf. Ich erinnere mich an das aufgeregte Geräusch, das sie von sich gegeben hat, als ich ihren BH mit meinen Zähnen aufgeschlitzt habe. Ich habe vor, noch so viel mehr mit ihr zu machen. Ich kann es kaum erwarten, all die Dinge zu tun, die ich mir vorstelle. Sie ist so empfänglich, es wird eine Freude sein, sie für meine Zwecke zu –

Aber nein.

Das ist nicht der Grund, warum ich hier bin. Ich trainiere sie nicht, damit sie mir gehört. Ich benutze sie, um mich von dem Fluch zu befreien. Punkt. Ende der Geschichte.

Ich muss mich nicht mit einem anderen Fae-Geschöpf auf irgendeine romantische Art und Weise einlassen. Schon jetzt bringt mein kleines Glöckchen Gefühle in mir hervor, die ich zum Glück längst vergessen habe. Wie zum Beispiel Schuldgefühle.

Ich trinke noch ein Gläschen, bis es Mitternacht schlägt, dann gehe ich hinaus und suche wieder den Weg zu Aurelias Arbeitsplatz. Meine kleine Sterbliche hat ihre Schicht bereits beendet und geht mit kleinen, festen Schritten den Bürgersteig entlang.

„Wo ist die Blase?", lalle ich. Ich mache doppelt so große Schritte wie sie und überhole sie trotz meines gemächlichen Tempos.

Sie beschleunigt, die Nase in den Himmel gerichtet. Ich muss ihren Geruch nicht wahrnehmen, um zu wissen, dass sie wütend auf mich ist.

Also schlendere ich neben ihr her, die Hände in den Taschen. „Ich glaube, ich mag es nicht, wenn du nachts allein nach Hause gehst. Benutzt du immer die Blase oder nur, wenn du Vampire siehst?"

Sie antwortet nicht.

„Ich warne dich, die Blase in der Nähe von Vampiren zu benutzen, es sei denn, du musst. Du willst doch nicht, dass jemand, der weniger freundlich ist als ich, sich am Ende für dich interessiert."

„Vampire, die *weniger* freundlich sind als du? Gott bewahre", murmelt sie. Sie dreht sich nicht um, um mich anzusehen, während sie weiter die Straße hinaufstapft.

„Die gibt es", sage ich und denke an die Vampire, denen ich im Laufe meines Lebens begegnet bin. Die meisten sehen Menschen als Vieh, als Nahrung. „Und sie würden dich aussaugen, sobald sie deine Kraft sehen, Aurelia."

„Danke für die Warnung", sagt sie, jedes Wort mit Sarkasmus durchsetzt. „Es wäre ja fürchterlich, wenn ein gruseliger Vampir-Stalker mich auf der Straße findet und mir nach Hause folgt." Sie marschiert weiter.

Sie hat Glück, dass ich ihre Wutanfälle amüsant finde. Ihr Arsch ist so süß. Ich bewundere die Art, wie er zuckt, wenn sie so wütend weitermarschiert.

Ich hätte nicht so unvorsichtig sein sollen. Als Aurelia ihre Tür erreicht, schließt sie schnell auf und huscht hinein. Sie dreht sich um und schnauzt mich an: „Du bist *nicht mehr eingeladen*." Sie starrt mich an, als ich näherkomme.

„Du bist ausgeladen", versucht sie, als ob sie nach der richtigen Wortkombination suchen würde.

Beide Phrasen erfüllen denselben Zweck. Mein Gesicht und mein Körper kribbeln, als ob ich in einen Stromzaun gefasst hätte. Ich laufe gegen die unsichtbare Barriere.

Aurelia grinst kalt und triumphierend und knallt mir die Tür vor der Nase zu.

Ich hämmere dagegen. „Aurelia."

Als sie nicht reagiert, hämmere ich lauter, bis die Tür der Nachbarin aufgeht.

„Was zum Teufel ist …"

„Geh wieder rein, Karen", befehle ich. Der Mund der Frau schließt sich. Ich füge noch ein paar suggestive Formeln hinzu. Wenn ich fertig bin, wird Karen keine Geräusche mehr aus Aurelias Wohnung hören und sich nicht mehr daran erinnern, mich überhaupt gesehen zu haben. Karen watschelt zurück in ihre Wohnung und ich fange wieder an zu hämmern.

„Hör auf, oder ich rufe die Polizei", ruft Aurelia durch die Tür.

„Was glaubst du, was sie tun werden?", frage ich.

Stille auf der anderen Seite der Tür. Ich warte. Aurelia ist schlau. Sie wird zu dem logischen Schluss kommen, dass die Bullen gegen einen Vampir verdammt hilflos sind. Kein Mensch kann mir etwas anhaben.

Das Schweigen dehnt sich auf eine Minute aus und ich gebe die Geduld auf. „Soll ich anfangen, deine Fenster einzuschlagen?"

Aurelia stößt die Tür auf. Für einen Moment ist sie von einem Leuchten umgeben – wie eine Madonna mit Heiligenschein. „Wäre das für deinen Schlaf am Tag nicht ungünstig?"

Ich lächle einfach. Sie weiß, dass sie den Kürzeren zieht.

„Warum gehst du nicht weg?" Sie ist unglaublich wütend, ihre Augen blitzen auf. Bei dem Duft ihrer Magie läuft mir das Wasser im Mund zusammen.

Aber meine Geduld ist langsam am Ende. „Bitte mich herein. *Jetzt*, Aurelia."

Sie schnaubt. Vor Stolz streckt sie ihr Kinn nach oben.

„Du wirst es bereuen, mich warten zu lassen", warne ich sie. Das ist keine Drohung – es ist eine Tatsache.

„Gut, komm rein", schnauzt sie.

Ich stürme an ihr vorbei, packe sie an der Taille und hebe sie vom Boden auf, während ich die Tür schließe. Sie tritt mit ihren wohlgeformten Beinen um sich, strampelt und schlägt mit den Fäusten auf mich ein. „Lass. Mich. In. Ruhe!"

„Sperr mich nicht aus", knurre ich.

Sie muss merken, dass ich es ernst meine, denn ihr Ton ändert sich schlagartig. „Warte. Stopp", beschwört sie mich. „Es tut mir leid. Bitte beruhige dich. Ich werde … ich werde es nicht wieder tun, versprochen!"

Ich berühre meine Reißzähne mit der Zungenspitze,

aber sie haben sich nicht verlängert. Wovor hat sie dann Angst?

Ich atme tief ein und rieche, was sie zu verbergen versucht. Erregung. Das winzige bisschen Angst färbt kaum den Duft, wie ein wenig Schokostreusel, der ein großes Stück Kuchen garniert. Sie hat keine Angst vor mir. Sie hat Angst vor dem, was sie fühlt.

Ich fasse mit der Faust in ihr Haar, kippe ihren Kopf nach hinten und ziehe sachte daran, um ein wenig Schmerz ins Spiel zu bringen. Ihr Duft wird schwer und absolut köstlich – Erdbeeren, Sonnenschein und Champagner.

Schmerz macht das Blut eines Vampiropfers süßer. Im Laufe der Jahrtausende haben meine Artgenossen aus diesem Phänomen Kapital geschlagen, indem sie ihre Opfer über längere Zeit gefoltert haben. Raffiniertere Vampire jedoch, wie der Vampirkönig Lucius Frangelico, der Tucson an sich reißen will, nutzen sexuelle Angst und Schmerz, um das süße Blut zu erzeugen. Die Spender kommen freiwillig in seinen BDSM-Kerker, um zu leiden und Befriedigung zu erlangen und im Gegenzug ihre Venen für ihre Meister anzubieten.

Ich habe das früher auch getan, aber der Fluch hat es für mich zu einem unbefriedigenden Spiel gemacht, abgesehen vom Geschmack des Blutes. Jetzt aber, mit der süßen Aurelia, die sich in meinen Armen windet, bin ich plötzlich daran interessiert, all das wieder zu erforschen.

In der Tiefe.

Ich trage meine kleine Fee zur Couch und arrangiere sie über meinen Schoß. Ich lege meine Hände auf ihren Hintern und drücke zu. „Das war eine sehr nette Entschuldigung", grummle ich. „Ich liebe den Klang der Verzweiflung in deiner Stimme. Aber glaubst du wirklich, dass du dich damit vor der Strafe drücken kannst?"

Sie entspannt sich in unserem Spiel. Auf einer gewissen Ebene will sie sich mir unterwerfen. „Wirst du mir den Hintern versohlen?"

„Ich bin mir nicht sicher. Du könntest es zu sehr genießen."

Sie errötet.

„Ich entschuldige mich dafür, dass ich dich heute verärgert habe", komme ich ihr entgegen. „Aber im Ernst, ich denke, ein bisschen mehr Vertrauen ist angebracht. Ich bin ein Vampir, aber ich war auch einmal ein Mensch. Und Unschuldigen würde ich niemals schaden."

„Deine Reißzähne waren halb ausgefahren", wirft sie mir vor.

Langsam dämmert es mir. Waren sie das? Ich erinnere mich, dass ich an ihre Seite geeilt bin. Ich habe Angst um sie gehabt. „Einen Moment lang dachte ich, du wärst in Gefahr."

Sie starrt mich mit großen Augen an. „Wegen eines kleinen Jungen?"

Ich schüttle kurz den Kopf. „Unlogisch, ich weiß. Aber als ich hereingekommen bin, habe ich dich gerade in einem Gerangel vorgefunden, und ich hatte den Drang, dich zu beschützen. Außerdem waren meine Zähne nur ein kleines bisschen verlängert. Wenn sie voll ausgefahren sind und ich wütend bin, musst du wirklich vorsichtig sein."

„Du … du hattest den Drang mich zu beschützen?"

„Seltsam, nicht wahr? Es ist gegen meine Vampirnatur, auf andere als mich selbst aufzupassen." Ich grinse. „Ich muss ziemlich zuversichtlich sein, dass du mich wirklich von meinem Fluch heilen kannst."

Die Art und Weise, wie ihre goldglänzenden Augen neugierig über mein Gesicht wandern, sagt mir, dass sie mir meine Ausrede nicht ganz abkauft. Ich werde meine Gefühle vor der kleinen Fee verbergen müssen.

„Ich habe dich in die Tagschicht versetzen lassen. Siehst du? Ich bin gar nicht so übel."

„Ja", sagt sie und ihre Augen konzentrieren sich auf meine Lippen. „Danke, dass du das möglich gemacht hast." Zu meinem völligen Schock senkt sie bei diesen Worten ihren Kopf und küsst mich.

Also schreite ich zur Tat, umfasse ihr Gesicht, halte sie fest und erwidere ihre Geste. Meine Zunge gleitet in ihren Mund, neckt ihre Lippen. Sie schlingt ihre Arme um meinen Hals und stößt ihre eigene Zunge in meinen Mund, gerade als sich meine Reißzähne vor Erregung verlängern. Mit einem Schmerzensschrei reißt sie sich von mir los, denn ihre Zunge hat sich an einem scharfen Zahn geschnitten.

Der Geruch von Blut lässt meine Reißzähne zu ihrer vollen Größe anschwellen. Ich greife nach ihrem Kopf und ziehe ihr Gesicht zurück an meinen Mund, um den Schaden zu beheben.

Sie gibt einen schrillen Laut von sich und drückt ihre Hände gegen meine Brust, während ich ihre Zunge in meinen Mund sauge, um den Schnitt zu versiegeln und seine schnelle Heilung zu fördern.

Ich lasse sie los und sie kriecht von mir weg, ihr Gesicht ist blass und sie wirkt entsetzt.

„Ich habe den Schnitt versiegelt." Ich halte meinen Tonfall ernst, obwohl mich ihr mangelndes Vertrauen mehr irritiert, als es sollte. Ich bin schließlich derjenige, der sich ihr gegenüber wie ein Arschloch verhalten hat. Sie hat keinen Grund, mir zu vertrauen. Und doch bin ich beleidigt, genau wie sie.

Wann bin ich so empfindlich geworden?

„Mein Speichel hat eine heilende und schmerzlin-
dernde Wirkung."

„Bitte nicht", fleht sie und krabbelt von meinem Schoß.
Scheiße.

~

Aurelia

Der Vampir sieht genervt aus und seine Augenbrauen
ziehen sich zusammen, als er aufsteht und in die Küche
schlendert.

Ich wollte nicht so zickig sein, aber für eine Minute
dachte ich, es wäre das Ende und ich würde gleich ausgesaugt werden.

Jetzt, wo ich sehe, dass ich ihn gekränkt habe – vielleicht sogar seine Gefühle verletzt habe – kommt mir in
den Sinn, dass er recht haben könnte. Ein bisschen mehr
Vertrauen wäre vielleicht angebracht.

Er öffnet den Kühlschrank und betrachtet die leeren
Fächer. „Warum hast du kein Essen hier? Was isst du
denn?"

Ich hasse es, wenn Leute herausfinden, wie arm ich
bin. „Nun, Verzeihung. Ich wusste nicht, dass Seine Königliche Hoheit Essen benötigt. Vielleicht möchtest du dich an
den Kosten für die Lebensmittel beteiligen."

Er dreht sich um. „Ist das der Grund, warum du kein
Essen im Haus hast?"

Ich zucke mit den Schultern.

„Ist er das?", fragt er.

„Das und weil ich kein Auto habe, also kaufe ich nicht
viele Lebensmittel auf einmal."

Er rollt mit den Augen und löst sich vor meinen Augen
in Luft auf.

Werde ich mich jemals daran gewöhnen, dass er

einfach so verschwindet und wieder auftaucht? Ich blicke
dorthin, wo er gerade noch gestanden hat, und mein Herz
klopft. Ich reibe mir die Brust und fühle mich irgendwie
verlassen. Aber das ist dumm. Eigentlich sollte ich froh
sein, ihn los zu sein.

Wird er noch heute Abend zurückkommen? Wird er
Essen mitbringen? Als ich die Küche durchstöbere, wird
mir klar, dass ich wirklich hoffe, dass er mir auch etwas zu
essen mitbringt. Aber das ist sicher zu viel verlangt. Er hat
deutlich gemacht, dass er sich nur um sich selbst kümmert.

Ich versuche, weiterhin sauer auf ihn zu sein, komme
aber immer wieder auf eine Sache zurück: Er hat mich in
der Situation mit Tommy beschützt. Vielleicht nur, weil er
mich braucht. Er hat auf jeden Fall versucht, es herunter-
zuspielen. Aber es gibt keinen Zweifel daran, dass zwischen
uns die Chemie stimmt. Gemeinsam sind wir wie eine
tickende Zeitbombe. *Alles* an dem sexy Vampir macht mich
an, selbst wenn er sich wie ein Trottel verhält.

Oder war es eher, weil er sich wie ein Arschloch
benommen hat? Denn so wütend er mich auch macht, ein
Teil von mir will nicht, dass er jemals damit aufhört.

Aber das ist verkorkst.

Ich muss mich gegen seinen Charme wappnen, denn
ich stecke bis zum Hals in dieser Sache drin. Ich weiß nicht
einmal ob, er plant, mich zu töten oder zu verwandeln,
wenn er mit mir fertig ist. Ich weiß nicht, ob er Gewissens-
bisse hat, mir seinen Willen aufzuzwingen – seine Stiefel zu
lecken, als seine Sexsklavin zu dienen … verdammt.
Warum finde ich sogar das heiß?

Während ich offensichtlich auf ihn warte, schalte ich
den Fernseher ein, obwohl ich keine Ahnung habe, ob er
überhaupt zurückkommen wird.

Eine Stunde später hält ein Auto an und parkt vor
meinem Doppelhaus. Da ich nicht aus dem Fenster

schauen kann, öffne ich die Tür einen Spalt und spähe hinaus.

Unfassbar.

Charlie läuft den Bürgersteig hinauf und trägt mindestens vier Tüten mit Lebensmitteln, vielleicht auch mehr. Ich mache die Tür weit auf und laufe ihm barfuß entgegen. „Lass mich dir etwas abnehmen."

„Mach dich nicht lächerlich." Er reckt seinen Hals über die Tüten und sieht mich amüsiert an. Sexy Vampir.

„Oh, jetzt bist du also ritterlich auch noch?" Als er nicht antwortet, frage ich: „Hast du noch mehr?"

„Ja, aber ich hole den Rest selbst. Du kannst schon mal anfangen, die Sachen einzuräumen."

So herrisch heute.

Ich schätze, ich sollte mich inzwischen daran gewöhnt haben. Ein Blick in die erste Tüte, die er abstellt, und ich bin aufgeregt.

Dabei ist das doch albern – ich war schließlich nicht am Verhungern. Aber ich lebe auf Sparflamme seit ich nach Tucson gezogen bin, um an der Universität von Arizona meinen Abschluss als Lehrerin zu machen. Als es so weit war, wurde das Lehrpersonal aufgrund von Budgetkürzungen in allen Bezirken reduziert, und ich konnte keine Arbeit finden, also habe ich den Job in diesem Zentrum angenommen. Der Lohn war nicht viel höher als der Mindestlohn, aber wenigstens konnte ich das Wissen nutzen, das ich mir auf der Uni angeeignet hatte, und irgendwann sollte ich dann wohl eine passende Stelle finden.

Für all die Dinge, die er gekauft hat, habe ich selbst kein Geld: Steak, Shrimps, Jakobsmuscheln. Die teuerste Eiscreme. Bioprodukte und importierte Cracker. Feiner Wein. Europäische Käsesorten. Ich fühle mich fast schwindlig bei dieser Vielfalt.

Er hat auch Essen aus dem Feinkostladen gekauft, Behälter mit Shepherd's Pie, griechischem Salat und Süßkartoffelpommes. Trotz seines gebieterischen Kommentars packt er mit effizienter Leichtigkeit mit an, übernimmt das Einräumen der Lebensmittel in meinen Kühlschrank, das Öffnen der Delikatessenbehälter und das Decken des Tisches auch.

„Danke schön." Jetzt schäme ich mich ein wenig für meine frühere Forderung, etwas beizusteuern. Ich hoffe, wir wechseln uns nicht mit dem Besorgen dieser Köstlichkeiten ab, denn ich kann mir nicht einmal die Hälfte von dem leisten, was er gekauft hat. Voller Vorfreude schnappe mir zwei Gabeln und setze mich ihm gegenüber um einen Blick auf sein schönes Gesicht werfen zu können, und auf die Art und Weise, wie seine Eckzähne – selbst wenn sie eingezogen sind – ein wenig weiter herausragen als die eines Sterblichen. Warum finde ich sie so anziehend – vor allem, wenn sie mich eigentlich zu Tode erschrecken sollten? Oder ist es, *weil* sie mir Angst machen?

Ich schlinge das Essen hinunter und er zieht eine Augenbraue hoch, als ich meinen Teller innerhalb weniger Minuten leergegessen habe.

„Willst du mehr? Aber gerne doch." Er gestikuliert mit seiner Gabel in Richtung der Delikatessenbehälter.

„Nein, danke."

„Na los, du hast gegessen, als wärst du halb verhungert. Ich hätte auch nichts dagegen, ein bisschen mehr Fleisch auf deinen Knochen zu sehen."

„Ich esse nicht, um deinen Vorlieben für meinen Körper zu entsprechen", sage ich hochnäsig, stehe auf und trage meinen Teller zur Spüle. Doch dann entdecke ich die belgischen Schokoladenkekse auf der Theke. Ich mildere meinen Tonfall und frage: „Darf ich einen von diesen Keksen probieren?"

„Bedien dich", sagt er. „Das Essen ist für dich." Als ich das Paket aufreiße, fragt er: „Fängst du morgen mit der Tagschicht an?"

„Nein, ich habe einen Tag frei."

„Was ist dein neuer Zeitplan?"

„Ich arbeite von acht bis fünf, wie ein normaler Mensch."

Er gibt einen ablehnenden Laut von sich. „Natürlich wirst du jetzt nachts schlafen wollen. Vielleicht muss ich dich zwingen, den Job zu kündigen."

Ich verschlucke mich halb. *„Nein"*, sage ich so vehement wie ich nur kann.

Er sieht mich fragend an. „Liebst du deinen Job?"

Ich neige den Kopf und kaue langsam an dem Keks, bevor ich ihn hinunterschlucke. „Ich liebe Teile davon. Ich hasse Teile davon. Aber diese Kinder brauchen mich. Ich könnte nicht kündigen. Ich würde eher einen Pfahl durch dein Herz treiben, als diesen Job aufzugeben."

Er wendet sich wieder seinem Teller zu. „Das ist eine ziemlich unbekümmerte Art, darüber zu sprechen, mein Leben zu beenden", bemerkt er. „Würdest du jeden umbringen, der sich in deine Karriere einmischt?"

„Nun, nein, aber ..."

Er dreht sich zu mir. „Aber was?"

Ich schlucke.

„Aber ich bin ein Vampir, also zählt mein Leben nicht?"

Ich fummle an der Keksverpackung herum, ohne aufzuschauen.

„Ich verstehe", sagte er trocken.

Ich breche den Keks in zwei Hälften, lecke an dem Schokoladenteil und schließe die Augen, um die reichhaltige Leckerei zu genießen. Als ich sie wieder öffne, sieht

Charlie mich an, als wäre ich selbst ein Keks, und er wolle einen Bissen von mir nehmen.

„Was?", fauche ich, um mein unkontrollierbares Erröten zu verbergen.

„Das ist ekelhaft", schnieft er.

Ich rümpfe die Nase und versuche, mir eine witzige Antwort auszudenken.

„Und ziemlich süß." Seine Stimme ist tief und dunkel und köstlich wie Schokolade.

Mein Inneres wird weich und ich verkneife mir ein Kichern. Verflixt, flirte ich etwa? „Danke noch mal fürs Einkaufen", sage ich leise und lecke den Keks noch einmal ab.

Er lümmelt sich arrogant in meinen Küchenstuhl. „Nun, du wirst die Lebensmittel brauchen, damit du für mich kochen kannst."

„Ich weiß nicht wirklich, wie man kocht." Nicht gerade eine schlagfertige Antwort, aber mein Vampir-Freund soll es ruhig wissen.

„Nun, das kannst du zusammen mit der Magie lernen, denke ich. Du wirst fleißig üben und mir beweisen müssen, dass du neben deinem Job trotzdem die Fähigkeiten erlernst, die ich von dir brauche."

Ich rolle mit den Augen und gähne so ausladend, dass mein Kiefer knackt. Auf meiner Uhr ist es bereits drei Uhr morgens.

„Du kannst ins Bett gehen", sagt er in seinem autoritären Ton.

„Bestimmst du jetzt auch über meine Schlafenszeit?"

„Ich bin für alles, was dich betrifft, verantwortlich, kleine Sterbliche." Sein Blick wandert an meinem Körper auf und ab und plötzlich fühlen sich alle meine Kleider zu eng an. Ich bin auf einmal begierig darauf, seinem Kommando zu folgen. Was wirklich ein schlechter Plan ist. Was hat es mit diesem Vampir auf sich, dass mein Intelligenzquotient in den Keller und mein sozialer Quotient in die Höhe schießt?

Unfähig, eine intelligente Antwort zu geben, fliehe ich in mein Schlafzimmer.

KAPITEL SIEBEN

Charlie

DIE KLEINE STERBLICHE versucht zu entkommen. Liebenswert. Ich blicke in ihr Schlafzimmer und materialisiere mich auf der Bettkante in einer lässigen Beobachterpose, ein Bein über das andere gekreuzt. Wie ein Mäzen, der es sich gemütlich macht, um eine Show zu genießen. Ich werde ihr beim Ausziehen zusehen, um sie daran zu erinnern, wer hier das Sagen hat.

Aurelia bemerkt nicht, dass ich hier bin. Sie steht mit dem Rücken zu mir, hat ihr Oberteil ausgezogen und enthüllt die Muskeln ihres schlanken Rückens. Sie knöpft ihre Hose auf, schüttelt sie aus und wirft sie in den Wäschekorb. Darunter hat sie ein einfaches graues Baumwollhöschen an, aber es könnte nicht erotischer aussehen, wie es sich an ihren muskulösen Hintern schmiegt und genug Po zeigt, um meinen Schwanz anschwellen zu lassen.

Sie dreht sich um und kreischt, als sie mich sieht, wobei

sie sich ihr Pyjamaoberteil an die Brust klammert. „W-was machst du denn hier?"

„Ich sehe mir die Show an." Ich warte auf ihren Wutausbruch. Ich freue mich darauf, wirklich.

Stattdessen steht sie stocksteif da, presst ihre Lippen aneinander und ihr Brustkorb hebt und senkt sich in rasantem Tempo. *Oh Gott. Sie ist erregt.* „Raus", flüstert sie, aber ihre Stimme hat keine Überzeugungskraft. Die Art, wie ihre Augen zu meinem Schritt hinuntergleiten und dort verweilen, lässt mich hoffen, dass sie ihre Worte zurücknimmt.

„Das brauchst du nicht anzuziehen." Ich deute auf das Pyjamaoberteil. „Es macht mir nichts aus, so mit dir zu schlafen."

„Du ...", spuckt sie. „Du schläfst nicht mit mir." Ihr Gesichtsausdruck wirkt unsicher. „Ich will dich nicht hier in diesem Zimmer haben."

„Dein Duft sagt mir etwas anderes."

Sie hebt ihren Blick zu mir. „Was?"

„Gib es zu, Aurelia. Deine Weiblichkeit meldet sich gerade."

Eine Röte breitet sich auf ihren Wangen und in ihrem Nacken aus. „Was willst du von mir?", fragt sie.

„Komm her", murmle ich. Ihre Füße beginnen sich zu bewegen und ich feiere einen kleinen Triumph. Als sie nah genug ist, reiße ich ihr das knappe Pyjama-Top aus den Händen und lasse es auf den Boden fallen.

Sie zuckt zusammen und bedeckt ihre Brüste mit den Unterarmen.

Ich packe ihre Handgelenke und ziehe ihre Arme von der Brust weg, um sie festzuhalten. „Du hast ein hübsches Paar Brüste", sage ich und meine Fangzähne werden länger.

Der frische Duft ihrer Erregung füllt das Schlafzimmer.

Was macht sie mehr an? Meine Befehle, die körperlichen Zurückhaltung oder der Anblick meiner Reißzähne, die sich nach ihr sehnen?

„Bitte", presst sie hervor, doch ihre Stimme überschlägt sich.

Ich hebe meinen Blick von ihren Brüsten zu ihrem Gesicht und kitzle ihre Haut.

„Bitte, Charlie …"

„Ich mag es, wenn du bettelst", murmle ich.

Der Duft des Verlangens wird stärker. „Bitte."

Ich hebe ihre Handgelenke an und lege ihre Hände auf ihren Kopf. „Behalte deine Hände genau da, Liebes. Zeig mir, dass du gehorchen kannst."

Sie schluckt und ihre Pupillen weiten sich. „Was bekomme ich, wenn ich gehorche?" Ihre Stimme klingt heiser und sanft.

Ich hake meine Daumen in ihr Höschen und ziehe es langsam an ihren Schenkeln hinunter. Reflexartig zucken sie zusammen und ich beobachte fasziniert, wie ein Tröpfchen Feuchtigkeit aus ihrer Muschi auf den Boden fällt. Ich sammle es mit meiner Fingerspitze auf und führe es zu meinem Mund. Ihr Liebesnektar lässt meinen Schwanz hart gegen meinen Reißverschluss drücken.

Es ist verdammte Folter.

Ich weiß nicht, warum ich mir das überhaupt antue, aber es scheint unmöglich, diese schöne, kaum berührte Frau unbefriedigt zu lassen. Sie sehnt sich nach etwas, das ich zu geben weiß.

Und sie verdient Genugtuung, nachdem sie meine plötzliche Anwesenheit und meine endlosen Forderungen so gut ertragen hat.

Sie öffnet ihre weichen Lippen und ihre Brustwarzen werden hart. Sanft streiche ich mit den Daumen darüber.

Mein Schwanz pocht.

Ich gebe ein zustimmendes Grummeln von mir, während ich langsam um ihren Körper herumgehe um das, was ich sehe, zu bewundern. Ich lasse meine Handfläche über ihren Hintern gleiten, ziehe sie dann zurück und gebe ihr einen Klaps auf die Pobacke.

Sie keucht und zappelt, verweilt aber folgsam in ihrer Position.

Ich schlage auf die andere Pobacke. Jetzt zittert sie und ihr Atem ist hektisch.

„Du magst es, von mir verhauen zu werden", stelle ich fest.

Sie lässt ihre Arme fallen und versucht sich zu drehen, aber ich schnappe mir ihre Handgelenke und drücke sie mit einer Hand über ihren Kopf, verlagere ihr Gewicht auf die Fußballen und kippe sie vorne über.

Ich verpasse jeder Backe einen weiteren festen Klaps, dann reibe ich ihr erhitztes Fleisch. „Du siehst gut aus in Pink."

„Warum", keucht sie, „warum tust du das?"

Ich lasse meine Berührung weicher werden und mache sie jetzt mehr zu einer Liebkosung, die das Brennen wegzaubert. „Vampire mischen oft Schmerz und Vergnügen, wenn sie mit Sterblichen spielen", sage ich ihr. „Das macht das Blut des Partners süßer."

Sie versteift sich, aber ich drücke meinen Körper gegen ihren und flüstere in ihr Ohr. „Du hast dich mir hingegeben. Warum?"

„Du hast mich hypnotisiert", lügt sie, während sie ihr Gewicht wieder auf ihre Fersen verlagert, eine Spur näher in meine Richtung.

„Nein, Aurelia", hauche ich ihr ins Ohr. „Du willst es. Du bist neugierig. Du willst wissen, wie es weitergeht, nicht wahr?" Als sie nicht antwortet, verpasse ich ihr noch einen Schlag auf den Hintern. „Oder willst du das nicht?"

„Ja", keucht sie.

Ihre Zustimmung durchflutet meine Brust mit der Wärme des Erfolgs. Ich streichle ihren Hintern, meine Finger wandern ihre Innenschenkel hinauf. Sie zuckt zusammen, als sie ihr pralles Geschlecht berühren. Sie presst ihre Beine zusammen, als wolle sie mich fernhalten.

„Komm, Aurelia. Wir wissen doch beide, dass du das nicht ernst meinst."

Ich schiebe meine Finger wieder zwischen ihre Beine und wackle, um zwischen ihre angespannten Schenkel zu schlüpfen, bis die Spitze eines Fingers ihren glitschigen Eingang berührt.

„Dein Kätzchen ist reif für mich", murmle ich, wobei meine Stimme dumpf klingt.

Sie gibt ein zittriges Stöhnen von sich.

Ich schiebe einen Finger in sie hinein und sie windet sich mir entgegen, will mehr.

„Bitte mich darum", sage ich.

„Nein."

„Nein?" Ich ziehe meinen Finger zurück.

„Warte –"

„Ah", sage ich mit Genugtuung. Ich lege einen Arm um sie, streiche mit der Hand über ihren Bauch und bringe meine Lippen an ihr Ohr. „Wovor hast du mehr Angst, Aurelia? Es zu genießen oder mir nachzugeben?"

Ihre Beine knicken ein, als würden ihre Knie schwach werden. Ich fange sie auf und knabbere an ihrem Ohr. „Du kannst deinen Stolz nicht loslassen, richtig? Gib doch zu, dass du dich von deinem Herren beglücken lassen willst."

„Bitte –"

Ich spiele mit meiner Zunge an ihrem Ohrläppchen. „Bitte befriedige mich, Meister. Was möchtest du, dass ich tue?"

83

„Ich weiß es nicht", wimmert sie.

Ich trete zurück, um ihr einen weiteren Klaps zu geben.

„Ooh!"

„Du weißt es, aber du hast zu viel Angst, dir dein Verlangen einzugestehen."

„Nein", beharrt sie und klingt dabei stur.

„Nein?"

„Nein", wiederholt sie fest.

Ich ziehe mich zurück, um ihr Gesicht zu studieren. Sie hebt ihr Kinn an. Ihr Gesicht wird von ihrem magischen, feenhaften Licht erhellt, das von ihrer Haut abstrahlt. Sie leuchtet buchstäblich von innen. Es ist erstaunlich, dass sie es selbst nicht sieht.

Was mache ich hier? Aurelia ist nicht meine Geliebte. Sie ist ein Mittel zum Zweck. Ich könnte sie verführen, aber da der Fluch noch auf mir lastet, hat es keinen Sinn.

Sobald sie den Fluch gebrochen hat, bin ich weg. Alles andere ist reine Ablenkung – ihr heißer Körper, ihre Furchtlosigkeit, ihr hübsches Gesicht. Und ich habe mir geschworen, mich nie wieder von einer Frau ablenken zu lassen.

„Schlaf ein wenig. Du wirst deine Kraft morgen Früh brauchen." Und mit diesem Befehl lasse ich ihre Handgelenke los und verschwinde.

~

Aurelia

Ich taumle an die Stelle, an der Charlie stand, aber er ist schon weg. Meine Hände fassen ins Leere.

Verdammt. Ich wollte nicht wirklich, dass er geht. Er sollte aufhören ein arroganter Arsch zu sein, ja. Beim Dirty Talk auf die Bremse treten … vielleicht.

Aber er ist gegangen.

Ich fahre mir mit der Hand über das Gesicht und beruhige meinen zittrigen Atem. Meine Knie sind weich, als ich auf mein Bett zusteuere und meine Muschi pulsiert in dem Takt, in dem mein Hintern wackelt. Wie ferngesteuert finde ich meinen Pyjama und ziehe ihn mit zitternden Händen an.

Wo ist er hin? Ist er noch in meiner Wohnung? Wohin verschwindet er immer?

Aber die eigentliche Frage ist: Warum habe ich ihm gesagt, er solle gehen? Warum habe ich nein gesagt? Ich wollte ihn, ich wollte wissen, wie es weitergeht. Was hat mich davon abgehalten, es zuzugeben?

Ich gehe zu meinem Ganzkörperspiegel und starre auf mein Gesicht, als ob es mir die Antworten verraten würde. Ich erkenne mich selbst kaum wieder. Meine Augen sind groß und glasig, als ob ich in einer Art Rauschzustand wäre. Meine Wangen sind rot und mein Haar zerzaust. Ich sehe aus, als hätte ich heißen Sex mit einem Vampir gehabt. Und ich hätte es tun können. Ich hatte meine Chance.

Ich lehne mich mit der Stirn sanft gegen den Spiegel und widerstehe dem Drang, meinen Kopf gegen das Glas zu donnern. Warum. Habe. Ich. Nein. Gesagt.

War es aus Stolz?

Meine Muschi zuckt wieder. Ich würde mein letztes Höschen darauf verwetten, dass Charlie meine Welt im Bett rocken würde. Jeder Mann – oder … Vampir –, der mich so feucht machen kann, indem er nur seinen Finger zwischen meine Beine schiebt, muss wissen, wie man mich vor Lust zum Schreien bringt. Eine Berührung von Charlie ist eine Million Mal besser als eine ganze Nacht mit Wilson, meinem faulen Ex-Freund, der es nie länger als zwei Minuten ausgehalten hat.

Ich lasse mich auf den Bauch fallen, eine Hand zwischen meinen Beinen. Mit meinen Fingern fummle ich an mir herum und versuche meinen Kitzler zu reiben, so wie Charlie es getan hat. Meine Fingerspitzen tanzen über meine geschwollenen Schamlippen, suchen das gleiche Muster. Ich stelle mir vor, wie er sich an mir reibt, sein harter Schwanz drückt auf meinen unteren Rücken.

Ich presse meinen Lusthügel gegen den Handballen, meine Finger gleiten wellenförmig über meine Weiblichkeit, einige streichen über meine Klitoris, einige gleiten in meinen Eingang hinein und wieder heraus. Charlie würde nicht fragen, er würde einfach meine Hüften anheben und sie mir hineinschieben. Er würde mich von hinten packen, seinen Schwanz bis zu den Eiern in mir versenken und mich hart bestrafen. Er würde meine Hüften festhalten, grob in mich hineinstoßen und mich reiten, bis ich explodiere.

Ich explodiere. Meine Erleichterung lässt meine Hüften wippen, während ich alle fünf Finger auf meine zuckendes Klitoris drücke.

Ist Charlie irgendwo unterwegs und holt sich einen runter? Er schien genauso erregt zu sein wie ich, bevor er ging. Wenn er sich selbst anfasst, denkt er dann an mich?

Oder gibt es eine andere?

KAPITEL ACHT

Charlie

Iᴄʜ ʟᴀᴜғᴇ die Congress Street hinunter. Die Bars in Tucson schließen um zwei, also ist alles ruhig, sogar im Herzen der Stadt. Ich bin in Lucius' Gebiet und sollte mich bedeckt halten, aber ich kann nicht zurück zu Aurelia.

Mein Schwanz pocht förmlich. Ich kicke ein bisschen Müll aus dem Weg. Aber ich bin selbst schuld. Selbst wenn meine kleine Fee mich weitermachen ließe, gibt es keine Ruhe für die Gottlosen. Kein Kommen für die Fleischfresser. Keine Erleichterung für die Tollwütigen. Nicht, bis Aurelia den verdammten Fluch aufhebt. Aber wenn sie es tut, werde ich mein Glöckchen so hart ficken, dass ihre Zähne klappern.

Aber nein.

Die verdammte Fee hat mich verzaubert und auch wenn ich mich nach ihr sehne, werde ich sie nicht gegen ihren Willen nehmen – nicht einmal, wenn ich in der Lage wäre, selbst dabei zu kommen. Ich will, dass Aurelia mich will. Ich korrigiere: Ich will, dass sie mich mit der gleichen Lust braucht, mit der auch ich nach ihr verlange. Verdammt, ich will, dass sie mich anfleht. Ich will ihren Körper auf meinem Schoß und ihre Schreie, die die Fensterscheiben zerbersten lassen. Ich will meinen Namen auf ihren Lippen hören während ihre Nägel meinen Rücken zerkratzen. Aber nur, wenn sie dazu bereit ist.

Ich möchte nicht nur ihren Gehorsam gewinnen, sondern auch ihre Unterwerfung, ihr Verlangen … ihr Herz.

Ich halte im Mondlicht inne. *Ihr Herz?* Ernsthaft? Seit wann bin ich ein Teenager-Trottel in einem Vampirfilm? Ich könnte einen Scheiß auf die Liebe geben. Man sieht ja, wie gut es beim letzten Mal für mich gelaufen ist. Verflucht wurde ich, sonst gar nichts. Wenn ein hundert Jahre alter Fluch nicht genug ist, um mich davon abzubringen mich zu verlieben, verdiene ich es, in der Hölle zu schmoren.

Ich komme an einem Lokal vorbei, in dem man die ganze Nacht Essen bekommt. Ich brauche mein eigenes Abendessen – schließlich habe ich nichts mehr gegessen, seit ich Aurelia gefunden habe. Es ist nicht klug, das in Lucius' Gebiet zu tun, aber ein kleiner Schluck von irgendeinem Mädchen wird mich sicher nicht verraten. Mein Magen dreht sich um bei dem Gedanken, einen anderen Menschen als Aurelia zu halten. Als ich an ein paar leckeren Häppchen vorbeikomme, regen sich meine Reißzähne allerdings nicht.

Dumm. Warum verhalte ich mich wie ein Vampir in einer festen Bindung, der nur Blut von seiner Geliebten trinken will? Aurelia wird niemals zustimmen, dass ich mich von ihr ernähre.

Trotzdem lande ich am Ende wieder vor ihrer Wohnung, krabble neben ihr ins Bett und starre auf den

goldenen Schimmer ihrer Haut, der im dumpfen Lampenlicht hell scheint. Ich streiche ihr dichtes Haar aus ihrem
Gesicht und studiere ihre schlafende Gestalt. Sie hat ein
herzförmiges Gesicht, mit hohen Wangenknochen und
einer kleinen Nase. Zart, aber nicht zerbrechlich. Schön
auf eine gesunde, natürliche Art.

Ihre Brauen bewegen sich und ihre Beine zucken, als
würde sie rennen. Ein Albtraum vielleicht. Sie stößt einen
wimmernden Schrei aus und ich kann es nicht länger
ertragen. Ohne nachzudenken, ziehe ich sie in meine
Arme.

„Psst, Liebes. Es ist nur ein Traum", murmle ich.

Sie bewegt sich und blinzelt. „Charlie", seufzt sie, noch
im Halbschlaf. „Ich bin froh, dass du hier bist. Du bist
immer da, wenn ich dich brauche." Ihre Augen schließen
sich wieder und ihr Atem wird flacher.

Was hat sie damit gemeint? Es hat keinen Sinn zu
fragen. Ich bezweifle, dass sie sich morgen Früh an
irgendetwas davon erinnern wird. Obwohl sie jetzt fried-
lich schläft, lasse ich sie nicht los. Es widerstrebt mir, mich
von ihrem Körper zu entfernen. Ihre weiche Gestalt
schmiegt sich so sanft an meine, ihr Champagnerduft
beruhigt mich. Ihre Anwesenheit erhellt meine Sinne. Fae
sind besondere Kreaturen, aber das hier ist alles nur
Aurelia.

Mit meinem Glöckchen in den Armen schlafe ich ein.
Doch statt von meiner süßen Sterblichen zu träumen, finde
ich mich in den engen, schattigen Straßen von Paris
wieder, auf Botengang für Anka. *Der Geruch von Blut steigt
von meiner Kleidung auf. Ich habe gerade einen Mann getötet, ihn
ausgesaugt, und jetzt kehre ich zur Belohnung in das Bordell meiner
Geliebten zurück.*

*In der einen Sekunde befinde ich mich in einer stinkenden Gasse,
in der nächsten in einem üppigen und parfümierten Schlafgemach. Ich*

trage den Geruch des Blutes des toten Mannes an mir – aber das stört Anka nicht. Sie liebt den Gestank des Todes.

„Liebster Vampir", sagt Anka und streichelt mein Gesicht. „Ich kann mich immer auf dich verlassen, nicht wahr?" Sie öffnet ihr dichtes Haar und die dunkle Fülle an Locken, die auf ihrem Haupt festgesteckt waren, fällt schwer herab. Sie lässt ihr Gewand fallen und zeigt mir ihren herrlichen Körper, der nur mit einem Korsett und Strümpfen bedeckt ist.

Ich knurre und gehe vor ihr auf die Knie, löse die Strumpfbänder und ziehe die teure Seide von ihren Beinen. Sie fährt mit den Fingern durch mein Haar und führt meinen Mund zu ihrem Kern. „Ich hebe mich nur für dich auf", sagt sie mir. Sogar im Traum höre ich ihre Lügen. Aber ich tue so, als täte ich es nicht.

Ich lecke sie bis zum Höhepunkt, dann hebe ich sie hoch – immer noch meinen Mund an ihrer Muschi. Ich trage sie zum Bett, lege sie hin, befreie meinen Schwanz und dringe in ihre Wärme ein. Dann stoße ich tief in ihre Muschi, während sich meine Reißzähne ihrem Hals nähern.

„Charlie", stöhnt sie. Sie windet sich, wild. Ihre Finger haben Krallen, die an meinem Körper zerren.

„Charlie … Charlie! *Char-lie!*"

Der goldene Duft klatscht mir ins Gesicht. Ich öffne meine Augen und sehe Aurelia, die sich unter mir windet und vor Angst schreit. Meine Reißzähne drücken sich an ihren Hals und sie stößt mein Gesicht mit dem Handballen weg. Die Bewegungen ihrer Hüften sind nicht sexuell, sondern panisch.

Ich zucke zurück, stütze mich auf meine Hände und blinzle scharf.

„Oh, Gott sei Dank", schreit sie, fast in Tränen aufgelöst. Sie stößt mich an den Schultern weg und versucht, sich unter mir herauszuwinden.

Mein Schwanz ist dick und hart, aber ich bin immer noch bekleidet. Meine Hüften kreisen über ihren. Ich hatte mich an ihr gerieben, war kurz davor, mich an ihren Ader zu vergehen.

„Aurelia", murmle ich und schüttle den Kopf.

Verdammt. Ich habe sie zu Tode erschreckt, nachdem ich geschworen hatte, sie nicht ohne Erlaubnis zu beißen. Ich sollte nicht neben einer Sterblichen schlafen, wenn ich so blutdurstig bin.

„Wer ist Anka?", fragt sie. Liegt da eine Spur von Eifersucht in ihrer Stimme? Der Gedanke erheitert mich.

„Sie ist die Hexe, die mich verflucht hat", sage ich.

„Oh." Sie studiert mich. Ich genieße es, das Objekt ihrer Begierde zu sein, ihre schokobraun-goldenen Augen leuchten hell voller Intelligenz.

„Tut mir leid, dass ich dich erschreckt habe", murmle ich.

„Du wolltest mich wirklich beißen", seufzt sie. „Ich konnte dich nicht aufwecken. Was wäre, wenn du mich gebissen hättest?"

„Das würde ich nicht tun."

„Was tun? Mich beißen oder mich ausbluten lassen?"

„Letzteres." Mein Kopf pocht. „Was das Beißen angeht, verspreche ich, dass du es genießen würdest."

Ihr Duft flammt auf. Meine Reißzähne werden so scharf, dass sie mich in die Innenseite meines Mundes schneiden. Ich fühle mich irgendwie hilflos und meine Hüften schieben sich nach vorne, um meinen Schwanz an ihrem Hügel zu reiben. Bevor sie anfangen kann sich zu wehren, senke ich meinen Körper, um ihren zu umklammern, meine Hüften drücken gegen ihre. Ich kann die harten Spitzen ihrer Brustwarzen sogar durch unsere Kleidungsschichten hindurch spüren.

Mein Mund findet ihr Ohr. „Ich kann nichts dafür, dass ich dich unwiderstehlich finde, während ich schlafe. Du fühlst dich einfach so ... köstlich an." Meine Zunge fährt den seidigen Rand ihres Ohrs entlang.

Ihr Becken kippt nach vorne, um meinem zu begegnen, und sie fängt an zu keuchen, auch wenn sie meine Schultern packt und versucht, mich wegzuschieben.

„Ich will dich nur schmecken. Ich werde dafür sorgen, dass es sich gut anfühlt, das verspreche ich", schnurre ich und fahre mit den Spitzen meiner Reißzähne leicht über ihre Haut.

„Nein." Sie drückt sich jetzt mit aller Kraft gegen mich.

„Schh. Es gibt nichts, wovor du Angst haben musst, süße Aurelia. Es ist nur ein kleiner Piks und dann orgastische Ekstase. Ich nehme nicht zu viel Blut und hinterlasse kaum Spuren. Es heilt innerhalb von ein paar Tagen."

Die Bewegungen ihres Widerstands werden langsamer, aber sie weigert sich, mich anzusehen und dreht ihren Kopf zur Seite. „Bitte", wimmert sie. „Bitte lass mich aufstehen." Eine Träne gleitet aus ihrem Augenwinkel und kullert über ihre Nase.

Schmerz drückt mein nichtschlagendes Herz zusammen. Eine weitere Überraschung – ihr echter Kummer stört mich. Ich rolle mich sofort an ihre Seite und helfe ihr, sich aufzusetzen, hebe sie auf die Füße neben dem Bett.

„Danke", murmelt sie und schaut nach unten, offensichtlich versucht, ihr Weinen zu verbergen. Als sie den Blick hebt, sieht sie so verletzlich aus, dass sich mein Herz noch einmal verkrampft. „Darf ich bitte nach draußen gehen?"

Ich liebe die Art, wie sie fragt, als würde sie endlich zugeben, dass ich das Sagen habe. Ich stehe vom Bett auf und greife nach ihr, umfasse ihr Gesicht und neige es nach oben, um in ihre Augen blicken zu können. Ich bediene mich der hypnotischen Suggestion, dringe tief in ihren

Geist ein. Wenn ich fertig bin, darf sie die Tür nur bei Tageslicht öffnen, wenn sie sich vorher vergewissert hat, dass ich in Sicherheit bin.

Widerwillig löse ich unsere Verbindung. Sie wiegt sich in meinem Griff und ich streiche mit den Daumen über ihre Wangenknochen.

„Hast du es rückgängig gemacht?"

Ich nicke. „Wie spät ist es?"

„Viertel vor sieben." Fast Sonnenaufgang.

„Sei bei Sonnenuntergang zurück."

Zu meinem Schrecken stellt sie sich auf ihre Zehenspitzen und gibt mir einen Kuss auf die Lippen. „Danke."

Als sie weg ist, sinke ich zurück ins Bett und lasse mich von Lethargie übermannen. Ihr Duft steigt vom Kissen auf. Ich spüre immer noch den Druck ihrer Lippen auf meinen. Meine Finger zucken, aber ich weigere mich, die Stelle zu berühren, die sie geküsst hat.

Aurelia

ICH MUSS ERNSTHAFT WIEDER MASTURBIEREN. Warum habe ich nicht zugelassen, dass der Vampir sich an mir bedient? Zuerst war ich total verängstigt, aber wenn sich ein achtzig Kilo schwerer, muskulöser Vampir an einem reibt, legt sich ein gewisser Schalter ziemlich schnell um. Und die Art, wie er in mein Ohr gemurmelt hat …

Ich steige in die Dusche, lehne mich mit der Stirn an die Wand und fahre mit den Fingern über meine Perle.

Charlie ist ein Rätsel. Der Mann, der mich gefangen hält – und ich glaube, er mag es so. Er könnte alles mit mir machen, was er will. Er kann mich übertrumpfen, wenn er es will, oder mich hypnotisieren, wenn er mich gefügig machen will, aber beides hat er nicht getan. In dem Moment, als er meine Tränen sah, ließ er mich los.

Ich bin nicht einmal sicher, was mich zum Weinen gebracht hat. Wahrscheinlich nur das Bedürfnis loszulassen, nach dem schrecklichen Gedanken, er würde mich ausbluten lassen. Aber es ist verständlich – die Art, wie er hinter mir her war, war nicht wütend oder gewalttätig – sie war sexuell. Das bedeutete vermutlich, dass er mich nicht umbringen würde.

Verflixte Vampire. So verwirrend. Schade, dass er mit den Lehrbüchern über Magie nicht auch welche über Vampire bestellt hat.

Ich fahre fort, mit meinen Fingern über meine Klitoris zu reiben, erinnere mich an das Gefühl seines harten Schwanzes zwischen meinen Beinen, das Kitzeln seiner Reißzähne an meinem Hals. Ich löse einen kurzen, unbefriedigenden Orgasmus aus und muss mich auf den Wannenrand setzen, schwindlig vom heißen Wasser und dem Blut, das … aus meinem Kopf zurück in meinen Körper rinnt.

Diesmal bin ich nicht so schüchtern und betrete mein Zimmer nur mit einem Handtuch bekleidet. Charlie ist dem Geräusch seiner Atmung nach zu urteilen wieder in einen tiefen Schlaf gefallen. Ich betrachte ihn und eine Welle von Déjà-vus überkommt mich, als hätte ich ihn schon hundertmal in meinem Bett gesehen. Als ob ich ihn schon ewig kennen würde und es nur bis jetzt vergessen hatte.

Seltsam.

Nachdem ich mich angezogen und etwas Frühstück verschlungen habe, gehe ich zur Tür. Meine Hand zögert, bevor sie den Knauf berührt, aber es gibt keinen seltsamen Wirrwarr in meinen Gedanken, der mich – wie beim letzten Mal – davon abhält, nach draußen zu gehen. Charlie hat den Bann aufgehoben.

Ich schnappe mir einen Schlapphut und meine Gartenhandschuhe, vergewissere mich, dass meine Schlafzimmertür vollständig geschlossen ist, gehe zurück zur Tür und öffne sie gerade so weit, dass ich hinausschlüpfen kann.

Draußen riecht es so köstlich. Ich atme die Morgendämmerung ein und lasse die vertraute Ruhe, die ich immer spüre, wenn ich draußen in der Natur bin, sich um mich herum niederlassen. Selbst im Winter sehne ich mich nach dem Geruch der Erde und dem Gefühl der Pflanzen zwischen meinen Fingern.

Mein Orangenbaum trägt Dutzende von duftenden Blüten und das Wintergrün ist buschartig gewachsen. Ich zupfe Unkraut und schnipple an einigen Köpfen Grünkohl herum.

Nach ein oder zwei Stunden kommt meine Nachbarin Karen nach draußen, setzt sich auf ihre Veranda und zündet sich eine Zigarette an. Wir haben uns oft auf diese Weise die Zeit vertrieben, denn wir sind Freundinnen geworden, seit sie eingezogen ist.

„Was soll das mit den zugenagelten Fenstern?", fragt Karen und bläst eine blaugraue Rauchsäule in die Luft.

„Oh. Ähm … ich bin nur ein bisschen besorgt wegen der Sicherheit. Du weißt schon, im Erdgeschoss zu wohnen und so."

„Ja", sagt Karen. „Mir kommt es so vor, als hätte ich einen Typen an deiner Tür gesehen, aber jetzt kann ich mich nicht mehr genau erinnern … Hast du Probleme mit jemandem? Etwa mit einem Ex?"

„Ja, irgendwie schon. Ich denke schon", sage ich und versuche, mir eine Geschichte auszudenken …

„Nun, was ist das Problem?"

„Ähm. Erinnerst du dich an Wilson, meinen Ex-Freund?" Ich gehe auf Karens Verdacht ein.

„Ja."

„Nun, er nervt mich in letzter Zeit und ich will einfach nicht, dass er auftaucht …" Ich beende den Satz nicht. Das ist die lahmste Geschichte aller Zeiten.

„Hat nicht er mit dir Schluss gemacht?"

Ich blase mir die Haare aus dem Gesicht. „Na ja, nein. Er ist fremdgegangen. Oder er hat sich geweigert, sich zu binden. Er wollte eine ‚offene Beziehung'. Ich wollte das nicht." Ich hätte mir etwas anderes einfallen lassen sollen. Ich mag es nicht, über Wilson zu reden. Er war eine erbärmliche Version eines Freundes und jetzt, wo ich ihn mit Charlies kraftvoller Präsenz vergleiche, scheint er als Mensch geradezu abkömmlich zu sein.

„Warte, warum denkst du, dass er versuchen wird, in dein Haus einzubrechen?"

Verflixt, ich bin die schlechteste Lügnerin der Welt. Gut, dass ich kein Spion oder Geheimagent bin. „Er hat seine … äh, Lavalampe vergessen."

Karen drückt ihre Zigarette aus. „Jaaaaaa, genau", schnurrt sie. Sie kauft es mir nicht ab. „Ich halte die Augen offen und sage dir Bescheid, wenn ich ihn sehe, okay?"

„Er ist sauer, weil ich mich mit einem Neuen treffe", platze ich heraus.

Karens Augenbrauen blitzen nach oben. „Ooh, wirklich?"

„Jep. Sein Name ist Charlie. Du hast ihn vielleicht schon mal gesehen – dunkles Haar, gut gekleidet." *Heißer Körper. Lange Reißzähne. Höllisch sexy.* Ich presse meine Schenkel zusammen und spüre, wie meine die Erinnerung mir vorgaukelt, dass sein Schwanz sich zwischen meine Beine drückt.

„Ach ja? Das ist klasse. Komm doch mal vorbei und

stell ihn mir vor, okay?", sagt Karen und steht auf.

Gaaaaaanz sicher.

Ich arbeite, bis meine Arme schmerzen und mein Kopf wieder frei ist. Danach räume ich alles auf und bereite aus einer Laune heraus Frühstück zum Abendessen zu. Es dämmert schon fast.

Ein Blick auf die Uhr. Zwei Stunden sind vergangen und es ist fast fünf. Ich klopfe mir den Schmutz ab und gehe zur Tür, zögere allerdings, bevor ich sie öffne. Was, wenn er schon aufgewacht ist und in der Küche sitzt? Das Licht würde ihn umbringen. Kein Wunder, dass er mich gestern hypnotisiert hat, sein Leben stand schließlich auf dem Spiel. Damit macht man keine Witze.

Mit erhobener Faust klopfe ich an die Tür und presse mein Ohr an das Holz, um zu hören, ob sich etwas regt. Gut, dass Karen nicht mehr draußen ist, denn in ihren Augen würde ich wohl wie eine Verrückte wirken.

„Warte!", höre ich Charlie rufen.

Gott sei Dank habe ich mitgedacht.

„Erst bis zehn zählen und dann öffnen", sagt er von der anderen Seite der Tür.

Ich folge seinen Anweisungen und öffne die Tür vorsichtig, schließe und verriegele sie hinter mir. „Alles klar", rufe ich.

Meine Schlafzimmertür öffnet sich und ... *verdammt.* Mein Vampir sieht sexy aus, wie er auf mich zugeht, in nichts als seinen Jeans. Sein nackter Oberkörper sieht spektakulär aus, die Haare noch zerzaust vom Schlafen.

„Danke für das Frühstück, Liebes." Er fasst mir in den Nacken und beugt sich vor, um mir im Vorbeigehen einen Kuss auf die Stirn zu geben.

Ich stehe wie angewurzelt da. Warum lässt er mein Herz so unregelmäßig schlagen? „Was hast du gegessen?", schaffe ich es nach einem Moment zu fragen.

„Beides", grinst er und setzt sich an den Tisch, wo beide Teller vor ihm stehen. Er nimmt einen Bissen vom Pfannkuchen. „Und ich liebe diese Schlagsahne", sagt er mit vollem Mund.

In Gedanken stelle ich mir vor, wie er meinen Körper damit einschmiert und anschließend ableckt. Aber nein, bei ihm wären es eher Peitschen und Ketten.

„Du starrst mich an", sagt er in seinem sexy britischen Akzent, ohne sich umzudrehen.

„Was machen wir heute, Meister?"

Er dreht sich um, seine Lippen formen ein breites Lächeln, die Zähne schimmern darunter. „Du hast mich endlich als deinen einzig wahren Gott akzeptiert."

Ich will nicht wie ein Idiot grinsen, aber ich fühle mich ganz verzaubert und überschwänglich ihm gegenüber, seit unserem Zwischenfall heute Morgen. Das Mitgefühl, das er mir gegenüber gezeigt hat, als ich ausgeflippt bin und geweint habe, hat bewiesen, dass es für ihn mehr als nur ein Spiel war. Er erwartet vielleicht tatsächlich, dass ich den Fluch breche, aber er würde mir nicht wehtun und er will mich. Jetzt, wo ich weiß, dass er mir nicht das Leben nehmen wird, finde ich den Vampir unwiderstehlich. Es ist nicht meine Art, mich Hals über Kopf in einen Kerl zu verlieben – tatsächlich habe ich das noch nie getan. Aber dieser hier … er hat eine unfassbare Wirkung auf mich und verwandelt mein Inneres mit einem einzigen Zucken seiner Augenbraue in heiße Lava. Ich muss mich wirklich zusammenreißen, um ihm zu widerstehen, denn wenn ich es nicht schaffe, liege ich ihm über kurz oder lang zu Füßen und mein gesamter Stolz löst sich in Luft auf.

Ich zerknülle eine Serviette und werfe sie ihm entgegen.

Er fängt sie ohne Probleme auf, seine Hand bewegt sich so schnell, dass ich die Bewegung beinahe nicht wahrnehme. „Das ist auch so eine Sache … Ich brauche mehr Ordnung."

Ich schaue mich um. Meine Wohnung ist nicht schmutzig, aber es liegt einiges auf Couchtisch und Tresen verstreut, was alles etwas unaufgeräumt aussehen lässt. „Ich kann nicht gleichzeitig kochen, putzen und lernen, wie man zaubert. Vielleicht könntest du versuchen, dich in der Nacht, wenn ich schlafe, nützlich zu machen."

Er wirft mir die Serviette zurück und trifft mich im Gesicht. Das Geräusch der Türklingel lässt ihn sich entmaterialisieren und dieses Mal sehe ich, wie es passiert. Als würde er in unzählige Pixel oder Millionen winziger Atome zerfallen, bevor diese dann verschwinden. Er taucht in der Tür zu meinem Schlafzimmer wieder auf, die er dann hinter sich schließt.

Ich öffne die Haustür, nur um festzustellen, dass der Postbote ein Paket hinterlassen hat, das zu groß ist, um in meinen Briefkasten zu passen. Die Bücher! Ich bücke mich, um das Paket und die Briefe aufzuheben, und schließe die Tür.

„Komm raus, komm raus, wo immer du bist!", rufe ich.

Charlie materialisiert sich direkt hinter mir, mit einer Hand umschließt er meine Brust, die andere hat er zwischen meinen Beinen. Er zieht mich an sich, während ich schreiend versuche wegzuspringen. „Ist dein Paket gekommen?"

Ich zucke zusammen, als ich seine festen Finger an meiner empfindlichen Spalte spüre und die Lust mir über die Innenseiten meiner Schenkel läuft und sie erzittern lässt. Aber ich werde ihn nicht wissen lassen, wie sehr ich ihn will. „Lass mich in Ruhe, Vampir", schreie ich, reiße mich los und taumle zurück, täusche Empörung vor, während meine Muschi kribbelt und hungrig ist nach mehr.

❧

CHARLIE

DER DUFT von Aurelias Erregung erfüllt den Raum. Sie will vielleicht nicht zugeben, dass sie es nicht will, aber wir beide kennen die Wahrheit.

Ich liebe es, sie zu streicheln, zu sehen, wie sich ihre Wangen röten, wie ihre Augen aufblitzen. Sie ist bezaubernd.

Ich entscheide mich, ihr Gezeter zu ignorieren. „Mach es auf." Ich drehe meinen Kopf in Richtung des Pakets.

Sie scheint froh zu sein über den Themenwechsel, hebt eifrig die Schachtel auf und trägt sie in die Küche, wo sie sie mit einem Messer aufschneidet. „Warte ..." Sie hält eine Plastiktüte hoch, in der sich ein schwarzes Lingerie-Set und ein Päckchen mit halterlosen Strümpfen befinden. „Was ist das?"

Ich grinse. „Ich habe zufällig eine Vorliebe für sexy Unterwäsche."

Sie wirft mir einen verurteilenden Blick zu. „Steht dir sicher gut."

Demonstrativ lasse ich meinen Blick an ihrem zierlichen, kleinen Körper auf und ab wandern. „Die Sachen sind zwar für mich, aber ich werde nicht derjenige sein, der sie trägt. Aber keine Sorge, ich werde dich nicht zwingen", verspreche ich, wobei mein Tonfall weich wie Honig ist. „Du wirst sie anziehen, weil du mir gefallen willst."

Sie wirft sie mir zu. „Das hättest du wohl gerne!"

Ich fange die Sachen auf, die sie durch die Luft wirft, öffne die Tüte mit dem Korsett und halte es mit kritischem Blick in ihre Richtung.

„Hör auf."

Ich liebe es, sie erröten zu sehen. Ich stelle mich hinter sie und fahre mit den Fingerspitzen leicht über ihre Schulter. „Komm, Glöckchen, du weißt, dass du sie anprobieren willst."

Hitze strahlt von ihr aus, ein berauschendes Gefühl auf meiner kühlen Haut. Meine Reißzähne verlängern sich und ich muss meine Augen schließen und mich zwingen, an etwas anderes zu denken, als sie zu fesseln und kommen zu lassen, bis sie wimmert.

Anstatt sich zurückzuziehen, dreht sie sich jedoch zu mir um und kommt näher, als würde sie magnetisch von meinem Körper angezogen. Sie hebt ihr Gesicht. Ich kann klar erkennen, worum sie bittet. Ich lege meine Hand um ihren Hinterkopf und küsse sie, meine Lippen umspielen die ihren, meine Zunge gleitet in ihren Mund.

Ich halte mich zurück, bevor ich ihren Namen stöhne und mein Verlangen bei ihrem Geschmack und dem Gedanken an das sinnliche Vergnügen der Berührung ins Unermessliche wächst. Ich greife nach dem Saum ihres Oberteils und ziehe es langsam hoch. Sie lässt mich für einen Moment gewähren, aber dann scheint sie sich an ihre Grundsätze zu erinnern und weicht zurück.

„Stopp", sagt sie atemlos. „Ich … ich bin noch nicht bereit dafür."

Ich erinnere sie nicht daran, dass ich gestern schon ihre herrlichen Titten gesehen habe. Sie hat recht mich zu bremsen – was zum Teufel mache ich da? Glaube ich, sie zu verführen würde meine unstillbare Lust lindern? Es würde die Lage nur schlimmer machen, denn dann wäre ich am Verhungern *und* hätte blaue Eier, was mich nicht weniger mürrischen stimmen würde. Und wir haben hier wichtige Arbeit zu erledigen.

Ich hebe sie an der Taille hoch und trage sie zu einem Stuhl am Küchentisch, setze sie dort ab und schiebe ihr die

Schachtel mit den Büchern zu. „Mach dich daran, die Magie zu erlernen, kleine Fee."

Sie kippt die Box zur Seite und schaut hinein. Heraus zieht sie einen dicken Flogger aus Wildleder und betrachtet ihn kritisch.

„Ah ja, der ist für mich. Damit ich ihn an dir anwenden kann, natürlich."

Sie hebt ihn aus der Schachtel, um ihn mir entgegen-zuschleudern, scheint es sich aber dann anders zu überle-gen. Vielleicht weil sie weiß, dass ich sie dafür bestrafen werde. Sie wirft den Flogger zurück in die Kiste und wech-selt das Thema. „Mit welchem Buch soll ich anfangen?"

Ich zucke mit den Schultern. „Du bist die Fee – ruf es doch."

Ratlos öffnet sie den Mund. „Und wie genau soll ich das anstellen?"

Ich antworte nicht, sondern erwidere ihren Blick bestä-tigend und fordere sie auf, es zu versuchen. Ich weiß nicht, wie Feen oder Hexen das tun, was sie tun, aber ich habe genug Zeit mit Anka verbracht, um zu wissen, dass sie es auch so gemacht hätte.

Sie dreht sich langsam zu der Schachtel zurück und schaut hinein. Ein glühender Schein erscheint um eines der Bücher.

„Da! Siehst du es?" Ich grinse und zeige auf das leuch-tende Buch.

Sie reißt ihren Kopf herum, um mich anzusehen, und Verwirrung macht sich auf ihrem Gesicht breit. Dann starrt sie zurück in die Box. Das Buch hört nicht auf zu leuchten. „Siehst du das nicht?"

Ich nehme an, als Unsterblicher habe ich die Fähigkeit, Dinge zu sehen, die normale Menschen nicht sehen. Wie die Schutzblase, die sie benutzt hat, als ich sie das erste Mal gesehen habe.

Nach einem langen Moment nimmt sie das Buch mit dem leuchtenden Einband heraus und hält es hoch. „Das hier?" In ihrer Stimme schwingt Zweifel mit.

Ich lächle so breit, dass sich meine Gesichtszüge ausdehnen, eine Welle von – ist es Stolz? – durchströmt mich. „Brillantes Mädchen. Clevere kleine Fee", lobe ich. „Ich wusste, du würdest schnell lernen."

Ich liebe die Verwunderung in ihrem Ausdruck. Sie weiß wirklich nicht, wie mächtig sie ist.

„Du liest das Buch, ich räume hier auf." Ich fühle mich geradezu großmütig. Als sich ihre Augen weiten, füge ich hinzu: „Nur dieses eine Mal. Ich erwarte, dass du in Zukunft einen ordentlicheren Haushalt führst." Dann zwinkere ich ihr zu, denn diese Vampir-Meister-Sache ist ehrlich gesagt nur ein Spiel für mich. Es ist mir völlig egal, ob sie einen ordentlichen Haushalt führt oder nicht.

Sie verdreht die Augen, wendet sich dem Buch zu und schlägt es mit Neugier in ihrem hübschen Gesicht auf.

Ich sortiere ihr Durcheinander in ordentliche Stapel und fange an, das Abendessen zuzubereiten. Trotz meines Erlasses, dass sie kochen soll, genieße ich es tatsächlich, ein Essen für uns zuzubereiten. Manche Vampire ziehen es vor, überhaupt nicht zu essen, sondern sich ausschließlich von Blut zu ernähren. Ich liebe Essen – die Jahre, die ich in Frankreich verbracht habe, haben mir einen anspruchs-vollen Gaumen beschert.

Anka habe ich in Paris kennengelernt, wo sie ein Bordell besaß. Die Madame mit Haar so schwarz wie das Federkleid eines Raben schien so unsterblich wie ich, ihre Magie verlieh ihr den Anschein ewiger Jugend. Sie hatte makellose olivfarbene Haut und mandelförmige schwarze Augen mit dichten, geschwungenen Wimpern.

Außerdem hatte sie einen französischen Aristokraten zum Vater, wurde aber als Tochter seiner Mätresse, einer ehemaligen Prostituierten, geboren, von der sie die Gabe des Sehens und Heilens erbte. Als sie vierzehn Jahre alt war, starb ihr Vater und das Geld, von dem sie und ihre Mutter lebten, fiel von heute auf morgen weg. Anka fand ihren Weg nach Paris, um ihren Lebensunterhalt zunächst als Prostituierte und später als Besitzerin eines der teuersten Bordelle der Stadt zu verdienen.

Wenn ich jetzt an Anka denke, kommt nicht die übliche Wut auf. Ich habe fast Mitleid mit ihr. Alleine, ohne jemanden zu haben der ihr geholfen hätte, musste sie jedes bisschen Magie, jede Manipulation, die sie kannte, einsetzen, um sich durchzukämpfen. Mich zu benutzen, war Gewohnheit für sie. Die Tatsache, dass sie mich verflucht hat, zeigt mir, dass sie mich wirklich gemocht hat. Sonst hätte sie nie etwas dagegen gehabt, dass ich sie schließlich verlassen wollte. Ich öffne den Kühlschrank und nehme das Steak zum Marinieren heraus. Ein paar Kartoffeln schnappe ich mir auch und bringe sie in einem Topf mit Milch und zerdrücktem Knoblauch zum Kochen. Ich habe Appetit auf *Gratin dauphinois*.

So viel wie in den letzten zwei Tagen habe ich noch nie über Anka nachgedacht. Die Möglichkeit, mich von ihrem Fluch zu befreien, rückt die Erinnerungen in den Vordergrund meines Bewusstseins.

Während ich koche, ertappe ich Aurelia dabei, wie sie mir heimlich Blicke zuwirft. Sie scheint eine mystische Intelligenz zu besitzen, als ob sie über mein egozentrisches Vampirdasein hinaus direkt in mein geschwärztes Herz sieht, wo sie meine fragwürdige Moral durchleuchtet, um festzustellen, ob es darin noch etwas zu erlösen gibt. Eine alte Seele, wie es scheint. Abstammend von den Fae.

Ich muss zugeben, dass Teile von mir, die ich für tot hielt, in den letzten zwei Tagen zum Leben erwacht sind.

Irgendetwas an dieser kleinen Sterblichen besänftigt meinen Geist, gibt mir das Gefühl, menschlich zu sein.

Ihr Handy klingelt und sie hebt ab. „Hey, Gwen, was gibts?" Sie sieht zu mir rüber. „Heute Abend? Ich kann nicht …" Sie zwirbelt eine Haarsträhne zwischen ihren Fingern und sieht mich noch einmal an, bevor sie in Richtung ihres Zimmers geht. „Ich habe jemanden kennengelernt", sagt sie mit einem Unterton.

Ich lächle. Meine kleine Fee weiß nicht, dass Vampire ein scharfes Gehör haben. Gut, denn das ist eine Unterhaltung, die ich nicht verpassen möchte.

„Ja, nun … ich habe ihn bei der Arbeit kennengelernt … sozusagen. Und wir haben einfach … die letzten paar Tage zusammen abgehangen … Charlie. Ja. Ich weiß nicht", sagt sie mit dem anzüglichen Unterton in ihrer Stimme, den Teenager benutzen, wenn sie sich Geheimnisse erzählen.

Etwas in mir wird ganz warm und weich. Ich liebe es, sie über mich reden zu hören, als wäre ich ihr größter Schwarm. Ihre Jugend und Unschuld klingen in dem Gespräch durch, was einen Beschützerinstinkt in mir hervorruft. Ich habe nicht die Absicht, eine Beziehung mit Aurelia aufzubauen, aber die Vorstellung, dass sie eine will, ändert die Lage irgendwie.

Ich bereite gerade die Steaks zu, als Aurelia aus dem Schlafzimmer zurückkommt.

„Wenn du sehr hart arbeitest, lasse ich dich vielleicht mit deinen Freundinnen ausgehen."

„Halt die Klappe, Vampir", sagt sie, setzt aber ein kokettes Lächeln auf.

„Willst du mich ihnen vorstellen?"

„Das kommt darauf an."

„Worauf?"

„Warum du sie kennenlernen willst."

„Ich werde sie entführen und als Blutsklaven halten, bis du mich von dem Fluch befreist."

Sie schnaubt höhnisch, aber dann wirft sie mir einen prüfenden Blick zu, nur um sicherzugehen, dass ich einen Scherz mache.

„Neeeeein, das mache ich nur, wenn du bis Dienstag nicht herausgefunden hast, wie man den Fluch brechen kann."

„Ich kann unter Druck nicht gut arbeiten."

„Das glaube ich dir nicht." Ich rühre die Kartoffeln um.

Aurelia stellt sich hinter mich und ich sehne mich danach, dass sie mich freiwillig berührt. Stattdessen sagt sie: „Womit kann ich helfen?"

„Du könntest den Salat zubereiten."

Ich gehe ihr aus dem Weg und sie holt die Zutaten für den Salat aus dem Kühlschrank.

„Und wie bist du ein Vampir geworden?", fragt sie, während sie beginnt, frisches Gemüse zu schneiden.

Ich verschränke meine Arme vor der Brust, lehne mich an den Schrank und schaue ihr bei der Arbeit zu. „Ich war der Kutscher und Pferdepfleger des Herzogs von Lynton. Seine Frau, die Herzogin, hatte eine Vorliebe dafür, über den Anbindebalken gebeugt grob von hinten genommen zu werden."

Aurelia bleibt stehen und starrt mich an, eine Mischung aus Faszination und Schock ist auf ihrem Gesicht zu sehen. „Von dir, meinst du?"

„Ja, obwohl ich mir vorstellen kann, dass ich nicht der erste Pfleger war, den sie für ihre Freizeitgestaltung benutzt hat. In der Nacht, in der ich verwandelt wurde, hatte ich sie gerade nach London gefahren und war mit ihr im Stall zugange, als der Duke uns fand und mich erschoss."

Sie reißt die Augen auf und hält das Messer in die Luft.

„Ich habe es geschafft, auf die Straßen von London zu taumeln. Er ließ mich gehen – ich kann mir vorstellen, dass er dachte, ich würde nicht sehr weit kommen, aber ich muss ein paar Häuserreihen hinter mir gelassen haben, bevor ich zusammengebrochen bin. Und dann nahm mich eine wunderschöne Frau in ihre Arme, als würde ich nicht mehr wiegen als ein Kind, und trug mich in ihre Wohnung. Sie fragte, ob ich sterben wolle oder ob ich das ewige Leben bevorzuge. Ich wählte das ewige Leben. Ich zwinkere.

„Ist das wahr?“

„Ja.“

„Was noch? Hält dich Knoblauch fern?“

„Nein. Aber es lässt dein Blut faulig schmecken, also kann ich verstehen, woher die Legende stammt.“

„Und das Einzige, was dich umbringt, ist ein Pflock durch das Herz?“

„Nicht unbedingt. Wir heilen schnell, also würden uns die meisten Verletzungen nicht umbringen, aber eine Enthauptung oder eine andere größere Verletzung, die dazu führen könnte, dass wir verbluten, bevor wir uns regenerieren können, schon. Sonnenlicht, offensichtlich.“

„Silberkugel? Ach nein, das sind Werwölfe, richtig?“

Ich kichere. „Silber kann uns auch schaden, ehrlich gesagt. Es raubt uns die Kraft und verbrennt unsere Haut. Es ist nicht tödlich, aber auch kein förderliches Element für uns.“

Aurelia kehrt zum Selleriehacken zurück, aber ihre Augen bleiben an mir haften, groß vor Neugier. „Autsch.“ Sie führt ihren Daumen ruckartig nach oben zu ihrem Mund.

Der Geruch ihres Blutes erreicht mein hungergeplagtes

Gehirn schneller als ich denken kann. Ich springe zu ihr, nehme ihren verletzten Daumen in den Mund und sauge kräftig daran.

~

Aurelia

Erschrocken reiße ich meine Hand aus seinem Mund. Er hat seine Geschwindigkeit voll ausgenutzt und taucht mit voll ausgefahrenen Reißzähnen und einem Blick des puren Hungers auf seinem Gesicht direkt vor mir auf. Diesmal nicht aus Lust. Er wirkt wie ein Drogensüchtiger, der einen Schuss braucht.

Ohne nachzudenken ziehe ich meine Hand zurück und schlage ihm so fest ich kann ins Gesicht.

Verwunderung flackert auf seinem Gesicht auf.

„Es tut mir leid", rufe ich, etwas schockiert über mich selbst. Ich habe ein bisschen Angst davor, wie er reagieren wird.

Dann fällt mir ein, dass sein Speichel Schnitte versiegeln kann. Er wollte wahrscheinlich nur helfen und ich habe wieder überreagiert. Ich hätte ihn definitiv nicht schlagen sollen. Ein dummer Zug. Wer ohrfeigt schon einen Vampir? Ich spreche ein Dankgebet dafür, dass mein Vampir das Hinternversohlen der echten Gewalt vorzieht, wenn es um Vergeltung geht.

Als ob er meine Gedanken lesen könnte, schnalzt Charlie mit der Zunge. „Ungezogene kleine Sterbliche. Erhebe niemals die Hand gegen deinen Herrn." Er schiebt mich langsam rückwärts, bis mein Hintern an den Küchentisch stößt, dann dreht er mich um und beugt meinen Oberkörper vornüber. Er gibt mir einen Klaps auf jede Pobacke, dann öffnet er den Knopf meiner Shorts und zieht sie zusammen mit meinem Höschen hinunter.

Er schiebt seine Daumen zwischen meine Beine, lässt sie nach oben gleiten und drückt dabei meine Schenkel auseinander, sodass meine Muschi seinem Blick ausgesetzt ist. Er atmet tief ein, als würde er meinen Duft aufsaugen.

„Jemand ist scharf auf mich", bemerkt er.

„Nein, bin ich nicht", schieße ich zu schnell zurück, um überzeugend zu klingen.

Er bedeckt meine Hand auf dem Tisch mit seiner eigenen, zieht sie nach unten, über die Tischkante hinaus, und platziert sie von vorne zwischen meinen Beinen. Er schiebt sowohl meine als auch seine Finger über meine erogene Zone, bewegt sie auf und ab über meine feuchten Falten. „Behalte deine Finger hier", murmelt er in mein Ohr.

Meine Muschi ist feucht, prall und angeschwollen vor Verlangen. Jede Bewegung meiner Finger lässt Schübe der Lust durch meinen Körper zucken.

Er zieht seine Hand weg und ich vermisse sie sofort. Mich selbst zu fingern ist nicht so aufregend, wie wenn jemand anderes die Führung übernimmt. Ein scharfer Klaps landet auf meinem bereits kribbelnden Hintern, dann noch einer. Mir wird schwindlig, als ich einen tiefen Atemzug nehme. Charlie beginnt wieder, mir in einem langsameren Tempo den Hintern zu versohlen. Mit dem nächsten Schlag schiebe ich meine Finger in meinen Eingang. Fast unabsichtlich gleiten sie hinein, als wüssten sie, dass sie dorthin gehören. Er schlägt mich wieder und ich lasse meine Finger immer wieder ein und ausgleiten, werde mit jedem Stoß begieriger, weil die Lust überhandnimmt und das Stechen seiner Schläge übertüncht.

„Die Prügel hören erst auf, wenn du kommst", informiert er mich.

Ich stöhne und meine Knie knicken ein.

Er greift mit seiner linken Hand um meine Hüften und legt seine Finger wieder an meine, während er mir mit der anderen Handfläche immer noch den Hintern versohlt. „Und denk nicht einmal daran, es vorzutäuschen, denn ich kann deine Muskeln spüren."

Er hätte sich keine Sorgen machen müssen, ich bin nur noch ein paar Schläge vom Orgasmus entfernt. Aber dann fängt er an, härter zuzuschlagen, sodass der Schmerz stark genug wird, um mich von meiner Lust abzulenken. Ich beiße mir auf die Lippe. Werde ich in der Lage sein, mich selbst zum Kommen zu bringen, wenn mein Arsch anfängt, so heftig zu schmerzen?

Ich beende meine Stöße, aber er besteht darauf, dass ich weitermache, kneift meinen Kitzler, stößt dann meine und seine Finger in meinen klitschnassen Kanal und dehnt ihn. „Oh, Gott", flüstere ich. Ich muss kommen. *Dringend.*

Ich wimmere vor Verlangen, will mehr als nur Finger in mir. Charlie scheint es zu spüren, denn er fängt an, mich mit mehreren Fingern zu ficken, vielleicht auch mit allen Fingern zusammen, wobei seine Fingerknöchel gegen meine Klitoris hämmern, während seine andere Hand mir weiterhin den Hintern versohlt.

„Oh … Gott. Oh, Charlie, oh bitte … ja, ja, ja", stammle ich zusammenhangslos, fast schon wimmernd.

Mein Körper zuckt und mein Inneres verkrampft sich in den besten Orgasmus, den ich je hatte. „Ohh – oh!", stöhne ich und grabe meine Fingernägel in Charlies Unter-arm, halte seine Finger in mir, während ich mich um sie zusammenziehe. „Oh mein Gott", schluchze ich. „Oh, ja."

Als ich fertig bin, breche ich buchstäblich über dem Tisch zusammen und mein ganzer Körper wird schlaff. Innerhalb von Sekunden hebt mich Charlie in seine Arme und trägt mich wie in den Flitterwochen zum Sofa, wo er sich mit mir auf seinem Schoß hinsetzt. Er streichelt meinen Rücken, beugt meinen Oberkörper nach hinten und zieht mit seinen Zähnen mein Oberteil bis über meine Brüste hoch.

Obwohl sie völlig erschöpft ist, gibt meine Muschi ein Zucken der Erregung von sich. Er schnippt mit dem Finger gegen den Nippel einer meiner Brüste und der Schmerz schießt als ein weiteres Signal der Lust direkt in meinen geschmolzenen Kern. Meine Shorts und mein Höschen baumeln noch immer um meine Oberschenkel und er zieht sie mir nun ganz aus und wirft sie auf den Boden. Während ein Teil meines Gehirns die Verletzlichkeit registriert, völlig nackt und offen vor ihm zu liegen, während er völlig bekleidet ist und die Kontrolle über mich hat, fühle ich mich sexier und begehrenswerter als je zuvor in meinem Leben. Die verruchte Art, mit der er mich ansieht, verrät mir, wie verlockend er mich findet, und die Art, wie er mich hält und meinen Körper mit unverhohlener Wertschätzung betrachtet, hat etwas Besitzergreifendes.

Mein. Er scheint den Gedanken in meinen Kopf zu projizieren. Ich erschrecke über diesen ersten Moment der Hellhörigkeit. Oder ist es Telepathie? Meine Gedanken entgleiten mir wieder, als er mein Knie hochzieht, um meine Muschi für ihn zu öffnen. Zu entspannt, zu erschöpft von meinem Orgasmus, bin ich nicht bereit für mehr, aber er gleitet mit seiner Hand meinen Innenschenkel hinauf, bis seine Finger meinen Eingang erreichen. Er führt zwei Finger ein, schiebt sie tief in mich und findet das, was mein G-Punkt sein muss.

Ich zucke bei der Intensität dieses Gefühls überrascht zusammen. „Nein", stöhne ich.

Er hebt eine Augenbraue und beginnt, seine Finger immer wieder in mich hineinzupumpen, wobei er jedes Mal den Punkt meiner höchsten Lust trifft. „Nein", stöhne ich.

„Ich kann nicht noch einmal kommen", protestiere ich. „Es ist zu früh. Bitte ..."

„Du kannst und du wirst. Brauchst du noch eine Tracht Prügel?"

„Nein." Ich bäume mich unter seinen Fingern auf, werfe meinen Kopf zurück und spreize meine Knie weit, um ihm Zugang zu gewähren. Doch das allein reicht schon – ich fürchte, von der Erregung, die er in mir erzeugt, zu explodieren.

Meine Hände fuchteln wild herum, eine davon schlägt ihm auf den Kopf.

„Halte deinen Arsch ruhig", sagt er zu mir. „Spann ihn fest an und erinnere dich an die Prügel, die du bekommst, wenn du nicht kommst."

Ich reibe über meine Backen, die von seinen Schlägen schon brennen.

„Gut so." Seine Finger wirken immer noch ihren schrecklichen, wunderbaren Zauber. „Bleib bei der Sache, Aurelia. Biete mir deine Muschi an."

Ich hebe mein Becken in die Luft, kippe es noch weiter nach vorne und öffne mich vollständig für seine Berührungen.

„Ich will dich kommen sehen. Ich will dieses Mal dein Gesicht sehen."

Seine Worte erschüttern mich. Dass er zusehen will und sich so sehr um meine Befreiung bemüht, lässt mich fast in eine Art Trance fallen. Ich strample mit den Beinen, während meine Hüften beben. Nässe strömt aus mir heraus und ich merke, dass ich wohl eine dieser sagenumwobenen weiblichen Ejakulation zustande gebracht habe.

„Das ist es, Liebes", krächzt Charlie und verlangsamt seine Bewegungen, während sich meine Muskeln um seine Finger zusammenziehen und entspannen.

„Charlie", keuche ich.

Mein Kopf schwirrt, als hätte ich zu viel getrunken und das Zeitgefühl verloren, obwohl wahrscheinlich nicht mehr als ein paar Sekunden vergangen sind. Charlie lässt seine Finger aus mir herausrutschen und leckt an einem. „Du schmeckst so gut."

„Was machst du mit mir?", krächze ich und hebe meinen Kopf, um in sein Gesicht zu blicken.

„Ich weiß es nicht."

Mit Schrecken stelle ich fest, dass er ganz ehrlich ist.

Er hebt meinen Bauch an und drückt einen Kuss darauf, dann wiegt er mich in seinen Armen und streichelt mein Haar mit einer noch nie dagewesenen Zärtlichkeit.

Ich will mich revanchieren und stoße mich von seinem Schoß ab, um mich zu seinen Füßen hinzuknien. Mit einer Hand greife ich nach der steinharten Beule in seiner Hose, während ich mit der anderen versuche, den Knopf seiner Jeans zu öffnen.

„*Nicht.*" Er hält meine Hand fest.

Ich blicke in seinen Augen und bin überrascht.

Die Zuneigung ist aus seinem Gesicht verschwunden, ersetzt durch diese überlegene Maske. „Du darfst meinen Schwanz nie ohne Erlaubnis anfassen", tadelt er.

Oh, um Himmels willen.

Ich lehne mich genervt zurück. Okay, er will dominante und unterwürfige Spielchen mit mir spielen. Ich rolle mit den Augen, sage aber: „Sir, darf ich bitte Ihren Schwanz lutschen?"

„Nein." Sein Ausdruck versteinert sich. Er steht auf und schreitet an mir vorbei. „Ich gehe duschen", sagt er. „Du machst den Salat fertig."

Noch ganz benommen starre ich auf seinen leeren Platz auf der Couch.

Autsch.

Was sollte das denn?

KAPITEL NEUN

Charlie

AM NÄCHSTEN ABEND beobachte ich fasziniert, wie Aurelia einen Lichtball zwischen ihren Handflächen heraufbeschwört und wachsen lässt. Manchmal wackelt und flackert er, manchmal wird er größer, verliert dabei aber seine Dichte. Die kleine Fee hat gelernt, wie man Kraft kanalisiert. Nachdem wir die Jakobsmuscheln und den schwarzen Reis gegessen haben, die ich vor ihrer Rückkehr von der Arbeit zubereitet habe, sitzen wir im Wohnzimmer.

Nach dem Debakel von letzter Nacht, als sie mich angefleht hat, mir einen blasen zu dürfen, war sie während des Abendessens kühl und distanziert gewesen, als ob meine Ablehnung ihre Gefühle verletzt hätte. Ich musste die ganze Nacht über diese Tatsache nachdenken und am Ende – nachdem sie um Mitternacht ins Bett gegangen war – ging ich ins Eclipse.

Warum sollte sie ein Problem damit haben, zu empfangen, aber nicht geben zu dürfen? Wäre das nicht der Traum der meisten Frauen? Anka hätte es sicher genauso gewollt. Aber ich sollte Frauen wahrscheinlich nicht nach Anka beurteilen. Sie übertraf sogar Vampire in Sachen Egozentrik.

Als ob Aurelia meine Gedanken spürt – wird sie immer hellsichtiger? –, sieht sie zu mir auf und fragt: „Warum hast du dir gestern Abend von mir nicht einen blasen lassen?"

Ich habe sie verletzt. Das sollte mir egal sein. Die Tatsache, dass es das nicht ist, unterstreicht die Tatsache, dass diese Sache zwischen uns aufhören muss. Also streue ich Salz in die Wunde. „Weil du noch nicht die Fähigkeit besitzt, mir zu gefallen."

Kränkung zeichnet sich auf ihrem Gesicht ab, bevor sie den Lichtball in ihrer Hand auf mich schleudert, schneller als selbst meine Vampirsinne es wahrnehmen können. Sie trifft meine Wange und ein stechender Schmerz ist die Folge.

Ich zucke zusammen. Es brennt, als hätte sie einen Feuerball auf mich geworfen, der meine Haut verbrennt und meinen ganzen Körper durch diesen Schock in einen Ausnahmezustand versetzt. Meine Selbstschutz-Instinkte setzen sofort ein, meine Reißzähne fahren aus und mein Blick wird trüb und tunnelblickartig, als ich mich auf sie stürze und sie zu Boden werfe, die Reißzähne bereit, ihr die Kehle aufzuschlitzen.

Sie stößt einen markerschütternden Schrei aus und schlägt ihre Fäuste gegen mein Gesicht und meinen Kopf. Ich kämpfe darum, meine Selbstbeherrschung wiederzuerlangen, um dem überwältigenden Drang zu widerstehen, meine Zähne in ihr Fleisch zu bohren und sie auszusaugen. Für einen Augenblick verweile ich über ihr, während ihr Schrei weiter und weiter andauert. Schließlich hebt sich der dunkle Schleier von meinen Augen und das Tier in mir weicht so weit zurück, bis ich mir der Situation bewusst werde.

Ich zwinge mich, mich zu entspannen und lächle verschmitzt auf meine wütende Sterbliche herab, als ob ich die ganze Zeit die Kontrolle gehabt hätte. Der Duft ihrer Wut lässt meine Haut prickeln. Sie ist wütend auf mich.

Ich bedecke ihren ganzen Körper mit meinem, werde mir ihrer weichen Kurven, die sich unter mir winden, bewusst, und mein Schwanz wird hart. Ich bewege mich in der Wiege ihrer Beine und reibe mich an ihrer Klitoris. „Ah, da sind wir wieder, kleine Fee."

„Runter von mir", schnappt sie immer noch nach Luft ringend. Ich spüre, wie ihr Herz unter meinem leeren Brustkorb pocht. Emotionen sind für Vampire ein Aphrodisiakum, und jetzt, wo ich wieder die Kontrolle habe, weckt der Geruch ihrer Wut mein Verlangen noch mehr.

Ich fange ihre Fäuste ein, die immer noch versuchen auf mich einzuschlagen, und halte sie an den Handgelenken über ihrem Kopf zusammen. „Du bekommst jetzt eine ernsthafte Strafe, Aurelia. Du darfst niemals Magie gegen mich einsetzen", schimpfe ich.

Diesmal sehe ich sie kommen, kann ihr aber trotzdem nicht ausweichen. Die Lichtkugel erscheint aus dem Nichts und fliegt direkt in meinen Mund.

Ich würge und zucke vor Schmerz zurück, das heiße Licht brennt in meiner Kehle. Auf Knien muss ich würgen und husten, bis die Kugel wieder herauskommt. Ich schnappe nach Luft, huste erneut und Blut spritzt aus meiner verbrannten Kehle auf den Boden. Wut kocht in mir auf – Wut, die von hunderten von Jahren an sexueller Frustration durch Anka geschürt wurde. Aber Aurelia weiß nicht einmal, was sie tut.

Ich hole tief Luft, um meinen Zorn zu bändigen, und ziehe meine Reißzähne ein.

Aurelia starrt mit einem Blick des Entsetzens auf das Blut auf dem Boden und bedeckt ihren Mund mit der Hand. „I-Ich …"

Die arme kleine Sterbliche. Sie hat keine Ahnung, wie mächtig sie ist. Was nicht heißt, dass ich sie nicht für ihr Handeln bestrafen werde.

Und ich werde sicherlich jeden Moment davon genießen.

Ich drehe mich zu ihr, fasse ihr Oberteil am Kragen und reiße es in zwei Teile. Sie kreischt und starrt mich an, die Augen weit aufgerissen, eine Mischung aus Angst und Erregung in ihrem Duft.

„W-was machst du da?", fragt sie und ihre Worte überschlagen sich.

Ich schneide ihren BH mit einem Reißzahn auf und ziehe sie auf die Füße.

Sie bedeckt ihre Brüste mit einem Unterarm und errötet, während ihr Brustkorb bebt. „Was machst du da?", wiederholt sie, ihre Stimme ist jetzt nur noch ein Flüstern.

Ich knöpfe ihre Shorts auf. „Ich bestrafe dich", sage ich, meine Stimme rau von der Verletzung in meiner Kehle. Ich erwarte, dass sie sich wehrt, als ich ihr die Shorts und das Höschen ausziehe, aber sie steht still da und sieht mich schockiert an.

„Ich habe dir wirklich wehgetan, nicht wahr?", flüstert sie.

Ich antworte nicht, aber als ich meinen Gürtel löse, weicht sie schnell zurück und zieht ihre Schutzblase auf, auch wenn sie dabei murmelt: „Okay, beruhige dich einfach."

„Der ist für deine Handgelenke", erkläre ich. „Lass

deine Blase verschwinden und halte deine Handgelenke vor deinen Körper."

Sie steht still da und starrt mich mit ihren großen Augen an. Ihr Blick wandert an meine Wange, wo der Lichtball mich beim ersten Mal erwischt hat. Ich muss inzwischen einen roten Fleck an dieser Stelle haben, vielleicht sogar Blasen.

Ihre Blase flackert und löst sich auf. Meine kleine Sterbliche hat also ein Gewissen. Weit mehr, als ich jemals von Anka behaupten könnte.

„Danke. Jetzt gib deine Handgelenke her."

Sie sieht mich unsicher an.

Ich warte. Es wird an ihr liegen, sich mir zu unterwerfen.

Sie schluckt und streckt ihre Hände aus. Ihr Blick sinkt unterwürfig.

Mein Schwanz wird hart. Meine gefangene Fee ist nackt und mir völlig ausgeliefert. Nachdem ich den Gürtel um ihre Handgelenke geschlungen habe, ziehe ich sie zur Tür ihres Schlafzimmers. Ich werfe das Ende meines Gürtels über die Türe und ziehe daran, bis sie auf Zehenspitzen stehen muss, dann schließe ich die Tür, um den Gürtel einzuklemmen, damit sie ihre Handgelenke nicht nach unten ziehen kann.

„Du hast Bekleidungsverbot, bis du mehr Respekt zeigst", informiere ich sie.

Sie dreht sich herum und hängt sich mit ganzem Gewicht in den Gürtel, um ihn herunterzuziehen.

„Immer mit der Ruhe, sonst tust du dir noch weh", befehle ich. Ich krame in der Schachtel mit dem Flogger und ziehe ihn heraus.

Sie beäugt mein Werkzeug nervös und dreht ihren Hintern von mir weg, als ich näherkomme.

Ich habe dieses Spielzeug einmal an meinem eigenen

Oberschenkel getestet. Es verursacht einen oberflächlichen Schmerz, ohne viel Schaden anzurichten.

„Dreh dich um", befehle ich.

Ihr Kiefer spannt sich an, und sie bewegt sich nicht sofort. Nun gut. Ich werde ihr beibringen, mir sofort zu gehorchen, oder sie wird die Konsequenzen tragen.

Mit einer Bewegung meines Handgelenks lasse ich die Lederfransen durch die Luft zischen. Sie prasseln auf ihre goldene Haut herab.

Aurelia quiekt, zuckt überrascht zusammen und dreht ihren Kopf zur Seite.

In einem schnellen Achterschwung peitsche ich über ihre Brüste. Die Lederquasten bestrafen erst die eine Spitze, dann die andere.

„Dreh dich um", wiederhole ich.

Diesmal wirbelt sie sofort herum und zappelt auf ihren Zehenspitzen.

Sofort mache ich mich über ihren schönen Arsch her, indem ich mit der gleichen Bewegung erst die eine, dann die andere Seite berühre. Ich liebe das Geräusch des Wild-leders, das auf ihr Fleisch trifft, die Art und Weise, wie ihre Pobacken bei jedem Schlag wippen. Ich peitsche sie aus, bis ihr Arsch pink leuchtet, dann bewege ich mich nach unten und peitsche die Rückseiten ihrer Oberschenkel aus. Als ich den Flogger zwischen ihre Beine schwinge, kreischt sie auf, schlägt die Beine übereinander und windet sich aus meinem Griff.

„Sehr ungezogen", schimpfe ich. „Du darfst nichts bedecken, wenn du bestraft wirst. Ich werde mir etwas ausdenken, damit du dir das merkst." Ich halte ihr den Griff der Gerte an den Mund. „Aufmachen."

Sie starrt mich an, öffnet aber ihren Mund und lässt mich den Griff zwischen ihre Zähne schieben.

„Halte das", befehle ich und sie tut es. Dann schnippe

ich mit meinem Zeigefinger über ihre Brustwarze. „Braves Mädchen."

Ich gehe in die Küche, hole die Ingwerwurzel und ein Messer heraus, schäle ein langes Stück und schnitze daraus ein fingerförmiges Stück mit einem knolligen Ende. Damit kehre ich zurück und halte es hoch, damit sie es sehen kann. Sie blinzelt verwirrt, die Gerte immer noch pflicht-bewusst zwischen ihren Kiefern geklemmt.

„Was ist das?", versucht sie zu fragen.

Ich schlendere hinter sie. „Streck deine Wirbelsäule durch."

Sie zögert einen Moment, aber zu meiner Freude beugt sie sich nach vorne und streckt mir ihren Hintern entgegen.

Ich ziehe ihre Backen auseinander. Sie quiekt und versucht, sich aus meinem Griff zu lösen, aber ich gebe ihr einen scharfen Klaps auf den Hintern. „Halt still, oder ich mache deine Strafe noch viel schlimmer", warne ich.

Sie wimmert, bewegt sich aber nicht mehr. Ihre Beine zittern, als ich ihre Pobacken noch einmal spreize. Ich führe die Spitze des Ingwerplugs an ihren Anus und sie zuckt wieder zusammen und versucht, ihr Loch zusam-menzupressen. Ich klopfe noch einmal auf ihren rosigen Po. „Öffne dich dafür", befehle ich mit heiserer Stimme. Mein Schwanz pocht.

Schließlich hält Aurelia still und wimmert, während ich die geschnitzte Wurzel einführe. Ich schiebe sie rein und raus, während sie quiekt. Es wird ein paar Minuten dauern, bis die Hitze des Ingwers beginnt, ihren Anus zu reizen und ihre gesamte Beckenregion zu erwärmen. Gemächlich gehe ich um sie herum nach vorne und nehme die Peitsche aus ihrem Mund.

„Danke", sage ich.

Ihre Augen flehen mich um Gnade an, aber ich sehe

auch Besorgnis, als sie auf die Verbrennung in meinem Gesicht blickt und dann auf meinen Mundwinkel.

„Blutest du?", fragt sie mit leiser Stimme.

Ich wische mir über den Mund und bemerke ein wenig Blut von meinem Hustenanfall. Ich schüttle kurz den Kopf. Schwäche zu zeigen ist nicht mein Ding, auch wenn es mir ihre Reue eingebracht hat.

„Es ist nichts", versichere ich ihr. Ich öffne die Tür und senke ihre Handgelenke ein wenig. „Stelle dich mit weit gespreizten Beinen hin", befehle ich.

Mit immer noch weit aufgerissenen Augen gehorcht sie. Ich vermisse fast ihre rebellischere Seite. Fast. Aber die unterwürfige Aurelia ist süß genug, um sie zu vernaschen. Ich trete hinter sie und beuge mich vor, um sie von den beiden Grübchen über ihrem Hintern bis ihrer Halsschlagader abzulecken. Meine Zunge streicht über ihre glatte Haut. Ihr Geschmack ist berauschend.

Sie beginnt mit ihrem Hintern zu wackeln, ihre Brust hebt sich mit beschleunigtem Atem.

„Ähm … ooh … ah."

„Hat das Brennen schon eingesetzt, kleine Fee?"

Sie beißt sich auf die Lippe. „Autsch. Oh. Nimm das raus, Charlie", sagt sie und wiegt ihre Hüften hin und her. „Bitte?"

„Öffne deine Beine", befehle ich und schlage ihr mit dem Flogger zwischen die Beine, um ihre kleine Muschi zu bestrafen.

„Ahh!" Sie zuckt zusammen, hält aber ihre Beine gespreizt.

Ich schlage wieder und wieder zu, gehe behutsam vor und beurteile anhand ihrer Geräusche, was zu viel und was zu wenig ist, bis sie stöhnt und ihr Atem eher wie ein Schluchzen klingt. Dann bewege ich mich zu ihrer Vorderseite und setze meinen Angriff auf ihre Muschi aus dieser

Richtung fort, wobei ich die Peitschenhiebe mit Schlägen auf ihre Brüste abwechsle.

„Oh mein Gott, das ist zu viel. Oh Charlie, nimm ihn raus, oh … oh", stöhnt sie. Wenn ihre Stimme nicht so vollkommen wollüstig klingen würde, könnte ich ihr vielleicht glauben.

Aber sie irrt sich. Sie kann mehr ertragen. Sehr viel mehr. Ich bin gerade dabei, ihr zu zeigen, wie viel mehr, als jemand lautstark an die Tür klopft.

KAPITEL ZEHN

Aurelia

„Aurelia?", ruft eine gedämpfte Stimme von draußen. Es ist Wilson, mein Ex-Freund. *So ein Mist.*

„Aurelia?", ruft Wilson erneut und klopft wieder.

Bevor mir etwas einfällt, höre ich, wie sich der Schlüssel im Schloss dreht und Wilson hereinkommt.

„Was zum Teufel?", keucht er als er mich in meiner vermeintlich misslichen Lage sieht. Verdammt! Ich bin nackt, die Handgelenke mit einem Ledergürtel zusammengebunden, die Beine weit gespreizt, und vor mir steht ein verdammter Vampir mit verlängerten Reißzähnen. Charlie sieht wütend aus angesichts des Eindringlings. Und zu allem Überfluss hat der Ingwer in meinem Arsch angefangen zu brennen. Meine Muschi tropft, aber ich zapple mit Unbehagen von einem Bein aufs andere.

Bevor ich irgendetwas sagen kann, verschwimmt Charlie vor meinen Augen. Mit einer Bewegung, die zu schnell für meine Augen ist, drückt Charlie Wilson gegen die Wand. Der Vampir hat eine Hand um die Kehle meines Ex und er schwebt in der Luft.

„Charlie, hör auf", schreie ich.

Charlies Kopf schnappt in meine Richtung. Er schaut über seine Schulter zu mir, seine Reißzähne sind lang und tödlich, seine Augen sind beunruhigend rot ... „Wer ist das?", zischt er.

Ich drehe mich herum und versuche, den Türknauf zu erreichen, um mich zu befreien. Es ist sinnlos. Ich bin völlig hilflos. „Wilson. Er ist ein Freund."

„Ein *Freund*?", poltert Charlie, löst Wilson von der Wand und stößt ihn dann wieder dagegen. Mein Ex ist kein Leichtgewicht – einen Meter achtzig groß und über hundert Kilo schwer –, aber Charlie schleudert ihn herum wie ein Stofftier.

Was zur Hölle ist hier los? Charlie wirkt, als wäre er zum Dämon mutiert. Seine Augen sind blutunterlaufen. Ist das eine Art Eifersuchtsreaktion? Oder fühlt er sich bedroht?

Verdammter Wilson. Von allen Zeitpunkten, an denen mein Ex zurückkommen ... und dann benutzt er auch noch den Schlüssel, den ich seit Ewigkeiten von ihm zurückverlange

Unter Charlies Griff keucht Wilson und versucht Luft zu holen.

„Er ist nur ein Freund", wiederhole ich. „Ein Ex. Er hat noch einen Schlüssel, aber das sollte er nicht. Du kannst ihn ihm wegnehmen."

Charlie dreht sich um und mustert Wilson, dessen Gesicht einen bedrohlichen Rotton angenommen hat. Ich bezweifle nicht, dass Charlie Wilson töten wird, wenn er will.

„Bitte, Charlie", flehe ich. „Bitte lass ihn gehen. Er ist harmlos, ich schwöre. Bitte tu ihm nicht weh."

Charlies Augen verengen sich und er schaut wieder zu mir und dann zu seiner Beute.

„Bitte töte ihn nicht. Bitte, Charlie."

Wie lange kriegt Wilson schon keine Luft mehr? Ich bin überzeugt, dass es schon fast vorbei ist, dass Wilson sterben wird, aber endlich lockert Charlie seinen Griff um die Kehle des Mannes.

Wilson schnappt nach Luft und windet sich.

„Was machst du hier?", fragt Charlie.

Als Wilson nicht antwortet, packt Charlie ihn mit einer Faust an seinem Hemd und hebt ihn wieder hoch. „Ich sagte, was machst du hier?"

Ich erschaudere, seltsam erregt von der maskulinen Zurschaustellung seiner imposanten Aggression. Irgendwie macht das seine Sanftheit mir gegenüber nur noch deutlicher. Oder vielleicht ist es nur der Ingwer in meinem Arsch, der meine Weichteile erhitzt, sodass ich nicht mehr klar denken kann.

Wilson starrt Charlie mit weit aufgerissenen Augen an, verängstigt durch die Reißzähne und weil er fast zu Tode gewürgt wurde. Oh, und wahrscheinlich auch davon, dass er mich nackt wie eine Sexsklavin gefesselt vorgefunden hat.

„Was machst du hier, Wilson?", frage ich so ruhig ich kann. Vielleicht wird er *mir* antworten, wenn er es schon nicht bei dem Vampir tut.

Wilsons Augen huschen von Charlies Gesicht zu meinem. „Wa-was ist hier los?"

„Ich stelle die Fragen", knurrt Charlie.

„Antworte ihm, Wilson", warne ich. Ich weiß, dass ich bei dem Vampir sicher bin, aber ich bezweifle, dass Wilson es auch ist. Charlie wirkt, als wäre er bereit, ihn auszusaugen.

„Ich … dachte nur, ich schaue mal vorbei. Du weißt schon, ich habe dich vermisst. Und dann ist mir aufgefallen, dass die Fenster mit Brettern vernagelt sind, und ich habe mir Sorgen gemacht, also habe ich den Schlüssel benutzt."

„Okay, hör zu", sage ich selbstbewusst, als würde ich nicht an den Handgelenken gefesselt an einer Türe hängen und einen ausgepeitschten Hintern haben. „Mit uns ist es vorbei. Du darfst nicht mehr vorbeikommen und du darfst den Schlüssel nicht behalten. Gib ihn Charlie." Ich nicke dem Vampir zu und zapple ein wenig. Wahrscheinlich klinge ich nicht so beherrscht, wie ich es mir erhofft hatte. Es ist wirklich nicht leicht, autoritär zu klingen, wenn man nackt in seinem Wohnzimmer angebunden ist.

Wilson fummelt nach dem Schlüssel und lässt ihn auf den Boden fallen. Charlie lässt ihn los und Wilson taumelt in Richtung des Schlüssels.

„Heb ihn auf." Charlies britischer Akzent ist scharf genug, um damit Knochen zu zersägen.

Wilson bückt sich und seine Hände zittern, als er meinen Hausschlüssel damit aufhebt. „Bist du in irgendwelchen Schwierigkeiten?"

„Ich versuche, flachgelegt zu werden, und jetzt verschwinde!", fauche ich und versuche so zickig wie möglich zu klingen. Das Letzte, was ich gebrauchen kann, ist, dass Wilson den Helden spielt und versucht, mich vor Charlie zu retten, denn dann stehen die Chancen gut, dass er am Ende tot ist.

Charlies Augen sind nicht mehr rot. Er scheint sich beruhigt zu haben, mehr unter Kontrolle. Er reißt den Schlüssel aus Wilsons Griff und Wilsons Augen verlieren ihren Fokus. Mein Ex geht ohne ein weiteres Wort hinaus, eindeutig wurde er hypnotisiert.

Verflixt. Das war knapp. Ich sacke in meinen Fesseln zusammen und erwarte, dass Charlie mich ausfragt, doch stattdessen eilt er an meine Seite, legt einen Arm um meine Taille und hebt mich sanft hoch, um den Gürtel aus dem

Spalt zwischen Tür und Rahmen zu ziehen. Er löst den Gürtel von meinen Handgelenken und fädelt ihn ohne ein Wort durch seine Gürtelschlaufen.

Ich zucke, als das Blut in meine Arme zurückläuft und bewege meine Finger, die wild kribbeln. Die Ingwerwurzel brennt immer noch in meinem Arsch und lässt meine Muschi vor Willigkeit triefen. Ach, was solls. Ich tanze herum, schüttle die Hände, presse die Pobacken zusammen und wimmere.

Charlie nimmt meine Handgelenke und reibt die Stelle, an der die Gürtelschnalle einen roten Abdruck auf meiner Haut hinterlassen hat.

Ich winde mich jedoch aus seinem Griff und greife nach seinen Händen. „Was hast du mit ihm gemacht?" Ich kann Wilsons leeren Blick nicht vergessen. Meine Nachbarin, meine Kollegin und jetzt auch noch mein Ex – wer wird wohl noch zum Kollateralschaden?

„Ich habe ihn vergessen lassen, was er gesehen hat, und habe ihm gesagt, er solle nie wieder hier auftauchen." Charlie klingt vollkommen ruhig. Er entzieht sich meinem Griff mit einer blitzschnellen Bewegung, zu schnell, um sie sehen zu können. Im nächsten Moment hat er mich an den Haaren gepackt und zieht meinen Kopf zurück. Ich keuche auf. Von dem Brennen in meinem Arsch und dem Ziehen an meiner Kopfhaut bin ich feuchter denn je. Es ist aber nicht nur der Schmerz – es ist Charlie.

Der Vampir durchbohrt mich mit einem stechenden Blick, streichelt dann damit über meinen Hals. Ist er wütend auf mich? Was wird er jetzt tun? Ich lecke mir über die Lippen und versuche die richtigen Worte zu finden, um ihn zu beruhigen, aber sein Blick wird plötzlich wieder leidenschaftlich und fällt auf meine Lippen, und plötzlich kann ich gar nicht mehr denken.

Er zieht mich näher zu sich heran und flüstert mir ins Ohr: „Ich mag es sehr, sehr gerne, wenn du so bettelst."

Ich stöhne. Wie heiß. Meine Muschi pulsiert und ist schon geschwollen von seinen Peitschenhieben und der Hitze des Ingwers.

Er packt mich an der Taille und hebt mich in Richtung der Decke, bis seine Arme ganz gestreckt sind. Dann kippt er den Kopf zurück und senkt mich herab, bis sich mein Becken auf Höhe seines Kopfes befindet. Bis meine Muschi auf seinen Mund trifft.

Oh mein Gott. Er fährt mit seiner Zunge über meine Klitoris und aktiviert jeden einzelnen Nerv, der sich nach seiner Berührung sehnt.

„Himmel", schreie ich, betäubt sowohl von dem Gefühl als auch von der beeindruckenden Position.

Er trägt mich und duckt sich, damit wir durch die Tür passen. Wir betreten mein Schlafzimmer, wo er mich auf das Bett legt. Ich winde mich auf der Bettdecke, als der Druck den Ingwer tiefer in meinen Arsch treibt. Charlie positioniert sich zwischen meinen Schenkeln und drückt sie auseinander, um seinen fachmännischen Angriff auf meine Klitoris fortzusetzen. Ich versuche, meine Beine zusammenzupressen, schaffe es aber nicht. Genauso gut könnte ich versuchen, einen Stein zu zermalmen.

Charlie ist erbarmungslos. Er schiebt den Ingwer-Finger in meinem brennenden Arsch und zieht ihn wieder heraus, während seine Zunge an meiner Klitoris reibt. Ich kralle mich an seinen Schultern fest, während diese vielen Empfindungen mein System überfordern.

„Charlie", schreie ich. „Charlie?"

Er hebt den Kopf, zieht und drückt immer noch an dem Ingwer.

Meine Muschi rinnt förmlich aus und macht das ganze

Bett nass. Die Wärme des Ingwers macht mich geradezu gierig auf Sex. „Bitte, … ich will dich."

Seine Mundwinkel wandern nach oben, aber seine Augen blicken traurig. „Mich wollen, wie?"

Meine Wangen werden heiß. „In mir."

Er schiebt einen Finger in meine klatschnasse Muschi. *Oh, verdammt!*

„So?", neckt er mich und bewegt ihn rein und raus.

„Nein", jammere ich, winde mich und versuche, mich an seine Hand zu drücken, um mehr Stimulation zu bekommen. „Ich will deinen Schwanz in mir haben."

„Du willst, dass ich dich ficke?"

„Ja."

„Sag es."

„Ich will, dass du mich fickst", schreie ich. Er will, dass ich ordinär bin? Bitte sehr.

Er kneift in meine Klitoris und ich schreie auf, während mein ganzer Körper zuckt.

Dann hebt er mich an den Kniekehlen auf, hebt mein Becken vom Bett und zieht mich an das Fußende, dreht mich um, bis ich an der Kante liege und meine Beine über den Rand des Bettes hinunterhängen. Er bearbeitet mich weiter mit dem Ingwer und ich zapple mit den Füßen, schwindlig vor Verlangen.

„Oh, es brennt so sehr … Charlie, bitte."

Ich höre das Klimpern seines Gürtels und drehe mich um, um zu sehen, wie sein Schwanz aus seinen Boxershorts hüpft. Wie ich schon aufgrund der Ausbeulung in seiner Hose vermutet habe, ist sein Schwanz beeindruckend, ragt geradeheraus, lang und dick.

Ich stoße einen wiehernden Seufzer aus, aufgeregt, ihn in mir zu spüren. „Ich habe ein Kondom – da drin", zeige ich auf meinen Nachttisch.

„Vampire brauchen keine Kondome", sagt er. „Keine

Geschlechtskrankheiten, keine Chance auf Schwanger-schaft. Wir können es ohne Gummi treiben." Er packt meine Hüften und spießt mich mit einem einzigen tiefen Stoß auf, wobei sein Becken den Ingwer tiefer in meinen Arsch schiebt.

„Oh ja!", schreie ich. Meine Muschi krampft sich um seinen dicken Schwanz zusammen und sogar meine Zehen verkrampfen sich. Ich bin nur noch einen Hauch von meinem Orgasmus entfernt.

„Noch nicht", befiehlt Charlie. „Du wirst erst kommen, wenn ich sage, dass du es darfst. Verstanden?"

„Charlie, ich kann es nicht zurückhalten!", stöhne ich, nehme einen Mund voll Bettdecke zwischen die Zähne und beiße fest zu.

„*Nicht. Kommen.*"

Er klingt so gebieterisch, dass ich nur gehorchen kann. Ich kann mich ihm nur öffnen und versuchen, nicht vor Ekstase zu schreien, während er mit langen, kraftvollen Bewegungen immer wieder in mich stößt. Ich höre, wie sich sein Atem beschleunigt und das Geräusch seines Hechelns lässt meine Muschi sich noch fester zusam-menziehen.

Er gibt einen erstickten Laut von sich und keucht: „Jetzt!"

Ich spanne jeden Muskel von meiner Taille abwärts an, meine Beine werden steif, mein Arsch verkrampft sich und meine Muschi umklammern seinen Schwanz so fest, dass er noch tiefer in mich hineingezogen wird. Die Sekunden ziehen vorbei, meine Erlösung hält an und Schauer rollen durch meinen Körper. Als sie langsamer werden und dann aufhören, verlässt mich meine Kraft.

Charlie gleitet heraus und entfernt auch den Ingwerplug.

Ich drehe mich zu ihm um und sehe sein verzerrtes

Gesicht, als ob er körperliche Schmerzen hätte. Sein Schwanz steht immer noch kerzengerade, als wäre er nie gekommen.

Er ist nicht gekommen.

„Ich gehe duschen", murmelt er und wendet sich ab.

Mit weichen Knien klettere ich aus dem Bett. Ich taumle ein wenig. Meine Beine haben Schwierigkeiten, den Befehlen meines Gehirns zu gehorchen. „Warte, Charlie?"

Er dreht sich nicht um, sondern geht weiter in Richtung meines Badezimmers.

„Charlie?"

Er hält inne, wirbelt herum und sieht verärgert aus. „Was?" In dem schwachen Licht funkeln seine Augen.

Ich bleibe stehen und schlucke. „Charlie", sage ich, meine Stimme weich und schmeichelnd. „Warum bist du nicht gekommen?"

Sein schönes Gesicht ist wie versteinert. „Geh etwas lernen", schnauzt er und deutet auf das Wohnzimmer.

„Rede mit mir. Habe ich etwas falsch gemacht?"

„Tu, was ich sage." Er verschließt sich mir und ich weiß nicht, warum.

„Nein, warte …" Ich berühre seinen Arm.

Er verschwindet. In der einen Sekunde ist er hier, bekleidet bis auf seinen schönen Schwanz. In der nächsten ist er weg.

Nein! Ich stolpere und schreie seinen Namen, „*Charlie!*"

Etwas flackert in der Luft vor mir und er erscheint wieder. Ich halte den Atem an, als er langsam zurückkehrt und mich mit einer tiefen, unerkennbaren Emotion anstarrt.

„Du bist nicht gekommen."

Er sieht mich nur an. Er sagt nichts, aber wenigstens ist er noch hier bei mir.

„Ist das eine Art von Vampir-Trick?"

„Nein." Seine tiefe Stimme klingt unaufrichtig. Er verheimlicht etwas.

Denk nach, Glöckchen, mach langsam und denk nach. „Es lag nicht an mir? Es geht nicht um mich?" Ich schlucke.

Seine Stimme ist schmerzhaft sanft. „Nein, kleine Fee. Es hat nichts mit dir zu tun."

Und dann wird es mir klar. „Ist … Ist das der Fluch?"

Er senkt langsam sein Kinn und nickt einmal.

Ich starre ihn an. Ich habe gerade den intensivsten Orgasmus meines Lebens erlebt. Aber Charlie ist immer noch hart. Und egal, was wir tun, es wird so bleiben.

Ich breche in Tränen aus.

Charlies Augenbrauen ziehen sich zusammen, aber er bleibt, wo er ist.

„Es tut mir so leid", schluchze ich. Ich weiß nicht einmal, warum ich weine. „Es ist einfach so furchtbar." Ich wische mir über die Augen.

Charlies Stirn legt sich in Falten. Seine Hände sind ausgestreckt, als ob er nach mir greifen will, bevor er es sich anders überlegt. Er ist verwirrt, seine gewohnte Arroganz wie weggeblasen.

Ich werfe mich auf ihn und schlinge meine Arme um seine Taille. „Ich werde es für dich in Ordnung bringen … Ich verspreche es", sage ich, obwohl ich keine Ahnung habe, wie ich das anstellen soll. „Du solltest nicht so leben müssen. Es tut mir leid."

Er greift in meinen Nacken und führt seine Lippen an mein Ohr, wobei seine Fangzähne leicht über den Rand gleiten. Er nimmt mich in seine kräftigen Arme, trägt mich zurück zum Bett und legt mich darauf ab. Dann streckt er sich neben mir aus, stützt den Kopf in seine Hand und legt einen Arm um meinen Rücken. Ich kuschle mich an ihn, aber ich passe auf, dass ich seinen harten Schwanz nicht berühre. Armer Mann.

„Aurelia", murmelt er und klingt dabei ganz leise vor Rührung. „So süß." Er küsst meine Schläfe. „So viel Feuer …" Er küsst meine Augenlider, „… so viel Herz. Ich bin voller Demut über deinen Willen."

Ich streiche mit der Hand über seine Brust, dann setze ich mich auf und zupfe am Saum seines Hemdes. Ich will ihn nackt sehen, auch wenn wir keinen Sex haben können.

Er setzt sich auf und erlaubt mir, ihm das Hemd auszuziehen.

Ich werfe es auf den Boden und drücke ihn wieder nach unten, fahre mit den Fingernägeln durch sein lockiges Brusthaar und bewundere die Konturen seines wohlgeformten Oberkörpers. „Du bist wunderschön", murmle ich.

Er sieht müde aus und sein Gesicht ist immer noch angespannt, als ob er Schmerzen hätte. Sein Schwanz hat sich etwas entspannt, bleibt aber hart.

„Würde Eis helfen?"

Er lacht bitter auf. „Mach dir keine Sorgen um mich. Lerne einfach die Bücher, kleine Sterbliche. Ich glaube an dich."

Die Motivation packt mich wieder. Ich muss den Bann lösen.

Ich konzentriere mich, bis sich eine winzige Blase aus sanftem rosa Licht in meiner Handfläche bildet, die ich ihm schicke.

Er lächelt und beobachtet, wie sie sanft zu ihm gleitet. „Was ist das?"

Ich zucke mit den Schultern. „Ich weiß es nicht", lüge ich.

Es ist Liebe. Sie ist aus meinem Herzen und in meine Finger geströmt, als ich sie für ihn geformt habe.

„Ist sie für mich? Sie ist wunderschön." Er duckt den Kopf, um ihr auszuweichen, und berührt sie mit dem

Finger, nur um ihn schnell wieder wegzuziehen, als würde er sich verbrennen. „Ich vertrage es nicht. Kannst du es ein bisschen abmildern?"

Ich neige meinen Kopf zur Seite und schaue von ihm zu meiner Blase. Dann konzentriere ich mich auf sie und stelle mir vor, wie ihr Licht schwächer wird, ihre Farbe heller und weicher, sodass sie fast durchsichtig ist, wie eine Seifenblase, die ein Kind durch einen Plastikring pustet.

Charlie schaut mir mit einem müden Lächeln zu. Seine Finger strecken sich fasziniert nach meiner Kreation. Er umschließt die Kugel und befördert sie in seine Brust, wo sie mit seinem Herzen verschmilzt.

Weiß er es?

Er hält seine Hand für einen langen Moment über die Stelle, wo Menschen ihr Herz haben. Seine Augen sind zu dunkel, als dass ich sie lesen könnte.

„Danke", murmelt er schließlich, als sei er über allen Maßen gerührt.

Ich erschaudere und ein Déjà-vu taucht vor meinem geistigen Auge auf.

~

CHARLIE

Aurelia das Geheimnis zu erzählen, das ich seit über hundert Jahren für mich behalte, hat einen schrecklichen Schmerz in mir gelindert, aber auch alte Wunden wieder aufgerissen. Es ist, als hätte ich die alte Verletzung einge-kapselt und jetzt, wo ich sie teile, spüre ich den ursprüngli-chen Schmerz wieder mit voller Wucht.

Die rosa Blase, die meine kleine Fee mir geschickt hat, scheint direkt zur Quelle meines Schmerzes zu gehen, tief in mein nicht schlagendes Herz. Es rührt mich, dass sie mir dieses Geschenk so einfach gegeben hat, ohne Zwang oder

Aufforderung, ohne eine Gegenleistung. Es ist schon so lange her, dass ich jemandem vertraut habe. Anka war die Letzte gewesen und ihr zu vertrauen ein Fehler.

„Warum hast du geschrien, als ich mich entmaterialisiert habe?", frage ich und starre an die Decke.

„Ich hasse es, dass du jedes Mal verschwindest, wenn du dich emotional unter Druck gesetzt fühlst." Sie schmiegt sich an mich und wirft ein Bein über meines.

Ich schlinge einen Arm hinter sie und drücke sie an meine Seite. „Das tue ich nicht."

„Doch, das tust du. Immer, wenn die Dinge zu schwierig werden, bist du weg. Das ist deine Art, nicht mit der gegenwärtigen Situation umgehen zu müssen."

„Wer bist du, Sigmund Freud?"

Sie schnaubt.

„Wo gehst du eigentlich hin, wenn du verschwindest?" Sie fährt mit der Hand über meine Brust.

„In die Stadt, normalerweise. Wo ich dich das erste Mal getroffen habe. Ich schlendere gerne durch die Straßen oder hänge im Eclipse ab."

Sie stützt sich auf ihren Ellbogen. „Eclipse? Das soll wohl ein Scherz sein."

„Was?"

„Ich wusste schon immer, dass mit diesem Ort etwas nicht stimmt."

Mein Lachen bricht aus mir heraus, bevor ich es aufhalten kann. „Weil du magisch bist."

„Kannst du auf diese Weise überall auf der Welt hinreisen?"

„Überall dorthin, wo ich schon mal war."

„Gehst du auch manchmal zurück nach England?"

„Nein."

„Was ist mit Frankreich?"

„Was soll damit sein?"

„Warst du schon mal da?"

„Ja." Mein Herz schlägt schneller, überschlägt sich in meiner Brust. Es ist, als ob sie sich zu meinem Geheimnis hingezogen fühlt und genau weiß, welche Fragen sie stellen muss. Aber vielleicht ist es wichtig für sie, die Details zu kennen, um den Fluch zu brechen. Ich atme tief ein wieder aus. „Ich habe vor langer, langer Zeit in Paris gelebt. Ich hatte dort eine Geliebte. Ihr Name war Anka."

Aurelia hält inne, als ob das Wissen um die Geschichte von Bedeutung wäre.

„Anka war eine Hexe, magisch wie du, nur besaß sie eine andere, dunklere Energie. Sie war meine Geliebte, im wahrsten Sinne des Wortes. Ich betete sie an. Sie hatte mich um den Finger gewickelt und ich tat alles, was sie von mir verlangte."

„Du hast böse Dinge für sie getan", murmelt Aurelia.

Mein Blick huscht zu ihrem Gesicht. Wie kann sie das wissen? Aurelia starrt unkonzentriert ins Leere, als würden ihre goldgesprenkelten Augen gerade unsichtbare Geschehnisse betrachten.

„Ja", flüstere ich. Bilder von dem Körper, den ich begehrt habe, strömen in meine Gedanken. Ich räuspere mich und spreche mit normaler Stimme. „Ich habe alles getan, was sie von mir verlangt hat. Ich habe ihre Feinde getötet, die Meinung der Leute geändert, die Bühne für ihren Erfolg bereitet. Sie nutzte ihre Gabe des Sehens, und sie verstand es, Energie zu manipulieren, so wie du. Jeder, den sie verfluchte, endete im Ruin. Sie wurde zur reichsten und berühmtesten Madame in ganz Paris. Und es stellte sich heraus, dass ich nur ein Werkzeug war, das sie für ihre Zwecke benutzte. Sie log, um mich glauben zu lassen, dass sie mich, nur mich, als ihren einzigen Liebhaber begehrte. Aber ich hatte Zweifel. Als ich es herausfand ..." Meine Stimme bricht.

„Was hast du getan?", fragt Aurelia.

„Ich habe mich bei einer anderen Madame eingelassen. Nur um Anka zu verletzen, nehme ich an. Um sie das gleiche Gefühl des Verrats spüren zu lassen, das ich selbst erlebt hatte. Als Anka das herausfand, verfluchte sie mich."

„Es steckt viel Dunkelheit in dieser Geschichte", sagt Aurelia leise.

„Ja. Ich habe nie an diese *Gute-Hexe-böse-H*exe-Sache geglaubt. Für mich ist eine Hexe jemand, der sich die Kraft der Natur für seine Zwecke zunutze macht, sei es um zu heilen oder zu verfluchen. Aber jetzt, wo ich jemanden wie dich getroffen habe, dessen Magie so anders ist, denke ich, dass sie vielleicht einfach nur böse war."

„Was ist mit Vampiren?"

Meine Mundwinkel ziehen sich zu einem bitteren Lächeln nach oben. „Wir sind alle böse, Liebes."

„Nein", widerspricht Aurelia leise. „Du nicht. Du magst nicht so viel von Moral halten, aber du bist nicht böse."

„Woher weißt du das?"

„Ich weiß es einfach." Sie schiebt ihr Kinn vor. „Nein, ich glaube, du hattest beim ersten Mal recht. Niemand ist entweder gut oder böse. Wir sind alle zu beidem fähig."

Ich küsse sie auf den Kopf und kann kaum glauben, wie sehr sich die Dinge zwischen uns verändert haben. „Es tut mir leid, dass ich heute fast deinen Freund getötet hätte", entschuldige ich mich.

Sie kichert. „Tut mir leid, dass er aufgetaucht ist. Das war peinlich."

„Ich kann dir versichern, dass er sich an nichts erinnern wird, wenn er dich wiedersieht."

„Oh, ich weiß. Ich meinte, dass es mir peinlich ist, dass du die Art von Verlierern siehst, mit denen ich früher ausgegangen bin." Mein Glöckchen blickt unter ihren Wimpern zu mir hoch. „Warst du, ähm, eifersüchtig?"

Ich rolle sie auf den Rücken und bedecke ihren Körper mit meinem eigenen, stärkeren. „Natürlich war ich das. Warum denkst du, dass ich ihn töten wollte?"

„Heißt das, … du magst mich?"

Ich lasse Küsse auf ihre Schläfe, ihren Kiefer und ihren Hals regnen. „Ja, kleine Sterbliche", gebe ich zu. „Ich mag dich."

„Wirst du mein Gedächtnis löschen und verschwinden, nachdem ich herausgefunden habe, wie ich den Fluch aufheben kann?" Ihr Ton ist locker, aber sie ist ruhig und wartet mit großen Augen auf meine Antwort.

Ich kichere. „Das hatte ich nicht vor. Um ehrlich zu sein, habe ich noch nicht so weit geplant. Alles, was ich bis jetzt habe ist: A) Aurelia quälen und B) Aurelia nackt quälen und C) Aurelia quälen, damit sie den Fluch brechen kann. Das ist das Ende meiner Liste."

Sie glotzt mich an, sodass klar wird, dass sie den Scherz dahinter verstanden hat. Zumindest ein Stück weit.

So viel dazu, meine Seele reinzuwaschen.

„Ich bin offen für eine Änderung der Tagesordnung. Was schwebt dir vor?"

Sie blinzelt, ohne zu antworten. Eine Stille breitet sich zwischen uns aus. Sie denkt wirklich über alles nach. Würde sie irgendeine Art von Zukunft mit mir in Betracht ziehen?

„Wo schläfst du normalerweise?", fragt sie schließlich, um das Thema zu wechseln.

„Es gibt da einen Ort", sage ich. Erste Regel des Vampir-Überlebens: Sag den Leuten nicht, wo du deine Tage verbringst. Die Lethargie des Schlafes macht dich hilflos.

Es ist schon lange her, dass ich jemandem genug

vertraut habe, um neben ihm zu schlafen. Aurelia ist in allen Dingen eine Ausnahme.

„Es gibt da einen Ort? Nur nicht zu viele Informationen auf einmal, Charlie." Aurelia rollt mit den Augen.

Ich kneife sie und sie jault auf. „Warum willst du das wissen?"

Sie zuckt mit den Schultern und ihr Blick wandert nach unten. „Einfach so."

Ich will ihr auf den Zahn fühlen, aber ihre Augenlider werden schwer. Sie hat heute Nacht eine Menge durchgemacht. Und wenn sie wirklich über eine Zukunft mit mir nachdenkt, nun, dann ist es nur eine Frage der Zeit, bis sie merkt, dass ein Wesen wie sie nicht zu jemandem wie mir gehört.

Ich ziehe sie näher heran. „Geh schlafen, Liebling."

„Und wenn ich nicht schlafen will?", schmollt sie. Ihre Unterlippe ragt hervor, geschwollen und köstlich. Meine Reißzähne werden länger. Ich will so dringend Blut trinken, dass mir schwindlig wird.

„Dann lasse ich mir etwas einfallen, was dich müde macht", setze ich mich auf und verschwinde zu meiner Kiste mit den Spielsachen. Ich bewege mich langsam genug, dass mein Glöckchen sehen kann, wohin ich gehe. Kurz darauf kehre ich mit dem sexy Korsett und den hauchdünnen Strümpfen an ihre Seite zurück. Die altmodische Lingerie löst Erinnerungen aus, die ich schon lange unterdrückt hatte. Ich verdränge sie auch diesmal.

„Zieh das an", befehle ich in einem sanften Ton und lehne mich auf dem Bett zurück, während meine Sklavenfee tut, was ihr gesagt wurde. Ich muss ihr helfen, das Korsett einzuhaken, aber das Ergebnis ist umwerfend. Das enge Kleidungsstück drückt ihre Brüste zu prallen Rundungen hoch, die um einen Biss betteln, und die aufreizenden Strümpfe und Strumpfbänder umrahmen ihre Muschi perfekt.

Ich ziehe sie auf meinen Schoß. Mit ihrem Gezappel reibt sie sich an meinem Schwanz, aber das ist es wert. „Eine Tracht Prügel und ein Orgasmus, genau das, was meine kleine Fee braucht."

Sie kichert und strampelt mit den Füßen, als ich ihr gebe, was sie braucht.

Ich sollte lieber noch ein wenig Spaß mit meiner gefangenen Sterblichen haben, denn sobald sie den Fluch bricht, bin ich weg.

KAPITEL ELF

Anka

S<small>IE</small> <small>WARTETE</small> *in ihrem langen burgunderroten Seidenmantel, die Kordel an der Taille lose. Sie hatte sich nach dem Baron von Marmont gewaschen, da sie nicht wollte, dass Charles erfuhr, dass sie mit einem anderen Mann zusammen gewesen war. Sie empfand die Schmeicheleien des Barons als zu anziehend, um sich abzuwenden. Heute hatte er ihr ein Saphirarmband mitgebracht und sie angefleht, seine Mätresse zu werden. Sie hatte unbeeindruckt gelacht und ihm gesagt, er solle nach Hause zu seiner Frau gehen, auch wenn sie wusste, dass er in der nächsten Nacht wie ein liebeshungriges Hündchen wiederkommen würde.*

Was sie nicht wusste, war, warum sie die Männer immer noch mit in ihr Bett nahm. Sie hatte Charles gesagt, ihm sogar geschworen, dass sie alle bis auf ihn aufgegeben hatte. Und sie hatte es immer ernst gemeint, besonders wenn der Vampir ihre Handgelenke über ihrem Kopf fixiert hatte und über ihr geschwebt war, seine Reißzähne lang und gefährlich, wie der schönste Sohn des Teufels. Er war der einzige Mann, von dem sie sich je hatte beherrschen lassen. Selbst als sie gerade als Prostituierte angefangen hatte, hatte sie nie die derben Typen angenommen.

Aber Charles ... Charles bereitete ihr weiche Knie. Sie kannte die Macht, die er besaß — die schiere Stärke, die gefährlichen Reißzähne, seine Fähigkeit, sie zu verzaubern und sie dazu zu bringen, nach seiner Pfeife zu tanzen— und wusste, dass er ihr trotz ihrer Magie mit einem Handgriff die Knochen brechen oder ihr das Leben nehmen konnte. Dennoch zeigte er immer nur Ritterlichkeit. Selbst, wenn er ihr Schmerzen zufügte. Besonders dann. Charles war der einzige Mensch auf der Welt, dem sie vertraute. Sie waren ein Team, sie und Charles. Zwei dunkle Wesen, die für die Nacht lebten.

Warum also ihre Tändeleien? Sie konnte nicht anders. Die Macht über die Männer war zu verlockend. Durch ihre Verehrung verliehen sie ihr Magie. Und die Geschenke und das Geld ... ah. Davon würde sie nie genug bekommen, trotz ihres enormen Reichtums. Der eigentliche Akt bedeutete ihr nichts — es war einfach nur Sex, kein Ausdruck von Liebe oder Intimität wie die Dichter es allzu gerne beschrieben. Sie hatte keinen Grund, sich deswegen schuldig zu fühlen. Sie verriet Charles nicht, dass ihr Herz immer noch ihm gehörte. Aber sie konnte es ihm nicht sagen, weil der Vampir zu eifersüchtig war. Ja ... sie hatte es am Anfang ihrer Beziehung gesehen, und sie wollte nicht, dass ihre lukrativen Klienten zu Schaden kamen.

Vielleicht mochte ein Teil von ihr auch das Spiel mit dem Feuer.

Ein Flackern von Lampenlicht ließ sie sich umdrehen und sie holte tief Luft. Ihr Vampir war erschienen. Er hielt ihre venezianische Maske vor sein Gesicht und das Blau seiner Augen hob sich von dem Satinrahmen ab.

„Und?", fragte sie. Sie hatte ihn erwartet, sonst hätte es zu einem Streit geführt, dass er nun auftauchte, ohne anzuklopfen. Sie bestand darauf, dass er sich nicht in ihrem Zimmer materialisierte, mit dem Argument, dass sie sich mit sensiblen Angelegenheiten befassen könnte, die ihre Mädchen betrafen.

Charles warf die Maske mit einer lässigen Handbewegung auf ihr Bett. „Er hatte einen plötzlichen Sinneswandel und hat unter-

schrieben", sagte Charles und verzog süffisant die Lippen, als er ihr den Vertrag für den Kauf eines schönen neuen Grundstücks auf der anderen Straßenseite überreichte, wo sie ihr Geschäft erweitern wollte.

Sie griff nach ihm, zog seinen Kopf herunter und belohnte ihn mit einem innigen Kuss. Einem Kuss, den sie für ihn reservierte. Kein anderer Mann berührte ihre Lippen. Niemals.

Sie öffnete ihre Robe und ließ sie auf den Boden fallen, stand nur in ihrem Korsett und ihren Strümpfen vor ihm.

„Mmm", murmelte Charles anerkennend und kniff eine ihrer Brustwarzen durch den Stoff hindurch. Er zwirbelte ihren kleinen Nippel, was sie bei dem brennenden Schmerz aufkeuchen ließ. „Zeig mir deinen Dank", sagte er und drückte sie auf die Knie.

„Ich dachte, das hätte ich gerade getan." Sie griff nach seiner Hose und öffnete sie, um seinen spektakulären Schwanz freizulegen. Sie wirbelte mit ihrer Zunge über seine Eichel. „Haben alle Vampire so schöne Schwänze?", fragte sie ihn.

Sein Atem wurde hektisch und er griff in ihr Haar.

„Hmm?", fragte sie und nahm so viel von ihm in den Mund, wie nur möglich war, während sie mit ihrer Faust den Ansatz zusammen-presste.

Er packte sie fester an den Haaren. „Hör auf zu reden", befahl er, aber ihre Macht über ihn war im Klang seiner Stimme zu spüren.

„Ich liebe es, deinen Schwanz zu lutschen", gurrte sie und bewegte eine Hand zu seinen Eiern.

„Ungezogene Hexe", sagte er und hob sie auf die Beine. „Ich denke, du willst von mir bestraft werden." Er schob sie über die Bett-kante und nahm die Reitgerte in die Hand, die er dort für ihr Vergnügen aufbewahrte. „Zähle", befahl er.

Egal, wie oft sie dieses Spiel gespielt hatten, sie verspürte dabei immer noch einen Schauer der Angst. Vielleicht war das der Reiz, den Charles als Liebhaber für sie hatte. Er war nicht ganz berechenbar. Er wurde animalisch, wenn er wütend war oder Blutdurst verspürte. Er erregte sie mit seiner Fähigkeit, sie zu überwältigen, und doch übersah

RENEE ROSE & LEE SAVINO

er nie Punkt Moment, an dem sie genug hatte oder ihr etwas zu viel wurde.

Er ließ die Gerte geschickt über ihren Hintern gleiten und sie hielt den Atem an. „Eins", murmelte sie. Er ließ sie wieder fallen. „Zwei." Die erste Strieme begann zu brennen, als sie die volle Wirkung spürte. „Drei!", schrie sie, als der nächste Schlag fiel. „Langsam!", keuchte sie.

Charles hob den Kopf und zog fester an ihrem Haar. „Wer hat hier das Sagen?" Seine Stimme war tief und erotisch, seine Reißzähne blitzten im flackernden Licht auf.

„Du?", flüsterte sie.

„Ja, ich." Und um es zu beweisen, teilte er noch fünf Schläge aus, so schnell, dass sie sie nicht einmal zählen konnte.

Sie schrie in ihre seidene Bettdecke. „Verzeih mir", keuchte sie und wand sich auf dem Bett, ihre schmerzenden Brüste genossen die Reibung und das Brennen auf ihrem Hintern schürte nur das Feuer zwischen ihren Beinen.

„Schon besser", säuselte er, schob die Spitze der Gerte zwischen ihre Beine und rieb sie über ihrer honigfarbenen Öffnung hin und her.

„Oh", stöhnte sie.

„Steig auf das Bett und spreiz die Beine weit", befahl er.

Sie kroch auf Händen und Knien in die Mitte des Bettes, wo sie sich auf die Hände stützte und die Füße mit angewinkelten Knien weit spreizte.

„Berühre sie", sagte er und deutete mit der Gerte auf ihre Muschi.

Sie griff nach vorne, schob zwei Finger in ihre Falten und rieb ihre Lustknospe.

Charles erschreckte sie, indem er zwischen ihren Beinen abtauchte, nach ihren Schenkeln griff, und mit seiner Zunge besitzergreifend tief in sie hineinleckte.

„Ja, Charles", flüsterte sie und ihr Kopf fiel zurück.

Er leckte und knabberte und saugte, bis sie schrie. In dem Moment, als sie ihren Höhepunkt erreichte, schob er zwei Finger in sie und verbiss sich mit seinen Reißzähnen in ihren Innenschenkel und saugte an ihr, während sie den Verstand verlor. Ihre Muskeln zogen sich zusammen und lösten sich wieder, bis sie in Glückseligkeit auf den Rücken fiel, das Gefühl davon, wie er ihre Wunde leckte, eine köstliche Vollendung.

Aurelia

DER ORGASMUS WECKT MICH. Ich liege auf dem Bauch, eine Hand zwischen den Beinen, Sabber befeuchtet mein Kissen. Grundgütiger. Zum Glück habe ich Charlie diesmal nicht mit meinem lustvollen Traum geweckt. Er liegt kalt und steif wie eine Marmorstatue neben mir.

Charlie. Charles.

Die Erinnerung an den Traum drängt sich mir wieder auf. Charlie, wie er mir meinen nackten Rücken mit einer Reitgerte auspeitscht und mir in den Innenschenkel beißt. Ich schiebe meine Beine unter der Decke hervor und inspiziere sie. Keine Spur von Bisswunden.

Nur ein Traum.

Aber es war so real. Ich versuche, mich an andere Details der Szene zu erinnern. Ich stand im Kerzenlicht – nein, es war eine altmodische Lampe – und trug ein Korsett und Strümpfe, wie die, die Charlie für mich gekauft hat. Es muss sein Wunsch gewesen sein, dass ich sie trage, der meinen altmodischen Traum inspiriert hat. Aber was war passiert, bevor er gekommen war? Etwas, das ich vor ihm verbergen wollte. Ein anderer Mann? Das ergab keinen Sinn. Ich komme schon mit einem einzelnen Mann nicht klar, wie soll es dann mit zweien klappen? Und ich bin in meinem Leben noch nie fremdgegangen. Anders als Wilson, mein Arschloch-Ex.

Ich beeile mich, aus dem Bett zu kommen, und mache mich fertig für die Arbeit, aber an der Tür zögere ich. Charlies Vorschlag, meinen Job zu kündigen, klingt plötzlich gar nicht mehr so schlecht. Aber das ist lächerlich. Wie würde ich mich selbst erhalten? Würde Charlie mich unterstützen? Und wie verdient er überhaupt Geld, so ganz generell?

Ich erschaudere. Wie ich ihn kenne, ist es die Antwort unappetitlich oder illegal. Seine moralische Flexibilität würde ihn wahrscheinlich nicht davon abhalten, Banken oder alte Damen auszurauben, oder …

Ich schiebe diese Gedanken weg. Ich wäre ein Narr zu glauben, ich könnte mich auf Charlie verlassen, nur weil wir einmal miteinander geschlafen haben. Besonders wenn man bedenkt, dass ich bezweifle, dass er hierbleibt, nachdem ich seinen Fluch gehoben habe.

Und selbst wenn, was für eine Zukunft könnte ich mit einem Vampir überhaupt haben? Hmm. Er ist unsterblich und ich bin es … nicht. Nein, ich muss praktisch denken. Ich darf Spaß haben, aber vergessen, dass es irgendwann enden wird, darf ich nicht.

Ich spiele den ganzen Tag bei der Arbeit mit meiner neu erlernten Magie und übe die Sache mit dem unscharfen Fokus, der es mir ermöglicht, die Energie um Menschen herum zu sehen. Mittlerweile sehe ich rote Schlieren über dem Kopf eines Kindes, wenn es wütend wird, und wogende Wolken aus Rosa und Gelb, wenn Kinder fröhlich spielen.

Ich versuche dunkle Wolken zu vertreiben, die sich über bestimmten Kindern zusammenzubrauen scheinen – über denen, die größere Probleme oder Sorgen haben. Zuerst benutze ich meine Handflächen, um Licht auszustrahlen und das Grau aufzulösen, aber dann erinnere ich mich daran, wie ich den Lichtball in Charlies Kehle geschleudert habe, einfach indem ich daran dachte. Ich übe, nur mit meinem Geist die Energien zu lenken.

Um fünf Uhr bin ich schließlich müde, als hätte ich den ganzen Tag den Garten bewirtschaftet. Mein ganzer Körper schmerzt, als hätte ich Muskeln beansprucht, von denen ich gar nicht wusste, dass sie existieren. Aber es fühlt sich gut an.

Ich laufe nach Hause und mein Schritt wird schneller und ein albernes Lächeln erscheint auf meinem Gesicht, als ich daran denke, Charlie zu sehen.

Er liegt immer noch im Bett, sein Gesicht noch blasser als sonst auf dem weißen Kissenbezug. Ich berühre seine Wange.

Seine Hand schießt hervor und greift nach meinem Handgelenk. Ich schreie auf und versuche, meine Hand zurückzureißen, aber er hält sie fest. Mit ausgefahrenen Fängen rollt er zur Seite und drückt meine Hand zischend aufs Bett.

Dann öffnet er die Augen. Er entspannt sich, während sich sein schläfriger Blick fokussiert, erst dann erkennt er mich. Er lässt mich jedoch nicht los. Stattdessen lächelt er so breit, dass seine Fangzähne aufblitzen. „Aurelia." Er klingt wie die Spinne, die eine Fliege gefangen hat.

„Du hast mich gerade zu Tode erschreckt." Ich zittere, aber meine Brustwarzen haben sich trotzdem zusammen- gezogen, als ob mich seine Aggression anmacht. Ich hätte nie gedacht, dass ich einmal auf einen bösen Jungen stehen würde. Ist es die Gefahr, die von ihm ausgeht? Mag ich es, Angst zu haben?

Ich schüttle den Kopf, will gar nicht darüber nachden- ken, warum das so sein könnte.

„Wecke niemals einen hungrigen Vampir", sagt er

schläfrig, seine Augenlider halb geschlossen. Er zieht mich zu sich heran und küsst mich auf die Lippen, bevor er sich neben mir niederlässt. Sein Arm, den er über mich gelegt hat, wird schwer.

„Bist du hungrig?", frage ich und überlege, ob er Blut oder richtiges Essen will.

Aber er antwortet nicht – er ist schon wieder eingeschlafen.

Verflixt. Enttäuscht rapple ich mich auf und gehe in die Küche, um einen Salat zu machen, denn das ist eine Sache, die ich ganz gut kann. Ich beäuge die Packung mit dem Bio-Freilandhuhn, aber ich bin noch nicht so weit, Fleisch zuzubereiten. Zumindest kein Fleisch, das nicht aus einer Dose oder einem Tiefkühlkarton stammt.

Meine Oma würde den Kopf schütteln. Essen ist der Weg zum Herzen eines Mannes.

Ich verkneife mir ein Kichern. Was ist mit dem eines Vampirs? Der Guacamole-Dip meiner Oma enthält über zwanzig Gewürze, aber keine ihrer geheimen Soßen bedient sich der einzig notwendigen Zutat: Blut.

Ich wandere zurück ins Schlafzimmer und studiere meinen schlafenden Vampir. Vielleicht schläft er normalerweise nach Sonnenuntergang und ist in den letzten Tagen nur früh aufgestanden, um mich bei Laune zu halten. Ich könnte weiter in den Büchern lesen, die er gekauft hat, aber die Worte auf den Seiten zu studieren ist viel weniger reizvoll als tatsächlich zu zaubern. Und bis jetzt war Charlie der beste Lehrmeister.

Also schäle ich mich aus meiner Kleidung und ziehe das Korsett und die Strümpfe an. Ich zittere ein wenig, als ich es zuhake, denn ich kann nicht glauben, dass ich tatsächlich versuche, einen Vampir zu verführen. Nicht nur das, ich wünsche mir auch, dass er eine Reitgerte hat.

Denn wenn das der Fall ist, können wir meinen Traum nachspielen.

Ich bin mir nicht sicher, warum mein Traum mich beschäftigt, aber er war so real, dass er mir wichtig erscheint.

Ich klettere über meinen Vampir und spreche leise, um ihn nicht zu erschrecken. „Charrrliiiiie. Wach auf, Vampir. Ich habe eine Überraschung für dich."

Wie zuvor bewegen sich seine Hände, bevor er die Augen öffnet, aber sie ergreifen meine Arme ohne die raue Gewalt und ziehen zu ihm hinunter. Die Ausbuchtung seines Schwanzes stupst mich durch die Decke an und ich neige mich leicht, um meine Muschi an die harte Form zu drücken, damit ich meinen Hügel daran reiben kann.

Er streichelt meinen Hintern und seine Augen weiten sich vor Überraschung, als ob er erst jetzt den Zustand meiner Unbekleidetheit realisiert hätte. Er hebt mich wieder hoch, um mich auf seinen Schoß zu setzen und mich – jetzt völlig wach – zu mustern. Gleichzeitig werden seine Reißzähne länger. „Lass mich dich ansehen", sagt er mit belegter Stimme.

Ich recke meine Brüste in die Luft und präsentiere ihm das schwarze Korsett, das perfekt sitzt.

„Mein liebes Glöckchen. Du siehst zum Anbeißen gut aus", schnurrt er.

Ich versuche nicht zu zittern und ihn nicht wörtlich zu nehmen.

„Steh auf, lass mich den Rest von dir sehen."

Ich stehe auf und gewähre ihm den vollen Blick auf mein frisch rasierte Lustzone und die schwarzen halter-losen Strümpfe.

„Dreh dich um."

Ich drehe mich um und mein Herz schlägt schneller.

„Was denkst du?" Ich werfe ihm in einer hoffentlich verführerischen Pose einen Blick über meine Schulter zu.

Bevor ich einen weiteren Atemzug machen kann, hat er mich neben sich gezogen und meinen Körper mit seinem bedeckt und küsst mich mit einer Leidenschaft, die meinen Magen verzückt rebellieren lässt. Ich erwidere sein Verlangen mit meinem eigenen, reiße seinen Kopf zu mir herunter, wölbe mein Becken gegen seins, winde mich unter ihm. Ich will, dass er mich im wahrsten Sinne des Wortes nimmt, aber er reißt sich los und zieht sich mit einem verruchten Lächeln zurück. „Ein lustvolles Weibsstück bist du, nicht wahr?"

„Weibsstück?" Ich stottere und tue so, als wäre ich beleidigt. Dann packe ich ihn mit einer Faust an seinem Hemd und versuche, ihn wieder zu mir zu ziehen. „Was glaubst du, in welchem Jahrhundert du hier bist?"

Er ignoriert meine Versuche ihn an mich zu ziehen ebenso wie meine Frage. „Es sollten noch ein paar Sachen in der Kiste sein. Geh und hol sie."

Mein Herz hüpft wie ein olympischer Turner. Die zwei verbliebenen Gegenstände in der Schachtel habe ich absichtlich ignoriert. Eines scheint eine Art Sexspielzeug aus Edelstahl zu sein, das andere Gleitmittel. Trotzdem befolge ich seinen Befehl.

Ich krieche vom Bett, hole das Gleitmittel und das Spielzeug und bringe ihm beides. Er setzt sich auf die Bettkante und zieht mich für einen weiteren leidenschaftlichen Kuss zu sich heran, bevor er mich über sein Knie legt. Meine Füße stehen immer noch auf dem Boden, mein Oberkörper beugt sich über das Bett und seinen Schoß. Er gibt mir einen Klaps auf den Hintern. Das Geräusch hallt wider, aber es klingt schlimmer als es ist.

„Weißt du, was das ist, Aurelia?"

„Nicht ganz", sage ich mit leiser Stimme.

„Greif nach hinten und zieh deine Backen für mich auseinander", befiehlt er.

Verflixt.

Wird er das wirklich tun? Ich überlege, ob ich mich weigern soll, aber ich habe keine Lust mehr, dieses Katz-und-Maus-Spiel mit ihm zu spielen. Ich tue, was er verlangt, greife zaghaft an meine Pobacken und spreize sie. Etwas Kaltes landet auf meinem Anus und ich zucke zusammen. Das Gleitmittel.

Ich spanne mich an, denn ich weiß genau, wo folglich das Spielzeug hinkommen wird. Natürlich drückt er die kühle, abgerundete Spitze davon gegen meinen Hinter-eingang.

Ich hingegen drücke meine Augen zusammen und presse meine Lippen aufeinander.

„Nein", wimmere ich, obwohl ich mein Einverständnis gegeben habe, indem ich still auf seinem Schoß liege und darauf warte, dass er tut, was er will. Er drückt die kühle Spitze nach vorne, die mein Loch dehnt.

„Nein … ich kann nicht", protestiere ich.

„Psst. Du kannst. Du wirst es tun, weil ich es will."

Er hat recht. Und was bedeutet das für mich? Wie hat er so leicht die Kontrolle über mich übernommen? Hatte ich mich nicht noch vor ein oder zwei Tagen mit Händen und Füßen gegen ihn gewehrt? Und was hat meine Meinung geändert? Heißer Sex?

Wahrscheinlich.

Eindeutig. Ich würde für die Belohnungen und das Vergnügen, das er mir bringen wird, sterben.

Der Plug dehnt mein Loch noch weiter auf. Ich gebe ein schrilles Geräusch von mir, obwohl ich meine Lippen zusammengepresst halte.

Und dann ist er drin. Sobald er sitzt, tut der Plug nicht mehr weh. Er verleiht mir nur ein merkwürdig „volles"

Gefühl und unterstützt den dringenden Wunsch meiner Muschi, zum Orgasmus kommen zu müssen. Oder richtig, richtig hart gefickt zu werden.

~

CHARLIE

„Aurelia", murmle ich und mir wird fast schwindelig beim Anblick des Plugs, der ihr Loch aufdehnt. Ich hebe sie hoch, sodass sie zwischen meinen Knien steht und umfasse ihre heißen Backen. „Das hast du sehr gut gemacht. Dreh dich um, damit ich dich ansehen kann."

Sie taumelt herum und ich muss sie stützen, als sie sich unsicher bewegt. Aber sie tut es. Sie tut ihr Bestes, um mir zu gehorchen.

Ich bin mir nicht sicher, wie ich ihren vollen Gehorsam gewonnen habe, aber ich bin auch nicht so dumm zu denken, dass das Spiel vorbei ist. Diese Runde hat sie mir auf jeden Fall geschenkt.

Beim Gewinnen habe ich mich noch nie machtlos gefühlt.

Mein Schwanz schmerzt, ein heißes Pochen, das meinen Hunger auf Blut nur noch schlimmer macht. Sie sieht unglaublich aus, das schwarze Korsett und die Strümpfe umrahmen ihren wohlgeformten Arsch, der Edelstahlplug und ihre wohlgeformten Backen Symbole ihrer Unterwerfung für mich.

„Schön." Ich drehe sie wieder um und ziehe sie zu mir, um ihre Lippen mit einem intensiven Kuss zu verwöhnen.

Ihr Gesicht errötet in einem gesunden Rosa, die Augen glasig und wild.

„Du könntest mich mit nichts zufriedener machen", lobe ich sie. Ich weiß, dass sie Befreiung sucht, aber ich habe vor, ihre sexuelle Notlage in die Länge zu ziehen.

„Jetzt möchte ich, dass du mir ein Abendessen zubereitest …" Ich tätschle ihren Hintern und zwirble den Plug zwischen ihren Backen, „… in diesem Aufzug."

Sie stöhnt und ihre Lippen bewegen sich, um einen Protest zu formulieren.

Ich stupse den Plug an, was sie zum Keuchen bringt und sie große Augen machen lässt.

Als Nächstes greife ich nach ihren Brustwarzen und ziehe so lange daran, bis sie sich zu mir beugt und ihr Gesicht auf gleicher Höhe mit meinem ist. „Die richtige Antwort ist *Ja, Meister*."

Keine Spielchen mehr. Spiel, Satz und Sieg.

Sie fängt an, mit den Augen zu rollen, aber ich schiebe den Plug weiter hinein und sie kippt um und fällt auf mich. Ich fange sie auf und ihre Hände umklammern meine Schultern.

„Ja, Meister", antworte ich.

„Ja, Meister."

Ja. Ich schenke ihr ein zufriedenes Lächeln und stehe auf.

„Komm mit, Sklavin." Ich klatsche ihr auf den Hintern und begleite sie in die Küche. Dort öffne ich den Kühlschrank, um festzustellen, dass sie bereits einen Salat gemacht hat. „Kleine Fee, du warst so ein braves Mädchen", sage ich streng. „Dafür wirst du belohnt werden. Ich werde dich die ganze Nacht ficken, bis du um Gnade schreist."

Sie zittert und ich zwinkere. Aber dann ziehen sich ihre Augenbrauen zusammen. Sie denkt über den Fluch nach.

„Es ist alles in Ordnung", versichere ich ihr. „Ich ficke schon seit hundert Jahren ohne meine eigene Befreiung. Das konnte mich noch nie aufhalten."

Ihre Lippen verziehen sich zu einem wehmütigen

Lächeln und ihre Fürsorge durchbohrt meine Brust. Ich verdiene solche Sympathie nicht.

„Deck den Tisch, Aurelia." Ich schnippe mit den Fingern, zeige auf sie und warte, bis sie meine Anweisung befolgt, bevor ich ein paar Hühnerbrüste aus dem Kühlschrank ziehe, sie mit Pesto bestreiche und in eine Auflaufform mit Zitronenscheiben lege. Ich mag es, mich um meine gefangene Sterbliche zu kümmern.

Aus dem Augenwinkel beobachte ich Aurelia, die für mich erotischer ist als alles, was ich je gesehen habe. Sie macht kleine, schlurfende Schritte und das Ende des Plugs glänzt zwischen ihren Arschbacken. Die einzige Möglichkeit, ihre Bewegung noch weiter zu verlangsamen, wäre, wenn sie Ketten trüge, die ihre Bewegungsfreiheit einschränkten.

Was für eine schöne Idee. Ich merke sie mir für später.

„Komm her", befehle ich, als ich das Huhn in den Ofen geschoben habe.

Sie kommt sofort an meine Seite.

Ich setze mich auf einen Stuhl und ziehe sie auf mein Knie, wobei ich eine Hand auf den Plug lege, damit ich ihn in ihr bewegen kann. „Hast du heute schon gelernt?"

„Nicht mit den Büchern, aber ich habe bei der Arbeit geübt."

Ich packe eine ihrer Brüste und schiebe sie nach oben, bis die Brustwarze den oberen Rand des Korsetts überragt und herausguckt. Ich nehme sie in meinen Mund, sauge daran und schiebe den Plug gleichzeitig in sie hinein und wieder heraus.

Sie miaut, ein verzweifeltes, wollüstiges Geräusch.

„Noch nicht, Kleines." Ihr Duft ist köstlich.

„Du bringst mich um den Verstand", murmelt sie.

„Gut", schnurre ich zufrieden. „Jetzt zeig mir, was du heute gelernt hast."

Sie lehnt sich zurück und zieht eine Augenbraue hoch. „Du hast keine."

„Was?"

„Eine Aura. Ich habe heute mit den Energiefeldern der Leute herumgespielt. Ich habe sie gesäubert, oder so was in der Art. Ich glaube, ich habe vielleicht herausgefunden, wie ein Fluch funktioniert könnte."

Ich lasse ihre Brust schlagartig los. „Und wie?"

„Nun, ich habe zwei Mädchen gesehen, die sich gestritten haben, und eine von ihnen hat eine dolchartige Energieform auf die andere losgelassen. Dieser Energiedolch traf sie mitten ins Herz und blieb dort stecken, und das Opfer weinte lange und rieb sich tatsächlich die Stelle, in die der unsichtbare Dolch eingedrungen war. Ich glaube nicht, dass dieses andere Kind ihr Schaden zufügen wollte, aber ich denke, dass jemand wie Anka, der verstanden hat, wie Energie funktioniert, sie absichtlich in einer gewissen Form geschickt hätte, die wir als Fluch ansehen."

Ich stelle sie auf ihre Beine, breite die Arme aus und stelle mich breitbeinig hin. „Siehst du irgendwelche Dolche? Oder ... ich weiß nicht, Korken?"

Sie starrt lange in die Richtung meines Schwanzes. „Also, ich habe mir noch nie die Energie eines Schwanzes angeschaut. Aber ja, ich glaube, ich sehe da tatsächlich etwas."

Sie kniet vor mir nieder und greift nach meinem Hosenbund, hält jedoch inne, um mich still um Erlaubnis zu bitten. Ich nicke und sie zieht meinen Schwanz aus meinen Boxershorts, umfasst den Ansatz und hält ihre Finger wie eine Zange an die Spitze.

Ich halte den Atem an. Kann es so einfach sein? Wird es funktionieren?

Aurelia macht eine ziehende Bewegung, als ob sie

versucht, einen Faden oder Splitter herauszuziehen. Sie wiederholt die Bewegung mehrere Male.

Ein scharfer Schmerz fährt plötzlich durch meinen Schwanz in Richtung der Spitze. Ich zische auf.

„Ich kann ihn nicht bewegen", sagt sie und sieht mich mit grimmiger Miene an. „Vielleicht musst du es tun. Oder du musst erst deine Bindung zu ihr lösen oder sowas in der Art."

Ich knurre und stehe auf, ohne darauf zu warten, dass sie zurückrutscht, bevor ich meinen Schwanz wieder in meine Boxershorts stecke und ins Schlafzimmer gehe, um mich anzuziehen. Verflucht sei dieser Fluch.

Aurelia steht im Türrahmen und schaut unsicher. „Soll ich mich auch anziehen?"

Ein Schmerz zieht mein kaltes Herz zusammen. Es ist so lange her, dass ich auf die Gefühle von jemandem Anderem Rücksicht genommen habe, aber als ich Aurelias hängende Schultern und ihr schüchternes Gesicht sehe, überkommt es mich.

Ich balle meine Fäuste und atme aus. „Nein", sage ich und versuche, etwas sanfter zu sprechen. „Ich brauche von meiner Sklavenfee, dass sie mir jederzeit gehorcht. Und ich werde später auch von dir verlangen, dass du versuchst, den Fluch mit deinem Mund und deiner Zunge zu brechen."

Sie schenkt mir ein kleines Lächeln, aber ihre Augen sind immer noch besorgt.

Verdammt. Sie bedeutet mir etwas.

„Komm her", sage ich und öffne meine Arme. Ich warte, bis sie nah genug bei mir ist, um zu murmeln: „Es tut mir leid." Vor Aurelia hätte ich mich nie bei einem Menschen entschuldigt.

Der Timer des Ofens summt. Wie heißt es bei den Sterblichen? Gerade noch mal Glück gehabt. Ich habe keine Lust, die seltsamen Gefühle, die in meiner Brust herumschwirren, weiter zu ertragen.

Stattdessen streichle den süßen Po meines Glöckchens. „Lass uns essen."

~

Aurelia

Als ich mich mit dem Plug in meinem Arsch hinsetze, durchströmt Hitze meinen Körper. Unbehagen, Bedürfnis und Verlangen mischen sich auch noch dazu. Charlie serviert das Essen und überrascht mich mit seiner bemüht modernen und männlichen Leichtigkeit in der Küche und unserer Rollenverteilung. Seltsam für einen Mann des neunzehnten Jahrhunderts, aber ich gewöhne mich an seine Unberechenbarkeit.

Begierig darauf, zu anderen Dingen überzugehen, schlinge ich mein Essen hinunter. Als ich meine Gabel hinlege, sehe ich, dass er auch fertig ist. Ich springe auf, sammle unsere Teller ein und wasche sie in der Spüle ab, während sich mein Loch um den Fremdkörper in meinem Arsch zusammenzieht.

„Ich kann deine Erregung riechen", murmelt Charlie in mein Ohr und taucht direkt hinter mir auf.

Meine Muschi krampft sich zusammen und ich will mehr von seiner Aufmerksamkeit.

Er schlingt seine Arme von hinten um mich und mein Magen zieht sich zusammen, als mich ein schreckliches Gefühl aus meiner Welt reißt. Jedes Atom meines Körpers scheint sich aufzuspalten und wieder zusammenzusetzen. Ich blinzle. Mein Zuhause ist verschwunden. Wir sind in einer völlig anderen Umgebung.

„Du wolltest meine Wohnung sehen", murmelt Charlie in mein Ohr und schmiegt sich an meinen Nacken.

159

Mir fällt die Kinnlade hinunter.

Charlies Schlafzimmer sieht ähnlich aus wie das Boudoir aus meinem Traum. Aufwendige Stoffe aus Seide und Samt zieren die Wände und bedecken das Bett. Die Möbel scheinen antik zu sein – große Stücke aus schönem Holz, geschnitzt mit filigranen Details. Die dominierenden Farben sind Burgunderrot, Purpur und Gold.

Ich kann nicht glauben, dass er mich hierhergebracht hat. Er war so verschlossen, und das zurecht. Er hat Jahrhunderte damit verbracht, seine Geheimnisse zu bewahren.

„Wo sind wir?"

„In einem Bunker. Wir sind am Fuß des Sombrero Peak."

Ich winde mich in seinem Griff. „Warum hast du mich hierhergebracht?" Ist es möglich, dass er sich mir gegenüber öffnet?

„Damit ich dich in meinem Bett ficken kann, natürlich." Sein Grinsen gibt keinen seiner Gedanken preis, aber ich weiß es besser. Er hat mich in sein geheimes Versteck gebracht. Er kann das herunterspielen so viel er will, aber das bedeutet etwas.

„Auf die Knie, Sklavin", befiehlt mein vampirischer Meister.

Erregung regt sich in meinem Unterleib. Ich sinke vor seinen Füßen auf die Knie und greife nach dem Knopf seiner Jeans.

Er macht einen tadelnden Laut. „Hast du um Erlaubnis gefragt?"

„Bitte, Meister, darf ich deinen Schwanz lutschen?"

Er lächelt. „Ja, du darfst."

Ich öffne seine Jeans und lasse seinen prallen Schwanz herausspringen. Bevor ich ihn berühren kann, nimmt er ihn in die Hand und schlägt damit auf mein Gesicht, erst auf die eine, dann auf die andere Wange. Wie immer bei diesem Vampir sträubt sich alles in mir gegen diese Erniedrigung, aber natürlich hat er es auch nur deshalb getan. Er testet mich. Und ganz ehrlich, mag ich es nicht ohnehin, mich ihm zu ergeben? Ich habe noch nie eine solche Befriedigung verspürt.

Also schließe ich meine Augen und strecke meine Zunge heraus, sodass sein Schwanz darüberstreicht, während er damit mein Gesicht auspeitscht.

„Mmmh, gute Sklavin", murmelt er, packt meinen Hinterkopf und hält mich fest. „Mach weiter auf."

Ich entspanne meinen Kiefer und er stößt in meinen Mund, füllt ihn bis zum Anschlag und zieht sich gerade wieder heraus, als ich zu würgen beginne. Er bewegt sich rein und raus, kontrolliert die Bewegung, fickt mein Gesicht. Meine Verletzlichkeit in dieser Position entgeht mir nicht – ein Stoß zu tief und er könnte mir die Luftröhre abdrücken, seinen Schwanz hinten in meinen Rachen schieben und mich damit erwürgen. Mein grundlegender Überlebensinstinkt befiehlt mir, mich zurückzuziehen, mich aus dieser erniedrigenden Position zu befreien, und doch will ich ihm aus einem unerklärlichen Grund gefallen. Denn seine Folter endet immer mit einer Belohnung.

„Steh auf und dreh dich um, Aurelia", befiehlt Charlie mit seiner erotischen Stimme. Seine Hand greift unter meinen Arm, um mir zu helfen und ich erinnere mich, wie ich mich über die Idee lustig gemacht habe, dass er ritterlich wäre. Ich war im Unrecht. Er dreht mich um und führt mich zum Ende seines Bettes, wo er meinen Oberkörper nach vorne drückt. „Bist du bereit für meinen Schwanz?"

„Ja, Meister", hauche ich. Meine Muschi kribbelt elektrisiert und wartet auf seine Berührung. Ich stöhne auf, als er seine Spitze an meinen Eingang drückt. Die Mischung aus weich und hart ist etwas, das kein Finger oder Dildo je ersetzen könnte.

Er gleitet in mich hinein, doch ich bin so schlüpfrig, dass ich die Dehnung kaum spüre. Oder vielleicht ist es auch die Ablenkung durch das Spielzeug in meinem Arsch. Ich weiß nur, dass ich alles und noch mehr will. Ich will hart gefickt werden, benutzt, ganz und gar von ihm beherrscht.

„Bitte", wimmere ich, als er sich zu langsam bewegt.

Er gluckst. „Ich gebe das Tempo vor, kleines Mädchen. Und du kommst erst, wenn ich es sage. Verstanden?"

„Ja, Meister."

Trotz seiner Worte erhöht er das Tempo, bewegt sich rein und raus, streichelt meine Muschi mit seinem Schwanz und drückt sein Becken jedes Mal gegen das Ende des Plugs, wenn er eintaucht.

Ich zittere und meine Beine können mich kaum noch tragen, meine Lust steigt bis zum Siedepunkt. Ich verliere unsere Umgebung aus den Augen, alles reduziert sich nun auf das Gefühl seines Schwanzes, der sich in mir bewegt, und auf die Angst davor, wie meine Zellen explodieren würden, wenn ich keine Erlösung fände.

„Oh Charlie", wimmere ich, drücke mein Gesicht in die Decke und beiße in den luxuriösen Stoff. „Charlie, bitte lass mich kommen. Bitte, bitte, bitte."

„Du bist so bezaubernd, wenn du bettelst." Er packt mich an den Hüften und stößt hart zu. Immer wieder stößt er zu, hämmert in mein Inneres, während seine Eier gegen meine Klitoris klatschen und der Plug meinen Arsch penetriert.

„Charlie?" Ich schwöre, ich halte keine Sekunde länger durch.

„Jetzt, Aurelia", knurrt er.

Mein Orgasmus kommt genau in dem Moment, in dem er mir die Erlaubnis dazu gibt. Es regnet Sterne vor meinen Augen. Eine Welle der Ekstase überrollt mich, lässt mein Innerstes sich zusammenziehen und bringt meine Innenschenkel bis zu meinen Fußsohlen zum Beben.

Ich halte den Atem an und werde fast ohnmächtig von dem Tsunami der Lust.

Als er mich loslässt, breche ich keuchend auf dem Bett zusammen. Ich blinzle, um meine Sicht und Orientierung wiederzuerlangen.

Charlie löst den Plug aus meinem Arsch und hebt mich hoch, bevor er mich sanft auf den Rücken dreht. Als die Realität zurückkehrt, sehe ich die Adern in seinem Hals hervortreten und den Schmerz in seinem Gesicht, während er über mich klettert. Schuldgefühle quälen mich. Ich habe meine Befreiung so selbstsüchtig genossen, während er nie in diesen Genuss kommt.

Ich streichle sein Gesicht, aber er zuckt weg, als wollte er mein Mitleid nicht. Er schiebt seinen harten Schwanz zwischen meine Beine und ich öffne mich ihm trotz des pochenden Schmerzes. Er bewegt sich in mir, weder grob noch sanft, aber mit einer grimmigen Entschlossenheit, als würde er mich die ganze Nacht ficken wollen, nur für den Fall, dass sich der Fluch dadurch von selbst auflöst.

Ich konzentriere mich darauf und stelle mir vor, wie ich die Blockade löse.

Charlie stützt sich auf seine Unterarme, sein Kopf hängt über meiner Schulter, sein Atem dringt angestrengt an mein Ohr. Er beginnt zu stöhnen, als hätte er Schmerzen, und die Muskeln seines Unterleibs zucken.

Ohne Vorwarnung bohren sich seine Reißzähne in meinen Hals. Ich schreie überrascht auf, stoße ihn von mir und verkrampfe mich unter ihm. Er hingegen streichelt mit seinem Daumen über meine Wange, als wolle er mich beruhigen, während er weiter seinen Schwanz in mich stößt und an mir saugt.

„Nein", schluchze ich. „Geh runter von mir. Hör auf!"

Er saugt noch ein paar Sekunden weiter, dann leckt er meine Wunde mit langen, langsamen Bewegungen seiner Zunge, als würde ich mich überhaupt nicht unter ihm wehren.

Als er mich endlich loslässt, springe ich wutentbrannt auf. „Was zum Teufel war das?", verlange ich nach einer Erklärung.

Charlie klettert ebenfalls vom Bett. Er sieht müde aus, sein Schwanz steht noch immer waagerecht von seinem Unterleib ab, von all der unverbrauchten Leidenschaft. „Ich wollte das nicht." Er klingt niedergeschlagen. „Ist es wirklich so eine große Sache?"

„Ja, es ist eine große Sache! Ich brauche mein Blut. Ich wollte nicht, dass jemand es mir aussaugt. Du wusstest das und hast es trotzdem getan."

Er streicht sich mit den Fingern durch die Haare. „Hat es wehgetan? Ist dir schwindlig?"

„Nein, aber du hattest kein Recht dazu. Ich wollte nicht gebissen werden!"

Er atmet laut aus, sein Gesicht ist wie versteinert. Er zieht sich an.

„Wo willst du hin?", frage ich, und Panik steigt in mir auf. Verflixt. Er ist dabei, seine Verschwinde-Nummer abzuziehen. Mein Magen krampft sich zusammen. „Wage es nicht, mich hier stehenzulassen …"

Und dann ist er weg.

„Verdammt!", schreie ich.

Und dann taucht er wieder auf, als hätte er meine Schreie gehört. Er schreitet zielstrebig auf mich zu. Mein Herz pocht.

Was hat er jetzt vor?

Er legt einen Arm um meine Taille und für einen glorreichen Moment glaube ich, dass alles gut wird, aber dann zuckt mein Körper zurück, ich werde wieder in die Luft gesaugt und mein Körper zerfällt in unzählige atomare Einzelteile. Eine Sekunde später stehen wir wieder in meinem Wohnzimmer.

Und schon ist Charlie wieder verschwunden.

Verdammt noch mal. Er ist also nur zurückgekommen, um mich in meinem Haus abzusetzen. Ich schätze, ich sollte dankbar dafür sein, dass er so fürsorglich war. Er hätte mich schließlich auch im Dunkeln zurücklassen können, nur mit Korsett und Strümpfen bekleidet.

Aber nein. So eine Scheiße. Ich stapfe in mein Schlafzimmer und ziehe mir Jeans und ein T-Shirt an. Er kann nicht jedes Mal abhauen, wenn es schwierig wird. Er hat mich in sein innerstes Heiligtum gebracht und das bedeutete etwas. Aber in dem Moment, in dem er Schwäche zeigt, lässt er mich im Stich.

Wenn er sauer ist, soll er bleiben und es mir sagen. Ich kann es nicht ertragen, wenn er geht.

Ich kann es einfach nicht.

Wütend ziehe ich mir meine Turnschuhe an, schnappe mir meine Schlüssel und marschiere zur Tür hinaus. Er sagte, er geht gerne in die Stadt – also werde ich ihn dort suchen.

Der Gedanke, dass er wütend auf mich sein könnte, nagt an mir. Etwas, das in meinem Hinterkopf herumschwirrt, kämpft sich plötzlich nach vorne: Seine Gesichtsfarbe sah anders aus, nachdem er mich gebissen hatte. Er war so blass als ich versuchte, ihn zu wecken, und … hatte er nicht gesagt, er sei hungrig?

Mein Bauch verdreht sich zu einem Knoten aus Schuldgefühlen. Warum bin ich überhaupt ausgeflippt? Er hatte recht, es hat nicht weh getan und ich habe keine

Nachwirkungen gespürt, also hat er nicht zu viel getrunken. Vielleicht musste er wirklich dringend Blut trinken. Oder vielleicht war es sein Ersatz für einen Orgasmus und wenn ich ihm diesen verweigerte, war es, als würde ich den Schmerz nur noch verschlimmern.

Stolzer Vampir.

Ich laufe zügig in die Innenstadt und halte Ausschau nach einem Zeichen von ihm. Als er verschwunden bleibt, gehe ich zum Eclipse.

Auf einem Parkplatz in der Nähe stehen ein paar Motorräder. Ihre tätowierten Besitzer unterhalten sich in einer Gruppe. Diese Typen sind alle riesig, mit Muskeln, die ihre weißen Muskelshirts zu klein aussehen lassen. Es ist Januar und kalt in Arizona, aber nur einer trägt eine Lederjacke.

Als ich an ihnen vorbeihusche, dreht sich einer der Kerle um. Er hat eine gepiercte Lippe und einen rasierten Kopf. In der Dunkelheit scheinen seine Augen silbern zu leuchten – aber das kann doch gar nicht sein. Die Augen eines Menschen können nicht so leuchten – oh. Er ist kein Mensch.

Ich gehe schneller.

„Kann ich helfen, junge Dame?", ruft er. Die Gruppe von Jungs hört auf zu reden und dreht sich um, um zu sehen, was ihren Kumpel abgelenkt hat. Heilige Scheiße.

Ich haste ins Eclipse und reibe mir die Arme. Vermutlich hätte ich nicht allein hier herkommen sollen. Ohne nachzudenken, ziehe ich meine Schutzblase hoch, meine übliche Reaktion, wenn ich nervös bin.

Drei Köpfe im hinteren Bereich drehen sich um und starren mich an. Mein Blut stockt.

Oh, Mist. Vampire.

Und Charlie hatte recht. Sie tragen alle die gleichen Anzüge, aber sie sehen viel unappetitlicher aus als er. Ich schaue nach rechts und links und suche die Menge nach einem Zeichen von ihm ab. Dann gehe ich zurück zur Tür und versuche, nicht verängstigt auszusehen. Keine Spur von Charlie, doch die anderen Vampire fixieren mich mit starrem Blick und kommen auf mich zu. Ich lasse meinen Blick ein letztes Mal durch die Bar wandern, drehe mich um und gehe zügig zurück hinaus.

Einer der Vampire taucht aus dem Nichts auf, bleibt direkt vor mir stehen und versperrt mir den Weg.

~

CHARLIE

BLAUE EIER BEREITEN mir einfach immer schlechte Laune. Ich versuche das Gefühlt loszuwerden, aber die Dunkelheit hat mich im Griff.

Die Szene vorhin mit Aurelia hat mich zu sehr an Anka erinnert. Warum ich dachte, mit ihr wäre es anders – oder irgendeine Frau sei anders – ist mir ein Rätsel. Liebe kennt keine Spielregeln. Menschen und Vampire sind nun mal egoistische Kreaturen. Am Ende kümmert sich jeder nur um sich selbst. Es war dumm von mir, ihr Befriedigung anzubieten, ohne selbst je befriedigt werden zu können, dumm zu glauben, sie würde es mir mit der einen Sache danken, die ich wirklich von ihr brauche.

Ich halte an und reibe mir über das Gesicht.

Nein. Sie ist nicht wie Anka. Aurelia hatte Angst und sie schlägt immer um sich, wenn sie Angst hat. Das mag ich an ihr. Ich bewundere ihren Mut angesichts dieser Notlage. Und sie hatte recht damit, dass ich immer verschwinde, wenn ich mich unwohl fühle. Aber wenn ich geblieben wäre, hätte ich einige der dummen Dinge

ROSE ROSE & LEE SAVINO

gesagt, die ich mir gedacht habe, und das hätte sie verletzt.

Und obwohl ich egoistisch bin, konnte ich es nicht ertragen, sie verletzt zu sehen. Selbst als ich schon weg war, hat mich ihr Schmerz noch beschäftigt.

Ich laufe durch die Stadt, die Sterne und die frische Luft beruhigen meine angespannten Nerven. Etwas lässt mich innehalten und lauschen. Kein Geräusch, eher ein Gefühl: Angst. Und nicht meine eigene.

Aurelia.

Ich habe ihr Blut gekostet und während sich meine eigenen Emotionen beruhigen, kann ich ihre spüren. Irgendetwas ist nicht in Ordnung. Bevor ich mich bewegen kann, hallt ein Schrei durch die Luft und er klingt, als wäre sie nur ein paar Straßen entfernt. Ich verschwinde in der Gasse hinter dem Eclipse, als ein weiterer Schrei ertönt. Mein Blut wird kalt.

Verdammt.

Aurelia, gelähmt durch einen Zauber, hat ihren Kopf nach hinten geneigt, um ihre Kehle freizulegen, und der Vampir Abe Fenman und seine zwei Kumpanen beugen sich über sie, während sie schreit.

„Sieht aus, als wäre sie heute Abend schon gebissen worden", bemerkt Abe, kurz bevor ich mich hinter ihm materialisiere und ihn von ihr wegreiße.

Der Kampf spielt sich in Vampirgeschwindigkeit ab und unsere Körper verschwimmen, die Schläge sind heftig genug, um Knochen zu brechen. Drei gegen einen macht es schwierig, aber ich kanalisiere die Wut in mir und vergesse alle Sorgen, die mich geplagt haben. Ich muss zu Aurelia, um den Zauber zu brechen, der sie hat erstarren lassen und verwundbar macht. Während ich mich drehe, trete ich den drahtigen Vampir namens Andre aus dem Weg, bekomme dafür aber von Abe einen harten Schlag in

168

den Bauch verpasst, und der dritte Vampir geht mir mit einer zerbrochenen Flasche an die Kehle.

Das Glas erwischt die Sehne zwischen meinem Hals und meiner Schulter und verfehlt um Haaresbreite meine Halsschlagader. Ich nehme Aurelias Gesicht zwischen meine Hände und verweile dort für die wenigen Sekunden, die nötig sind, um den Bann zu brechen. „Nutze deine Schutzblase, nimm keinen Blickkontakt auf. Lauf, so schnell du kannst."

Diese kurze Ablenkung kostet mich wertvolle Zeit, die die drei Untoten für einen neuerlichen Angriff nutzen. Einer von ihnen packt mich an den Armen und hält mich zurück, während die anderen mich treten und verprügeln. Mit beiden Füßen kicke ich dem Unsterblichen vor mir direkt in die Brust, dem, der mich festhält, verpasse ich mit meinem Hinterkopf einen harten Schlag auf die Nase.

Aurelia bildet ihre Blase, aber sie bewegt sich nicht, sondern steht starr vor Entsetzen da.

„Lauf!", brülle ich. Verflucht. Ich hätte sie hypnotisieren sollen, um ihren Gehorsam zu erzwingen.

Mein Blick auf sie veranlasst die Vampire, sich nun wieder ihr zuzuwenden. Einer von ihnen dreht sich zu ihr um, während die anderen beiden weiter gegen mich kämpfen.

Das zerbrochene Glas schlitzt seinen Unterarm auf und ich werfe Andre auf den Bürgersteig und schlage seinen Kopf wiederholt gegen den Asphalt.

„Charlie!"

Aurelias Schrei lässt mich den Kopf rechtzeitig hochreißen, um zu sehen, wie sie einen Lichtball direkt in Abes Gesicht schleudert. Der wütende Vampir stürzt sich mit wüstem Gebrüll auf sie.

Doch ich dränge mich zwischen die beiden, packe Aurelia um die Taille auf und versuche zu verschwinden, aber ich kann mich nicht stark genug konzentrieren. Abes Reißzähne beißen sich in meinen Rücken und reißen die Haut an meinen Schultern in Fetzen.

Aurelia stülpt geistesgegenwärtig eine Schutzblase über uns beide und der Vampir prallt im selben Moment daran ab.

„Hey!" Zwei große Typen kommen um die Ecke. Sie sind riesig und mit Tattoos übersät – am auffälligsten ist ein Wolfspfoten-Tattoo auf ihrer rechten Schulter. „Ihr Blutsauger seid hier nicht erwünscht. Verpisst euch."

Na großartig. Die Werwolfpatrouille. Ich bringe uns besser hier raus, bevor sie Lucius rufen und der Vampir-könig uns alle einsperrt und foltert. Es gibt einen Grund, warum ich versucht habe, mich bedeckt zu halten. Der Umgang mit anderen Vampiren ist schlecht für meine Gesundheit. Schlecht, im Sinne von tödlich.

Ich schließe meine Augen und beruhige mich, stelle mir Aurelias Wohnzimmer vor, während ich sie in den Äther ziehe.

Als wir uns materialisieren, spüre ich, wie sie zittert.

Scheiße. Ich hätte sie da draußen fast verloren. Ich hatte nicht mehr so große Angst seit … wahrscheinlich seit ich sterblich war.

„Was zum Teufel hast du gemacht?", fauche ich sie an. „Erstens habe ich dir gesagt, dass ich nicht will, dass du nachts alleine herumläufst. Zweitens habe ich dir gesagt, du sollst deine Blase benutzen und weglaufen." Ich werfe sie mir über die Schulter und trage sie ins Schlaf-zimmer, wo ich sie auf das Bett fallen lasse. „Wenn ich dir einen Befehl gebe, erwarte ich, dass du ihn befolgst, besonders, wenn es um deine eigene verdammte Sicher-heit geht!"

Doch sie liegt nur still da und starrt mich mit großen Augen an.

„Warum bist du nicht weggelaufen, als ich es dir gesagt habe?", will ich wissen.

„Ich wollte dich nicht dort allein zurücklassen!"

Ich spüre einen Stich in meiner Brust. Hatte ich sie nicht vor ein paar Stunden noch als egoistisch bezeichnet?

Ich lag völlig falsch.

„Ich bin ein Vampir, Liebes. *Unsterblich*. Meine Wunden heilen, es sei denn, ich werde enthauptet oder ich verblute. Du, meine liebe Fee, bist es nicht. Und diese Vampire wollten dich wegen deiner Kraft aussaugen. Ich habe dich davor gewarnt."

Tränen glänzen in ihren Augen und ich erstarre.

Oh, verdammt. Eine Welle ihrer Emotionen überrollt mich – ist es Bedauern? Verzweiflung?

Ich lasse mich neben ihr auf das Bett fallen und wiege sie in meinen Armen. Sie schmiegt sich an mich, klammert sich an meinen Hals und presst ihr Gesicht an meine Brust. Ich wische ihre Tränen weg, während ich ihren Rücken streichle. „Schhhh, Liebling. Du bist jetzt in Sicherheit. Haben diese Kreaturen dich erschreckt?"

Sie schüttelt den Kopf, zieht sich zurück und sieht mich an. Die Tränen fließen immer noch aus ihren Augen und kullern über ihre Wangen. „Ich kann nicht glauben, dass du das getan hast."

Was getan? Ich zermartere mir das Hirn. „Diese Vampire …"

„Die sind mir egal. Ich rede von dir!" Sie schlägt mit der Hand gegen mein Brustbein. „Du bist schon wieder abgehauen!" Sie schlägt mich erneut. „Du verschwindest immer einfach und ich bleibe alleine zurück und versuche herauszufinden, was ich falsch gemacht habe und, wie ich es wieder in Ordnung bringen kann." Sie schlägt mir immer wieder auf die Brust und sagt: „Ich. Will. Nicht. Dass. Du. Gehst."

Ich packe ihre beiden Handgelenke und drücke sie mit einer Hand an meine Brust. „Okay", flüstere ich heiser, denn ihr Kummer erschüttert mich. Dann wische ich mit dem Daumen eine weitere Träne von ihrer Wange und versuche, ihren Kopf wieder an mich zu drücken, aber sie wehrt sich.

Nun scheint sie sich zu sammeln. „Es tut mir leid, dass ich eine … eine sture Kuh war wegen meines Blutes." Mit tapferer Demut sieht sie zu mir auf.

Ich stoße ein kurzes, überraschtes Lachen aus, da ich eine solche Entschuldigung nicht erwartet hatte. Natürlich hatte ich auch nicht erwartet, dass sie mich ohrfeigen würde. „Du warst keine sture Kuh." Meine ganze vorherige Irritation löst sich in Luft auf.

„Doch, das war ich. Du warst einfach so hungrig, nicht wahr?"

Ich nicke nur kurz, da ich es nicht mag, eine Schwäche einzugestehen, nicht einmal ihr gegenüber.

„Warum hast du mir nichts gesagt? Warum hast du nicht woanders gegessen?"

Ich atme tief durch. „Ich schätze, ich bin einfach mehr der Typ für nur eine Frau." Ich zucke mit den Schultern. „Das war ich schon immer."

Sie blinzelt zu mir auf, die goldenen Flecken in ihren Augen schimmern. „Meinst du …", sie schweift ab und schaut unsicher. „Weil es etwas Sexuelles ist?"

„Ja. Seit der Nacht, in der ich dich zum ersten Mal gesehen habe, wollte ich nur dein Blut."

„Und ich habe mich geweigert, es dir zu geben." Ihre Stimme ist leise, bedauernd.

Ich streiche ihr das Haar aus dem Gesicht und lege einen Finger unter ihr Kinn, um ihren Blick wieder auf mein Gesicht zu lenken. „Du hattest nur Angst."

Sie schluckt und nickt. „Ich habe keine Angst mehr. Ich gehöre dir, wo und wann du willst."

Ihre Worte schießen direkt in meinem Schwanz. Ich neige ihren Kopf zur Seite und drücke einen sanften Kuss auf ihre Lippen. „Das sage ich dir schon seit dem Tag, an dem wir uns kennengelernt haben."

Sie schlingt ihre Arme um meinen Hals und vergräbt ihr Gesicht in meiner Schulter, als sie plötzlich mit einem Keuchen zurückzuckt. „Oh mein Gott", sagt sie.

Ich blicke auf das getrocknete Blut unter dem Schnitt an meinem Hals. Ich ziehe mein Hemd weg, um es ihr zu zeigen. „Sieh es dir an", fordere ich sie auf. „Vampire heilen sehr schnell. Siehst du, wie das Fleisch schon wieder zusammengewachsen ist? Mach dir keine Sorgen um mich." Ich hebe sie in meine Arme, während ich aufstehe. „Ich gehe duschen. Du musst ins Bett. Bitte melde dich morgen krank. Ich will nicht, dass du mit nur drei Stunden Schlaf zur Arbeit erscheinst."

„Ja, Meister", murmelt sie. Ich hebe die Decke an, damit sie darunterkriechen kann, und sie zieht mich an meinem Hemd herunter und küsst mich. „Charlie?"

„Ja, kleine Sterbliche?"

„Wenn du sauer auf mich bist, bestraf mich einfach, okay?"

Ich schaue sie fragend an. „Ich bin nicht sauer auf dich."

„Ich meine beim nächsten Mal. Geh nicht einfach. Ich mag es nicht, wenn man mich im Stich lässt. Mir wäre es lieber, du würdest bleiben und schreien oder … du weißt schon", sagt sie und klimpert mit den Wimpern.

„Dich fesseln und deinen schönen Arsch versohlen?"

Sie kichert und wackelt mit dem Hintern für mich. Ich verpasse ihr ein paar gesunde Klapse auf ihre prallen

Pobacken, dann beuge ich mich vor und verteile Küsse auf ihrer geröteten Haut.

„Süße kleine Sterbliche", murmle ich und spüre, wie sich meine Brust zusammenzieht. Dann befreie ich sie von ihren Jeans und ihrem Höschen, ziehe ihr das T-Shirt über den Kopf und schnüre das Korsett auf, das sie seit einer gefühlten Ewigkeit trägt. „Du hast wieder Bekleidungsverbot. Bis auf Weiteres keine Kleidung in diesem Haus. Verstanden?"

Sie stöhnt, aber ich merke, dass sie es liebt. „Auch, wenn du schläfst?"

„Ja", sage ich resolut. „Auch, wenn ich schlafe. Ungehorsam wird streng bestraft."

„Aber ist das nicht eher eine Strafe für dich? Ich meine, da du nicht ..."

Ich berühre ihre Lippen mit der Spitze meines Zeigefingers. „Eine exquisite Folter." Ich lasse sie allein und gehe ins Bad, um mir das Blut abzuwaschen. Ich drehe das Wasser auf und ziehe meine blutverschmierte Kleidung aus. Dann trete ich unter den Strahl, schließe die Augen und lasse das Wasser über mich plätschern.

Ich höre, wie sich die Tür öffnet und denke mir, dass sie sich vor dem Schlafengehen die Zähne putzen will, aber der Duschvorhang öffnet sich, und steigt zu mir in die Dusche.

„Ich will nicht allein sein", sagt sie leise.

Mein eiskaltes Herz windet sich und ich öffne meine Arme. „Komm her, kleine Fee."

KAPITEL ZWÖLF

Anka

ER HATTE SIE VERLASSEN.

Eine Panik, wie sie sie noch nie zuvor erlebt hatte, füllte ihre Brust und drohte, sie zu ertränken.

Nein. Nicht Charles. Charles würde sie nie verlassen. Er liebte sie. Er allein kannte und liebte die wahre Anka, mit all ihren Fehlern. Er akzeptierte ihren Stolz, ihren Ehrgeiz, ihre Momente der Unsicherheit. Er war ihr Fels in der Brandung.

Aber Anais hatte gerade berichtet, dass er sich ausgerechnet Madame de Olivier zur Gespielin genommen hatte und sich damit bewusst mit ihrer größten Rivalin verbündet hatte.

Mit einer Armbewegung wischte sie alles von ihrem Schminktisch. Flaschen mit Eau de Cologne und ihre Toilettenartikel flogen in alle Richtungen davon. Wie konnte das sein? Sie würde ihn umbringen. Ihm einen Pflock in sein Herz rammen. Nein, schlimmer noch, sie würde ihn foltern. Ihn mit irgendeiner Form von Silber lähmen, um ihn festzuhalten – mit Ketten oder in einem Käfig –, und ihn in ihrem

Schlafzimmer gefangen nehmen, gezwungen, jede ihrer Taten zu beobachten.

Aber dieser Gedanke machte sie krank. Obwohl sie ihn selbst betrogen hatte.

Verdammt – warum musste er sich in ihrem Zimmer materialisieren, als sie einen jungen Mann in ihrem Bett hatte? Einen Adonis – einen schönen, reichen jungen Mann, der sie dafür bezahlte, ihm beizubringen, wie man eine Frau befriedigte. Sie hatte mit Charles' Wut gerechnet. Vielleicht hatte sich ein Teil von ihr sogar danach gesehnt, als Beweis für seine Liebe zu ihr. Sie hatte gedacht, sie müsse den jungen Mann vor dem sicheren Tod schützen, hatte sich eine wunderbar dramatische Szene ausgemalt, in der sie ihre weiblichen Reize einsetzen würde, um ihn abzulenken. Vielleicht hatte sie gehofft, er würde sie gnadenlos mit der Reitgerte auspeitschen.

Aber sie verlassen? Non et non!

Bittere Tränen brannten in ihren Augen. Sie hasste ihn dafür. Wie sollte sie ohne ihn weitermachen? Sie hatte niemanden mehr auf der Welt, dem sie wichtig war. Überhaupt niemanden.

Sie schleuderte einen silbernen Krug gegen ihren Spiegel, der in tausend Stücke zerbrach.

Verflucht sei er.

Sie würde es ihm zeigen. Sie würde Madame de Olivier und ihren verräterischen Vampir das Fürchten lehren.

Mit diesem Vorsatz bündelte sie die ganze Kraft ihrer Wut und ihres Schmerzes in ihrem Bauch, zog sie über ihre Wirbelsäule entlang nach oben direkt in ihre Arme, und bis hinunter zu ihren Händen. Als sie sich Charles nackt mit der Olivier-Schlampe vorstellte, schleuderte sie ihren Fluch aus ihrem Körper heraus, traf seinen Schwanz mit einer magischen Wucht, die stärker war als jeder Zauber, den sie je gewirkt hatte, und bestrafte ihn für alle Ewigkeit dafür, dass er sie gehörnt hatte.

Dann wickelte sie wütend ihr Kleid um ihren Körper.

„Adieu, Charles. Du wirst dich nie mehr mit einer anderen Frau vergnügen, solange du lebst."

Aurelia

Zitternd setze ich mich im Bett auf.

Anka. Und der Fluch.

Warum habe ich geträumt, ich wäre Anka? Um Charlies Heilungsmöglichkeit zu verstehen?

Ich ziehe mir die Decke bis unter die Nase, als ob sie die Kälte in meinem Inneren abwehren könnten. Selbst, wenn ich es glaube, weiß ich, dass es nicht wahr ist. Dieses Gefühl. Diese Panik, die Anka verspürt hatte, weil sie von ihm verlassen wurde, war mir viel zu vertraut. Sie spiegelt perfekt meine eigene Panik von der Nacht zuvor wider. Ich dachte, meine Angst, dass er mich verlässt, wäre übertrieben, aber jetzt verstehe ich. Etwas tief in mir kennt die Wahrheit. Verflixt. Ich habe es immer gewusst. Ich habe mich zu schnell verliebt. Habe zu sehr vertraut. Habe mehr gelitten, als es die Situation rechtfertigen würde.

Charlie hat mich nicht zufällig gefunden. Ich *bin* Anka. Oder ich war es in einem früheren Leben.

Ich weiß es auf einer übernatürlichen Ebene.

Der Gedanke erschreckt mich. Wie konnte ich ihm etwas so Schreckliches antun? Und was würde passieren, wenn er es herausfindet? Er fängt gerade erst an, mir zu vertrauen, sich zu öffnen und seine Schwächen zu zeigen. Wie könnte er mir je verzeihen, was Anka ihm angetan hat?

Ich klettere aus dem Bett und gehe auf zitternden Beinen in die Dusche. Ich drehe das Wasser auf und stelle mich wie betäubt darunter.

Dem Karma habe ich nie viel Beachtung geschenkt. Meine Oma hat mich gelehrt, an frühere Leben zu glauben, und das tue ich auch, aber eher als ein Konzept, das mich nicht wirklich betrifft. Ich weiß, dass ich mit besonderen Fähigkeiten in dieses Leben gekommen bin – das tut jeder. Dinge, die nicht logisch erklärt werden können. Menschen haben irrationale Ängste vor Wasser oder vor dem Ersticken. Einen Hass auf Männer oder schreiende Kinder. Ein Gefühl, nie genug Zeit zu haben.

Meine Oma sagte immer, dass die Menschen in unserem Leben die gleichen Menschen aus früheren Leben sind – Familienmitglieder, die in verschiedenen Rollen wiedergeboren werden. Liebende werden im nächsten Leben zu Eltern, Kinder werden zu Schwestern oder Brüdern. Ich weiß nicht, wie das mit den Unsterblichen funktioniert, aber ich weiß mit Sicherheit, dass Charlie aus einem bestimmten Grund in mein Leben getreten ist. Und ihn zu heilen ist der einzige Weg, den karmischen Schaden, den Anka verursacht hat, zu beheben.

Ich seufze und drehe das Wasser ab. Kann ich den Fluch jetzt, wo ich erfahren habe, wie Anka ihn ihm auferlegt hat, rückgängig machen?

Die Emotionen aus meinem Traum fallen mir wieder ein – Wut, Eifersucht, Verrat, Schmerz. Ich sammle sie wie einen Ring um mich herum, strecke meine Hand aus und stelle mir Charlie vor. Dann versuche ich, das Stück davon, das in ihm steckt, zu mir zurückzuholen, ziehe es an wie einen Magneten.

Ich keuche, als ich spüre, wie es sich bewegt, springt und bebt. Charlie stöhnt vom Schlafzimmer aus.

Tut es ihm weh?

Ich intensiviere meine Bemühungen, der Schweiß beginnt sich auf meiner Oberlippe zu sammeln und das Ausmaß der Konzentration verzerrt meine Mine. Die Blockade zittert und bebt. Charlie schreit vor Schmerz auf und stört meine Konzentration. Die Verbindung bricht ab, der Splitter in Charlie rührt sich nicht mehr. Mein Kopf pocht vor Anstrengung und ich lasse mich erschöpft an die Badezimmerwand zurückfallen. Ich öffne die Tür und beginne mich anzuziehen, bevor ich mich an Charlies Bekleidungsverbot erinnere.

Ich schaue auf die Uhr. Halb zehn. So ein Mist! Ich habe vergessen, mich bei der Arbeit krankzumelden. Schnell schnappe ich mir mein Handy, wickle mir das Handtuch um den Oberkörper und renne ins Wohnzimmer, um die Nummer meiner Chefin zu wählen.

„Hallo, Edith?" Ich versuche, kraftlos zu klingen. „Hi, ich bins, Aurelia. Es tut mir so leid, ich war die ganze Nacht wach und habe gekotzt und bin erst jetzt aufgewacht. Ich weiß nicht, ob es eine Lebensmittelvergiftung oder eine Magen-Darm-Grippe ist, also denke ich, dass ich mich heute besser von den Kindern fernhalten sollte."

„Okay", seufzt Edith. „Ich hoffe, du fühlst dich bald wieder besser."

„Danke. Und es tut mir leid, ich hätte anrufen oder eine Nachricht hinterlassen sollen, als ich gestern Abend krank wurde."

„Ja, das wäre sehr umsichtig gewesen. Es wird schwer sein, jetzt noch Ersatz zu finden."

„Wenn ich mich heute Nachmittag besser fühle, komme ich rein", biete ich an, während die Schuldgefühle an mir nagen.

„Nein. Du hast recht. Wenn du einen Grippevirus hast, wollen wir nicht, dass alle Kinder krank werden. Bleib zu Hause und halte mich auf dem Laufenden."

„Okay, wird gemacht. Danke."

Ich beende den Anruf und gehe zurück ins Schlafzimmer. Ich spiele mit der Zunge an der Innenseite meiner Wange, während ich meinen schlafenden Vampir betrachte. Er wird wahrscheinlich erst in ein paar Stunden aufwachen. Technisch gesehen könnte ich also damit durchkommen, dass ich mich anziehe und wieder ausziehe, bevor er aufwacht. Außerdem hat er gesagt, dass ich *in der Wohnung* nackt sein muss, was bedeutet, dass ich mich anziehen und im Garten arbeiten könnte, und wenn er mich später mit Kleidung hier drinnen erwischt, könnte ich sagen, dass ich gerade erst reingekommen bin.

Aber nein, der Gedanke, hinterhältig zu sein, gefällt mir nicht. Ihm zu gehorchen fühlte sich im besten Sinne des Wortes unanständig an. Ich will unser Spiel spielen … bis zu einem gewissen Punkt. Also lasse ich das Handtuch um meinen Körper gewickelt, mit der Begründung, dass es nicht als Kleidung gilt.

Ich kehre zu meinen magischen Büchern zurück, lese eines davon zu Ende und beginne mit dem Nächsten. Bis jetzt habe ich keinen Hinweis darauf gefunden, wie ich Charlie von dem schrecklichen Fluch befreien kann.

„Was hast du da an?"

Ich schaue von meiner Lektüre auf und sehe Charlie in der Tür lehnen − er sieht entspannt aus. Sein Gesicht hat immer noch eine gute Farbe von seiner kleinen Mahlzeit letzte Nacht, und ich stelle fest, dass er auch nicht so lange geschlafen hat.

„Keine Kleidung", beharre ich und hebe demonstrativ meine Arme, um es ihm zu zeigen.

„Steh auf."

Ich stehe auf, das Handtuch klemmt unter meinen herunterhängenden Armen.

„Lass das Handtuch fallen."

Ich verberge ein Lächeln, weil ich wusste, dass dieser Befehl kommen würde, und ein Schauer der Erregung schießt durch mich hindurch. Ich hebe meine Arme und lasse das Handtuch hinunter zu meinen Füßen gleiten.

Charlie verschränkt seine Arme vor der Brust und mustert mich mit einem kritischen Blick. Ich weiß aber inzwischen, dass das alles nur gespielt ist – seine Art, den Meister heraushängen zu lassen. Er ist nicht wirklich das Arschloch, das er vorgibt zu sein.

Daraufhin macht er eine kreisende Bewegung mit seinem Zeigefinger. „Dreh dich um."

Ich drehe mich langsam und blicke dabei über meine Schulter. Allein von seinem scheinbar kritischen Blick werde ich schon feucht, als würde er meine Rundungen wie ein Stück Fleisch vermessen.

„Du gibst gerne vor mir an", bemerkt er und seine Mundwinkel heben sich zu einem Grinsen.

„Wie kommst du denn darauf?" Meine Stimme ist nicht so kraftvoll wie ich es eigentlich wollte.

Er schlendert auf mich zu, schnippt erst gegen meine eine Brustwarze, dann gegen die andere. „Du magst es, dich mir zu präsentieren", stellt er süffisant fest.

Ich bemerke die Ausbeulung seines Schwanzes in seinen Jeans und Schuldgefühle überkommen mich. Wie kann ich ihm in die Augen sehen, jetzt, da ich weiß, dass ich selbst Anka war?

Charlie packt mich an den Haaren und zieht meinen Kopf zurück. „Du hattest heute schon etwas an", wirft er mir vor.

„Nein, hatte ich nicht."

„Lüg mich nicht an, ich spüre deine Schuldgefühle."

Die Härchen an meinen Armen stellen sich auf, als die Reue mich noch einmal packt. „Du ... du kannst das fühlen?"

„Mmm hmm. Ich habe dein Blut getrunken, kleine Sterbliche. Jetzt kannst du keine Geheimnisse mehr vor mir verbergen."

Meine Gedanken wirbeln durcheinander. „Du hast recht", lüge ich. „Es tut mir leid. Ich habe mich nur so unbehaglich gefühlt, ganz nackt."

Er neigt den Kopf zur Seite und mustert mich, als ob er auch diese Lüge spüren könnte.

Schnell zwinge ich mich, an etwas Sexuelles zu denken, um ihn damit abzulenken, bevor er die ganze Wahrheit herausfindet. „Wirst du mich bestrafen?" Ich benutze meine unschuldigste Schulmädchenstimme. Ich weiß nicht, ob ihn das anmacht, aber zwischen meinen Beinen wird es feucht und mir wird auch überall sonst heiß bei dem Gedanken.

Er muss den Duft meiner Erregung aufgeschnappt haben, denn im nächsten Moment gleitet er mit einem Finger genau dorthin und streift dabei nur meine äußeren Schamlippen.

Mein ganzer Körper zuckt zusammen.

„Mmm ... sensibel."

„Charlie ..."

„Ja?"

Ich weiß nicht, warum ich seinen Namen so fordernd ausspreche. *Es tut mir leid. Bitte verzeih mir. Ich will das in Ordnung bringen.* Ich schließe meine Augen. Selbst das Vergnügen ist zu sehr von Schmerz durchzogen, dass er sich mir nicht anvertrauen kann.

Meinetwegen.

Ich reiße meine Augen auf. „Warum tun wir das?", frage ich, während jede Spur von Verspieltheit aus meiner Stimme weicht. „Ich will nicht dabei zusehen, wie du gefoltert wirst."

Sein Gesichtsausdruck verhärtet sich. Er umfasst besitzergreifenden meine Brust. „Das ist zu schade." Er bewegt sich hinter mich. „Weil ich es liebe, dich zu foltern."

Ich atme ein, meine Nervenenden winden sich und

warten auf seine nächste Berührung. „Ich gehöre dir", flüstere ich.

„Hände über den Kopf", befiehlt er.

Sofort verschränke ich meine Finger und lege sie an meinen Hinterkopf, hebe und strecke ihm meine Brüste entgegen. Er beendet seine Runde um mich herum und kneift in beide meiner Brustwarzen und zwirbelt sie, bis ich vor Unbehagen wimmere. Abrupt lässt er sie los und schlägt mit der flachen Hand auf eine meiner Brüste.

„Ungehorsam erfordert Strafe", knurrt er.

„Ja, Meister", stimme ich zu und meine Haut kribbelt dort, wo er mich berührt hat, meine Brustwarzen schmerzen von seiner groben Berührung.

„Spreiz die Beine", befiehlt er.

Ich verbreitere meinen Stand und erhöhe damit mein Gefühl der Verwundbarkeit. Beide Brüste und nun auch meine Muschi sind seiner Folter ausgesetzt.

Er schlägt von vorne auf meinen Venushügel, wobei seine Hand in einem anmutigen Bogen nach vorne schwingt, um meine zarte Haut dort zu treffen.

Ich springe auf und presse die Beine zusammen, um mich zu schützen.

Er verpasst mir mehrere kraftvolle Klapse auf den Hintern. „Böses Mädchen. Ich habe dir gesagt, du sollst deine Beine spreizen."

Ich schlucke und gehorche erneut.

„Ich erwarte, dass du für deine Bestrafung in Position bleibst. Bewege dich nicht, oder ich werde es noch viel schlimmer für dich machen."

Seine Strenge löst Unruhe in meinem Bauch aus und mehr Wärme durchflutet meinen Kern. Er beobachtet meinen Blick, während er immer wieder meine Muschi schlägt.

Ich stöhne. Meine Beine wackeln unter mir. Der

Schmerz weckt mein Verlangen. Meine Liebeshöhle will mehr, auch wenn ich bei jedem weiteren Schlag zusammenzucke.

„Magst du es, wenn man dir die Muschi versohlt, Aurelia?", fragt er in einem tiefen, verführerischen Ton.

Ich schüttle kurz den Kopf.

„Lüg nicht." Er klingt amüsiert. „Du bist tropfnass. Du willst, dass ich dir den Hintern versohle, bis du kommst, stimmts?"

Ich stoße einen kleinen wimmernden Laut aus, nicht sicher, ob ich damit Ja oder Nein meine.

Er tritt hinter mich. „Beuge dich vor."

Ich beuge mich vornüber, verliere aber das Gleichgewicht mit den Händen hinter meinem Kopf und eines meiner Knie knickt ein.

Charlie fängt mich jedoch mit starken, sicheren Händen um die Taille auf. „Du darfst deine Hände auf die Knie legen", sagt er, als würde er mir damit einen großen Wunsch erfüllen.

„Danke, Meister." Ich bemühe mich um Sarkasmus, aber es gelingt mir nicht. Stattdessen klinge ich wie eine echte Unterwürfige, die vor der Berührung ihres Meisters erzittert, sei es vor Schmerz oder vor Lust.

Von hinten packt er mit seiner Hand an meine Muschi und sein Unterarm berührt dabei für einen Sekundenbruchteil mein Poloch, bevor seine Finger über meine Klitoris gleiten.

„Ahh!", rufe ich überrascht aus.

„Ungezogenes, ungezogenes Mädchen", sagt er und versohlt mir bei jedem Wort die Muschi, sodass meine Augen nach hinten rollen, während mich eine schwindelerregende Welle der Lust überkommt.

„Weißt du noch, wie ich dich beim letzten Mal geschlagen habe, bis du gekommen bist, Aurelia?"

Ich kann nicht sprechen, denn sein anhaltendes Spiel mit meinen beiden Löchern vernebelt mein Gehirn vor Lust. Nach einem Moment wird mir klar, dass er gesprochen hat. „Ja, Meister", flüstere ich.

„Auch diese Schläge werden nicht aufhören, bis du zum Orgasmus kommst. Aber dieses Mal darfst du nicht deine eigenen Finger benutzen."

Ich stoße einen Schluchzer der Vorfreude aus, denn meine aufgestaute Leidenschaft steht kurz vor ihrer Befreiung.

Er ergreift meine linke Hüfte und versohlt mir den Hintern jetzt mit der rechten Hand, wobei jeder feste Schlag sowohl bestrafend als auch befriedigend wirkt.

„Oh … Oh, Gott!", schreie ich. „Oh, bitte!"

ER SCHEINT ES ZU VERSTEHEN, denn er schlägt mich nun noch härter und schneller, bis ich bei dem vierten heftigen Schlag meinen Höhepunkt erreiche, während ich fast nach vorne falle und meine Muschi vor Erleichterung pulsiert. Charlie fängt mich auf und sein linker Arm umschließt meine Taille, während er mich weiter durch den Orgasmus schlägt.

CHARLIE

Ich stütze Aurelia, als ihre Beine nachgeben und sie sich in einen wunderschönen Höhepunkt fallen lässt. Wenn *Orgasmus* eine olympische Sportart wäre, würde ich alles darauf wetten, dass Aurelia die Goldmedaille gewinnt. Es ist wirklich ein besonderes Talent – nein, eine Kunst –, sich einer so starken Lust hinzugeben.

Als es vorbei ist, höre ich mit meinen Schlägen auf und

bewundere ihre schöne Gestalt, die schlaff über meinem Arm hängt. Ihr Haar fällt wie ein schimmernder Vorhang über ihr Gesicht, ihre Fingerspitzen strecken sich nach dem Boden, erreichen ihn aber nicht ganz.

Ich richte sie auf, drehe sie sanft zu mir und ziehe sie an mich.

Sie schlingt ihre Arme um meine Taille und drückt ihre Wange an meine Brust, ihr ganzer Körper zittert.

Ich küsse ihre Stirn. „Süße kleine Sterbliche", murmle ich liebevoll. *Ich liebe dich.* Ich erlaube mir nicht, die Worte laut auszusprechen, aber sie sind wahr. Wie hat sie mein Herz in so kurzer Zeit so bedingungslos erobern können?

Ich spüre, wie pure Glückseligkeit in Wellen von ihr ausstrahlt, und stelle überrascht fest, dass mir ihr Vergnügen ausreicht. Ich brauche meine eigene Befreiung nicht. Selbst, wenn sie es nie schafft, den Fluch aufzuheben, kann ich damit leben. Nicht einmal der Schmerz in meinen Eiern verdirbt mir diesen Moment. Tatsächlich akzeptiere ich das Pochen, genieße es fast, vielleicht genauso, wie meine süße Sterbliche ihre Schläge mag.

Ich hebe ihr Gesicht von meinem Hemd hoch und küsse sie innig, versuche damit das Gefühl auszudrücken, das ich für sie empfinde.

Plötzlich stellt sie sich auf die Zehenspitzen, schlingt ihre Arme um meinen Hals und küsst mich zurück.

„Geh und zieh dir etwas Hübsches an, ich lade dich zum Essen ein", sage ich, als wir auseinandergehen. Ich habe den Drang, sie ein wenig zu verwöhnen, oder anzugeben, wie ein verrückter Höhlenmensch, der gerade eine Frau nach Hause geschleppt hat und zeigen will, dass er ein guter Versorger ist.

Ihre Augen leuchten auf. „Wirklich? Das klingt großartig. Ich bin gleich wieder da." Sie macht sich auf den Weg ins Schlafzimmer.

Ein paar Minuten später steckt sie ihren Kopf durch den Türschlitz. „Würdest du sagen, du magst lieber Röcke, weil du ja aus dem neunzehnten Jahrhundert stammst?"

Ich grinse, denn die Vorstellung, dass sie sich anzieht, um mir zu gefallen, berührt mich. „Nun, wenn es danach ginge, wären es bodenlange Röcke aus schwerem Stoff, also nein. Ich ziehe es vor, deine Kurven zu sehen." Ich zeichne mit meinen Händen eine imaginäre Sanduhr nach.

Sie lacht. „Verstanden." Sie verschwindet wieder.

„Aurelia?", rufe ich kurz darauf.

„Ja, Meister?", trällert sie lieblich.

„Ich gehe nach Hause, um mich umzuziehen. Ich will nicht, dass du ausflippst, weil ich verschwunden bin, oder so."

Sie taucht auf und wirft einen Flip-Flop nach mir.

Ich lache. Sosehr ich ihre Unterwürfigkeit liebe, so sehr mag ich auch ihre freche Seite. Ich materialisiere in meine Wohnung, dusche und ziehe mich um, bevor ich in Aurelias Wohnzimmer zurückkehre.

Als sie fünfunddreißig Minuten später aus ihrem Schlafzimmer kommt, halte ich den Atem an. Sie trägt das Bustier, das ich ihr gekauft habe, über einer durchsichtigen, langärmeligen Bluse, die ihren Körper umschmeichelt. Hautenge Jeans bringen ihre wohlgeformten Beine und ihren knackigen Hintern zur Geltung, und hochhackige Sandalen machen ihren Anblick perfekt. Selbst mit dem sexy Bustier lässt sie das Outfit edel aussehen, sodass ich sie in das feinste Restaurant der Welt ausführen könnte, ohne dass sie sich unwohl fühlen müsste.

Beim Make-up hatte sie sich besondere Mühe gegeben – Wimperntusche lässt ihre Augen größer erscheinen und ein Hauch von Rouge betont ihre Wangenknochen. Ihr Haar ist gelockt den größten Teil davon hat sie an ihrem

187

Hinterkopf hochgesteckt, um den georgianischen Stil meiner Zeit zu imitieren.

Ich verspüre das Bedürfnis mich umzudrehen und davonzulaufen. Davonzulaufen, um mich zu sammeln. Sie hatte recht damit – ich verschwinde, wenn meine Gefühle hochkommen. Sie ist so weise für ihr Alter. Irgendwann finde ich aber doch noch meine Stimme und zwinge mich zu sprechen, als ihr Lächeln verblasst und sie plötzlich unsicher aussieht.

„Ich – ich kann mich umziehen, wenn du willst. Ich war mir nicht sicher, wohin wir gehen."

Ich fasse mich, „Du siehst unglaublich aus", und strecke meine Hände aus.

Sie kommt auf mich zu, ihre Absätze klacken auf dem Hartholzboden, und ich nehme ihre Hände und küsse ihre Wange, um nicht ihren frischen Lippenstift zu verschmieren. Sie trägt ein besonderes Parfüm, aber nicht den synthetischen, chemischen Geruch der meisten Düfte, nicht die Art, die mir Kopfschmerzen bereitet. Etwas Süßes und Erdiges. Perfekt für meine naturverbundene Fee.

„Du bist das Licht, das mein Leben erhellt."

Sie kichert nervös und fasst sich an das Bustier. „Ist es okay?"

Ich schließe meine Hand um ihre. „Ja, Liebes", murmle ich in ihr Ohr. „Es ist perfekt. Es freut mich, dass du es trägst."

Ein Lächeln erstrahlt auf ihrem Gesicht und es trifft mich wieder, dass sie mir eine Freude bereiten wollte. Mein kaltes Herz pocht und schmerzt fast vor Rührung.

Ich trete dicht an sie heran, lasse meine Hände über ihren Rücken gleiten und drücke sie an mich.

„Wohin gehen wir?"

„Es ist eine Überraschung", sage ich mit einem Lächeln. Gemeinsam ziehe ich uns ins Nichts.

Der Wind zerrt an meinem Hemd, als wir uns an einem anderen Ort materialisieren. Wir befinden uns auf einem beleuchteten Steg an einer schroffen Klippe. Weit unter unseren Füßen schäumt das Meer gegen die Felsen.

Aurelia keucht. „Wo sind wir?"

„*Polignano a Mare*", spreche ich den Namen der Stadt mit musikalischem Akzent aus.

„Italien?" Aurelia schnappt nach Luft.

„Italien", bestätige ich und winke. „Komm, *bella mia.*"

Aurelia klammert sich an meine Hand und lässt sich von mir zum Restaurant hinunterführen. Die hell erleuchteten Räume sind direkt in den Felsen gehauen. Die Augen meiner gefangenen Sterblichen sind groß vor Staunen, als wir eine Höhle betreten, in der sich ein vollwertiges Restaurants befindet. Prompt sitzen wir an einem gemütlichen Tisch direkt am Eisengeländer. Der Wind weht durch Aurelias Haare.

„Das ist wundervoll", murmelt sie. Doch als die Kellner erscheinen, sinkt ihr Blick auf das weiße Tischtuch.

Ich bestelle auf Italienisch. Sobald sich die Kellner zurückziehen, nehme ich ihre Hand. „Warum bist du nervös?"

Ihr Blick schießt überrascht zu meinem hoch und sie errötet. „Ich weiß es nicht." Sie zuckt mit den Schultern. „Ich gehe nicht wirklich in schicke Restaurants, also werde ich nervös, wenn ich mit der richtigen Gabel essen muss und so."

Ich lache. „Komm schon. Das ist ein Restaurant, kein Gerichtssaal. Du bist hier Gast. Jeder hier", sage ich und kreise mit dem Finger in der Luft, „arbeitet für dich. Klar?"

Sie lächelt, entspannt sich und sieht mich mit ihrem unwiderstehlichem Augenaufschlag an. „Es ist ein wenig beunruhigend, dass du meine Gefühle spüren kannst."

Ich zwinkere. „Ich habe alle möglichen Kräfte, kleines Mädchen. Deshalb sind wir Vampire höher in der Nahrungskette angesiedelt."

Sie rümpft die Nase und ich beuge mich zu ihr. „Vorsichtig, Sklavin. Auch wenn wir in der Öffentlichkeit sind, werde ich nicht zögern, dich zu bestrafen."

Sie weiß, dass ich einen Scherz mache. „Char-liiie."

Ich schenke ihr mein breitestes Grinsen.

Der *Sommelier* stattet unserem Tisch einen Besuch ab. Normalerweise würde ich über den perfekten Wein zum Essen fachsimpeln, aber heute Abend mache ich es kurz.

Aurelia schaut auf ihr Weinglas und knabbert an ihrer Lippe. Ich spüre, wie die unterschwellige Unruhe wieder in ihr aufsteigt.

„Aurelia."

„Hmm?"

„Sieh mich an."

Sie hebt den Blick, ihre Stirn legt sich besorgt in Falten.

„Der heutige Abend ist für dich. Du wirst aufhören, zu viel nachzudenken und dich amüsieren."

„Aber …"

Ich hebe eine Hand. „Du gehörst hierher. Zu mir." Sowie ich diese Worte ausgesprochen habe, bemerke ich, dass es die Wahrheit ist. Sie gehört zu mir.

Aurelia schluckt und nickt.

Immer noch im Dom-Modus deute ich mit meinem Kinn in Richtung ihres Wasserglases. „Nimm einen Schluck. Braves Mädchen."

Sie trinkt und entspannt sich, während sie auf das Wasser hinausschaut.

Ich bin erstaunt darüber, wie ihr ein feines Essen solche Sorgen bereiten kann. Dieselbe Frau, die nicht gezögert hat, sich mit einem angespitzten Pfahl gegen mich zu verteidigen. Sie hat ein großes Herz. Im Gegensatz zu mir. Sie zeigt großen Mut und Mitgefühl, gibt sich den Kindern bei ihrer Arbeit hin, gibt sich mir hin. Sie verlangt, dass ich ihr mehr von mir gebe.

„Du schaust mich immer so an …", sagt sie und blickt durch ihre langen Wimpern zu mir hoch.

„Wie denn?"

Sofort schaut sie wieder schüchtern auf die Serviette in ihrem Schoß. „Als ob du mich schön fändest."

Ich lächle. „So schön, dass es mich schmerzt."

Wir stoßen mit dem Wein an, den *il cameriere* an unseren Tisch bringt. Wir genießen *Frutto del mare*, Risotto mit lokalem Käse und Hummer, Fisch, der so frisch ist, dass er noch vor zwei Stunden im Meer schwamm. Bei jedem Bissen flattern Aurelias Wimpern. Sie vergisst völlig darauf, nervös zu sein, und stöhnt, als hätte sie einen Orgasmus.

Nach einer Zeit lege ich meine Gabel ab, nippe an meinem Wein und genieße den Anblick und die Geräusche, die ihr dieses Festmahl entlockt.

Das Dessert ist ein Zitronen-Sahne-Gemisch, das mir auf der Zunge zergeht. Ich habe es schon einmal gegessen, aber nie von den Lippen einer süßen Sterblichen. Ich greife in Aurelias Nacken und probiere etwas davon. Ihre Zunge umschlingt meine und ich bin versucht, uns zurück in mein Bett zu bringen und sie den Rest der Nacht mit *Parfait al limone* zu bestreichen, damit ich es von ihrem Körper lecken kann.

Als ich den Kuss löse, sind Aurelias Augen schwer und ihre Lippen prall von der Intensität meines Kusses.

„Komm", sage ich, sobald ich die Rechnung beglichen habe, und führe sie vom Tisch. Wir gehen denselben Weg zurück. Sobald wir um die Ecke sind, ziehe ich sie an mich heran und koste erneut von der Süße ihrer Lippen. Meine Reißzähne sind rasiermesserscharf, also passe ich auf, dass ich sie nicht verletze.

Als ich fertig bin, ziehe ich sie an mich heran und wir reisen gemeinsam durch den Äther zurück. Für einen Moment tauchen wir in meinem Schlafzimmer auf, damit ich meinen schweren Pelzmantel holen kann.

„Charlie?", fragt sie, als ich ihn um sie lege.

„Still, meine Schöne."

Sie beißt sich auf die Lippen, aber sie gehorcht. Sobald sie in das warme Fell eingewickelt ist, halte ich sie fest und wir verschwinden erneut.

Wir tauchen in einer dunklen, kalten Ecke der Welt wieder auf. Aurelia stolpert, aber ich halte sie fest.

„Wo sind wir jetzt?" Die Kälte trifft sie und sie zittert ein wenig.

„Island."

Sie lugt aus der Felsspalte hervor, in der wir uns vor dem Wind schützen. Wir sind auf einer weiteren Klippe, aber diese hier überragt eine weite, verschneite Ebene.

Ich ziehe sie an mich und sorge dafür, dass der Pelzmantel eng um ihren Körper liegt, um sie zu wärmen.

„Schau nach oben", flüstere ich ihr ins Ohr.

Sie tut es und keucht. Über ihr schimmern Schwaden aus hellem Grün und Blau durch die Luft. Der gesamte Himmel wird von dem unheimlichen Leuchten erhellt.

„Die Nordlichter", ruft sie. „Charlie, das ist unglaublich." Sie versucht, sich umzudrehen, aber ich lasse sie nicht. „Sieh genau hin. Wir werden nicht lange bleiben." Der Pelz kann ihre Füße nicht wärmen.

Ich lege meine Wange an ihre und drücke meinen Körper an sie, um die Kälte abzuwehren.

„Ich kann das nicht glauben", flüstert sie, als wäre ein Wunder geschehen. Ich verstehe sie. Die Lichter sind unheimlich schön. Glasmosaike in einer Kathedrale sehen aus wie die unbeholfenen Versuche eines Kindes, nach Zahlen zu malen, verglichen mit diesem lebendigen Meisterwerk, das auf der Leinwand der Nacht tanzt. „Es ist so schön."

„Der zweitschönste Anblick der Welt."

„Der zweitschönste?"

„Der schönste bist du – und deine Magie."

Sie schüttelt den Kopf, aber ich lüge nicht.

Wir sehen noch eine Minute lang zu, wie sich die Lichter bewegen, dann beginnt Aurelia von einem Füßen auf den anderen zu treten und versucht, sich warmzuhalten.

„Noch zehn Sekunden", bereite ich sie vor.

Sie hört auf zu zappeln. „Mir geht es gut", sagt sie, aber ihre Zähne klappern.

„Genug. Es ist zu kalt." Im Handumdrehen sind wir wieder in meinem Schlafzimmer.

„Das war es wert."

Ich lege sie auf mein Bett und wickle sie aus dem schweren Fell. Dann öffne ich ihre Schuhe und reibe ihre eiskalten Zehen, um sie zu wärmen.

Ihre Wangen sind gerötet, aber ihre Augen funkeln. „Das war unglaublich. Eine Nacht, zum Sterben schön."

Ihren Füßen geht es gut. Doch dann kann ich mich nicht länger zurückhalten. Ich klettere über ihren Körper und lege mich auf sie. So wird sie schneller warm.

„Es hat seine Vorteile, einem Vampir zu dienen."

„Ich bin mir nicht sicher, ob die Vorteile die mühsamen

Arbeitsbedingungen aufwiegen", sagt sie, aber sie lacht dabei.

„Ich werde dir gleich zeigen, was mühsam bedeutet", erwidere ich. Nicht mein bester Spruch, aber der schnelle Pulsschlag in ihrem Nacken hat mich abgelenkt. Ich lecke und sauge an der Haut ihres Halses, bis sie unter mir unruhig wird. Dann beginne ich, mich an ihrem Körper mit Küssen hinunterzuarbeiten. Ich schiebe ihre Brüste aus dem Korsett, um sie besser küssen und quälen zu können.

„Charlie", stöhnt sie und zerrt mich hoch, um sie anzusehen. Zuerst denke ich, sie will, dass ich sie wieder küsse, aber sie dreht ihren Kopf und entblößt ihren Hals. „Tu es."

„Nein." Ich schnaufe und meine Reißzähne schmerzen.

„Charlie, bitte. Ich will es."

Mit einem Schaudern ergebe ich mich. Ich kratze mit meinen Reißzähnen über ihre Halsschlagader und sie hält für den Biss still. Was sie nicht erwartet, sind meine Hände, die an ihren Jeans und meiner Hose zerren. Ich suche ihren feuchten Eingang mit meinem Schwanz und stoße in sie hinein. Jetzt, erst jetzt, versenke ich meine Reißzähne in ihrer Haut.

Ihre Schreie erfüllen meine Ohren. Ich sauge ihr heißes, dickes Blut in meinen Körper, während ich meinen Schwanz gnadenlos in sie hineinstoße.

Und das Gefühl ist noch besser als die Nordlichter oder Aurelias Lächeln zu sehen, wenn sie eine herzförmige Seifenblase in meine Richtung pustet.

Aurelia, die ihren Körper für mich öffnet. Die mir ihr Blut schenkt. Sie kommt um meinen Schwanz zum Höhepunkt. Das ist das Größte für mich. Das ist alles, was ich will und alles, was ich je brauchen werde.

Sie ist alles, was ich je brauchen werde.

„Aurelia", flüstere ich in ihr Ohr. „Meine Liebste."

„Charlie."

Meine Reißzähne pochen und ich beiße erneut zu, aber nicht, bevor ich zu ihr sage: „Du gehörst mir."

Sie denkt, ich sei gefährlich. Aber sie ist diejenige, die mich so einfach zerstören könnte. Denn heute Nacht haben wir uns einander ganz hingegeben und jetzt will ich sie für immer.

KAPITEL DREIZEHN

AURELIA

Ich arbeite weiter an dem Versucht, den Fluch zu brechen, wann immer Charlie schläft. Ich versuche wieder, als Anka zu träumen, aber die Pariser Madame taucht nicht mehr auf. Am Ende einer Woche der erfolglosen Anstrengung beschließe ich, das zu probieren, was ich bisher vermieden habe – ich versuche, Anka *zu sein*.

Im Schneidersitz sitze ich am Fußende meines Bettes und beobachte Charlie beim Schlafen. Sein dunkles Haar steht ab, als wäre er mit den Fingern hindurchgefahren, zerzaust in diesem sexy Look, der ihm so gut steht.

Ich schließe die Augen und versuche, mich wieder in meinen Traum hineinzuversetzen, erlebe die Gefühle einer verlorenen Liebe, der Wut.

Ich werde mich nie mit einer anderen Frau vergnügen, solange du lebst.

Ich reiße meine Augen auf. Vielleicht ist das das Schlupfloch. Vielleicht muss er, um den Bann zu brechen, Sex mit *ihr* haben. Mit Anka.

Der Gedanke macht mir Angst. Könnte ich irgendwie

zu Anka werden, während ich mit Charlie Liebe mache? Und wenn ja, würde er es bemerken?

Ich blicke zu ihm und erschrecke.

Mit offenen Augen liegt Charlie da und beobachtet mich. „Was machst du da, Liebes?", fragt er leise.

Ich atme tief durch. Je näher ich an der Wahrheit bleibe, desto besser, besonders wenn man bedenkt, dass er meine Gefühle lesen kann. „Ich möchte etwas ausprobieren."

Er wartet darauf, dass ich weiterspreche.

„Ich will versuchen, den Fluch zu lösen, während wir uns lieben."

Er nickt. „Okay."

„Sollte ich nicht ich selbst zu sein scheinen, wirst du einfach weitermachen, egal was passiert?"

Er stützt sich auf die Ellbogen. „Was soll das bedeuten?"

„Ich schätze, ich meine …" Ich zögere. „Du bist ein sehr aufmerksamer Liebhaber. Aber vielleicht könntest du mich dieses Mal irgendwie ignorieren, damit ich mein Ding machen kann?"

Er lacht. „Ich verstehe. Ich werde dich überhaupt nicht beachten." Er rollt sich zu mir herüber. Mit vampirischer Geschwindigkeit ergreift er meine Arme, wirft mich auf den Rücken und klettert über mich. „Aber ich darf dich zumindest für unseren Akt vorbereiten." Er reißt mir die Hose herunter.

Ich hebe meinen Hintern an, damit er sie mir ausziehen kann. Mir wird schon ganz warm bei der Art und Weise, wie er mich mit dieser Leichtigkeit bewegt. Seine vampirische Kraft macht mich an.

Dann zieht er mir mein Shirt über den Kopf, öffnet meinen BH und wirft ihn auf den Boden. „Spreiz deine Beine für mich", befiehlt er.

Ich ziehe meine Knie hoch und öffne mich für ihn.

Er gleitet zwischen mit dem Kopf zwischen meine Beine, ergreift mit jeder Hand einen meiner Schenkel, während er seinen Kopf beugt und mich zu lecken beginnt. Er wirbelt seine Zunge um meine Klitoris und saugt an meiner empfindlichen Lustperle.

Ich keuche, mein Körper zuckt und erwacht zum Leben, als er ihn wie ein Musikinstrument spielt.

Er dringt mit seiner Zunge in mich ein, knabbert mit seinen Zähnen an meinen Schamlippen, neckt und quält mich bis zum Exzess.

„Bitte, Charlie", keuche ich und ziehe mit meinen Fingern an seinen Haaren. „Wenn du nicht aufhörst, verliere ich meine ganze Konzentration. Du musst aufhören."

Er hebt den Kopf und grinst. „In Ordnung, Liebes." Er beugt sich über mich und befreit seinen Schwanz aus seinen Boxershorts. „Okay, ich mache also einfach mein Ding und du deins, ist das der Plan?", fragt er mit einem Zwinkern.

Ich blinzle, denn nach meinem Beinahe-Orgasmus fällt es mir schwer, mich daran zu erinnern, was sie in meinem Traum dann gemacht haben. „Oh. Ja", krächze ich. Aber genau in diesem Moment stößt er sich in mich. Vor Lust bäume ich mich auf und vergesse wieder einmal mein Ziel.

„Mach dich an die Arbeit, Fee", murmelt er, um mich zu erinnern, doch sein Ausdruck ist weich vor Zuneigung.

Mein Herz macht einen Sprung. Ich will ihn nicht verlieren – er ist in so kurzer Zeit meine ganze Welt geworden. Ich drücke meine Augen zusammen und versetze mich zurück in den Traum, in dem ich als Anka mit Charlie – nein, ich nannte ihn ja Charles – Liebe gemacht habe. Ich versuche, Anka zu werden. Suche in ihrem eigenen Bewusstsein nach den Erinnerungen, die ich dafür brauche.

Etwas flackert vor meinem geistigen Auge auf – ich sehe wieder das Boudoir, den Boden übersät mit den vom Schminktisch geschleuderten Gegenständen. Ich erlebe ihre Wut.

Dann wende ich mich – als Aurelia – an mein früheres Ich.

Anka, Charles ist hier. Er ist zu dir zurückgekommen.

Die Wut wächst, pocht in meiner Brust.

Bestrafe ihn. Er hat mich verletzt. Er wird es wieder tun.

Nein – vergib ihm. Du hast ihn genug bestraft.

Nein!

Die Tiefe von Ankas Hass erschreckt mich und ich ziehe mich zurück. Aber dann wird mir klar, dass es genau diese Intensität ist, die ich brauche. So heftig war auch die Kraft hinter dem Fluch, so beängstigend die Dunkelheit auch sein mag. Ich erinnere mich daran, dass in einem der Bücher davon die Rede war, sich mit Geisterführern oder seinem höheren Selbst zu verbinden. Wenn ich ein höheres Selbst habe, kann es vermutlich auch Anka steuern.

Bevor ich diesem Gedanken nachgehen kann, holt mich Charlie in die Realität zurück und zieht sich zurück. „Das ist für mich wenig reizvoll."

Ich öffne meine Augen und zucke zusammen. „Es tut mir leid."

Er schenkt mir sein übliches Grinsen. „Dreh dich um, damit ich nicht sehen muss, wie sehr du das nicht genießt."

Ich rolle mich auf den Bauch und schaue über meine Schulter. „Es tut mir wirklich leid."

„Sei still." Er küsst meine Schläfe. „Ich liebe dich dafür, dass du das tust."

Ich drücke mein Gesicht in die Laken, will nicht, dass er die Wirkung seiner Worte auf mich sieht. Er hat nicht gesagt, dass *er mich liebt*, Punkt. Er sagte, *ich liebe dich dafür, dass du das tust*. Das ist nicht dasselbe. Es ist bedingte Liebe. Er liebt mich in diesem einen Fall. Und ich sollte mich jetzt darauf konzentrieren, den Fluch zu lösen.

Er dringt von hinten in mich ein und das süße Gefühl, von ihm ausgefüllt zu werden, lässt mich aufstöhnen.

Ich folge den Anweisungen im Buch, rufe mein höheres Selbst herbei und stelle es mir wie einen Lichtball vor, der mich umgibt.

Charlie zischt.

Ich reiße den Kopf herum, um über meine Schulter zu schauen.

„Mir gehts gut. Mach weiter. Es ist nur ein bisschen heiß."

Nun, zumindest weiß ich, dass sich etwas tut.

Bitte hilf mir, diesen Zauber zu brechen, flehe ich die Licht-kugel an.

Sofort erscheint Anka in meinem Bewusstsein und ihre tobende Wut schießt in meine Brust. Und doch spüre ich gleichzeitig, wie das höhere Selbst helles Licht in mich hineinstrahlt und die Dunkelheit erhellt.

Willst du dich so fühlen?, fragt mein höheres Selbst Anka.

Aber er –

Ob du dich so fühlen willst?

Nein, schreie ich innerlich.

Nein, antwortet Anka schließlich.

Lass es los, drängt unser höheres Selbst.

Etwas lockert sich in meiner Brust. Mein Atem wird zittrig, als ich vorsichtig einatme.

Charlie zieht sich wieder aus mir zurück.

Ich drehe mich um und fühle mich furchtbar. „Ich weiß, das ist furchtbar."

Er zuckt mit den Schultern. „Ich würde es nicht als furchtbar bezeichnen", sagt er, obwohl ich an seinem

Gesichtsausdruck ablesen kann, dass er mit seiner Geduld am Ende ist.

„Soll ich deinen Schwanz lutschen?"

Er zuckt mit den Schultern. „Jederzeit." Er lässt sich neben mir nieder.

Ich krabble auf ihn, nehme ihn in den Mund und schmecke den Geschmack meiner eigenen Säfte, während ich mit meiner Zunge die Spitze seines Schwanzes umspiele. Dann schließe ich meine Augen und kehre gedanklich in das Boudoir zurück. Anka übernimmt und bearbeitet seinen Schwanz mit einer Technik, von der ich nur träumen kann.

Charlie stöhnt vor Vergnügen auf und ein Gefühl der Befriedigung steigt auch in mir auf – es ist jedoch nicht nur mein Gefühl, sondern auch das von Anka.

Lass es los.

Ich spüre, wie Anka schwankt, hin- und hergerissen zwischen Wohlgefühl und der dunklen Macht, gefangen zwischen Lust und Schmerz. Ich versuche, im Hintergrund zu bleiben, da ich weiß, dass dies Ankas Entscheidung ist, nicht meine.

Anka scheint zwischen Gut und Böse zu schwanken, als würde sie abwägen, was richtig und was falsch ist.

Etwas überkommt mein vergangenes Ich. Tränen fließen über mein Gesicht, aber nicht aus Leid. Eher aus Erleichterung. Anka schiebt Charlies Schwanz so tief in ihren Rachen, es ist beeindruckend, dass das physisch überhaupt möglich ist.

Ich sauge kräftig. Und dann wird mir klar, dass Anka ihre Entscheidung getroffen hat. Sie zieht den Fluch aus ihm heraus.

Charlie hebt seine Hüften und stöhnt vor Schmerz. Oder ist es Leidenschaft?

Mit einem Mal habe ich etwas Schreckliches – etwas

Schwarzes und Schweres – in meinem Mund. Übelkeit überkommt mich und ich kippe nach hinten.

Charlie schreit vor Schmerz auf und sein Körper verkrampft sich.

Schickt es ins Licht, höre ich und ich beginne zu husten, während eine Dunkelheit stoßartig ein blaues unförmiges Knäuel aus meinem Mund treibt. Es steigt hinauf in das Licht, während dunkle Rauchschwaden sich darum ranken und schließlich verpuffen.

Zitternd und mit dem Drang, die Sache zu Ende zu bringen, wende ich mich wieder Charlies Schwanz zu, lecke ihn von den Eiern bis zur Spitze und umspiele mit meiner Zunge seine Krone. Ein Lusttropfen tritt aus. Mein Herz macht einen Sprung und dieses Mal sind es Freudentränen, die über meine Wangen kullern. Charlie ist geheilt – Anka hat ihn von ihrem Fluch befreit!

Der Kopf meines Geliebten zuckt hoch, er stützt sich auf die Ellbogen und starrt geschockt auf mich herab, als würde er es nicht zu glauben wagen.

„Ja", flüstere ich und löse meinen Mund von seinem Schwanz. „Ja", wiederhole ich, während mir weitere Tränen über die Wangen laufen. „Komm für mich, Charlie."

Als ich ihn in meinen Mund nehme, erlebe ich einen unglaublichen Kraftschub – nicht die dunkle, böse Kraft von vorhin, sondern eine helle, genussvolle, erlösende Kraft.

∽

CHARLIE

. . .

Das Sperma spritzt in Schüben aus meinem Schwanz. Der stechende Schmerz, der genau das normalerweise verhindert, dass ich kommen kann, ist verschwunden. Es fühlte sich an, als würde die Spitze meines Schwanzes förmlich aus meinem Körper gerissen werden, aber jetzt erlebe ich ein unglaubliches befreiendes Gefühl, als würden sich die Tore öffnen.

„Komm für mich, Charlie." Aurelias Gesicht ist nass von ihren Tränen und ein goldenes Licht umgibt ihren Körper.

Meine Muskeln zucken. Ich starre sie an, wie sie meinen Schwanz in ihrem heißen, feuchten Mund saugt, an ihm lutscht und ihn liebkost.

Das Sperma schießt aus mir heraus.

„Aurelia", keuche ich.

Sie nimmt ihn weiter hinein und macht ein brummendes Geräusch – die zusätzliche Vibration ist wie ein Liebeslied für meinen Schwanz.

„Aurelia", versuche ich noch einmal, sie zu warnen, aber es ist zu spät. Ich komme mit einer Explosion der Lust, bäume meine Hüften kraftvoll auf und schreie, überrascht von meiner eigenen Ekstase.

Ich komme und komme, bis meine Erlösung mich beinahe vom Bett fallen lässt.

Aurelia zieht sich zurück und mein Sperma rinnt über ihre Brüste. Ihr Gesicht glüht und ihr Mund verzieht sich zu einem breiten Lächeln.

Ich greife nach ihr, ziehe sie auf mich herunter und suche nach der Ader an ihrem Hals.

„Verzeih mir, Charles." Es ist die Stimme von Aurelia, aber die Worte kommen auf Französisch heraus.

Was zur Hölle?

Mein Körper zuckt vor Schreck zusammen. Was. Zur. Verdammten. Hölle?

Die Wut von über einhundert Jahren über diese eine Frau, die mich ruiniert hat, entlädt sich.

Ich springe auf und hebe eine Hand, um ihr in ihr Gesicht zu schlagen. Aber selbst, wenn ich sicher wäre, dass es Anka ist, könnte ich es nicht tun.

Ich liebe die böse Hexe immer noch.

Schübe von Hitze und Kälte rollen durch meinen Körper und als ich blinzle, könnte ich schwören, dass ich das schwarze Funkeln von Ankas Augen sehe, die mich aus Aurelias schönem Gesicht ansehen.

Ich atme mehrmals tief ein, um mich zu beruhigen.

Was ist gerade passiert?

Langsam atme ich aus, um mich zu entspannen. Hat Aurelia irgendwie den Geist von Anka in sich heraufbeschworen?

Gott, ich muss es herausfinden.

CHARLIE

AURELIA ZIEHT sich ein T-Shirt über den Kopf. Der untröstliche Ausdruck in ihrem Gesicht zerreißt mir das Herz, aber ich halte mich damit zurück, mich ihr anzuvertrauen. Scheiße, ich bin nicht mehr sicher, ob ich ihr vertrauen kann. „Was ist gerade passiert?"

Ich spüre ihre Schuldgefühle und mein Körper erstarrt zu Eis.

Tränen in ihren Augen. „Ich … ich weiß es nicht. Ich glaube, ich bin Anka. Reinkarniert."

Nein. Auf keinen Fall.

Nicht Aurelia. Nicht meine süße, unterwürfige Fee.

„*Nein*", brülle ich und schlage gegen ihre Kommode,

sodass sie umkippt und gegen die Wand knallt. „Nein",
wiederhole ich, als ob ich es durch Beharren unwahr
machen könnte.

Sie spricht nicht, fleht mich nur mit ihren Augen an,
während ihre Lippen zittern.

„Wie lange weißt du es schon?"

Ihre Augen füllen sich mit Tränen. „Ungefähr eine
Woche. Ich habe die Puzzleteile zusammengesetzt. Ich
habe nicht alles verstanden. Ich habe versucht, es in
Ordnung zu bringen, Charlie", fleht sie.

Glühende Wut lässt mich meine Finger krümmen.
Noch bevor ich den Gedanken fassen kann, verschwinde
ich. Als ich mich wieder materialisiere, bin ich immer noch
in ihrer Wohnung, stehe aber in ihrer Küche. Als ob sich
mein Körper oder mein Unterbewusstsein dieses Mal
weigern würden, sie wieder zu verlassen.

Ich höre ein Schluchzen aus dem Schlafzimmer.

Aurelia. Der entsetzte Blick auf ihrem Gesicht, den ich
kurz zuvor noch gesehen hatte, hat sich in mein
Gedächtnis gebrannt. *Aber sie ist Anka.* Mein Herz fühlt sich
an wie aus Blei.

*Du verschwindest immer einfach, und ich bleibe zurück und muss
herausfinden, was ich falsch gemacht habe und wie ich es beheben
kann.*

Ich atme tief durch. Scheiße. Sie hat wenigstens einen
Abschied verdient.

Also kehre ich in ihr Schlafzimmer zurück.

Sie steht in der Mitte des Raumes und sieht verloren
aus.

Ich halte ihre Schultern fest. „Ich muss gehen, Aurelia.
Ich muss allein sein."

„Kommst du zurück?", flüstert sie.

Ich starre sie an und die ganze Situation liegt mir
schwer im Magen. Ich kann nicht sprechen. „Ich weiß es

nicht", sage ich schließlich. Der Schmerz in ihren Augen schnürt mir die Kehle zu. „Ich muss einfach gehen."

Sie nickt stumm.

„Folge mir nicht."

Tränen glitzern in ihren Augen.

Ich stehe da wie ein Idiot. Es gibt nichts mehr zu sagen. Ich kann nicht hier sein und doch kann ich nicht weg.

Eine einzelne Träne kullert mir über die Wange.

Ich schließe die Augen und verschwinde in meine Wohnung.

Scheiße. Hier kann ich auch nicht sein.

Am Ende laufe ich durch die Innenstadt, dann auf das Dach eines Parkhauses. Ich blicke über die Stadt und kämpfe gegen den Drang an, zu jagen und zu töten wie ein frisch verwandelter Vampir. Ich sehne mich nach Gewalt, nach dem Geschmack von Blut, das ich mir einfach nehme, ohne zu fragen. Während das Tier in mir wütet, halte ich ganz still.

CHARLIE

IN MEINEM SCHLAFZIMMER öffne ich den Safe in der Wand und nehme das Holzkästchen heraus, das ich seit 1865 dort aufbewahrt habe. Darin liegt die Rubinhalskette, die ich für Anka gekauft habe, die ich ihr in der Nacht schenken wollte, als ich sie mit einem anderen Mann erwischte. Ich habe sie all die Jahre aufbewahrt – ein Symbol dafür, warum man Frauen nicht trauen kann. Warum man niemandem trauen sollte.

Ich nehme sie aus der Schachtel und halte sie in das

Licht, erinnere mich daran, wie zufrieden ich mit mir selbst war, weil ich wusste, wie sehr Anka Juwelen liebt. Ich schließe meine Faust um die Edelsteine. Der Schmerz ihres Verrats ist noch so frisch, dass ich immer noch ihren Duft rieche, den Satin ihrer Bettwäsche spüren kann.

Sie *kann nicht* Aurelia sein. Sie kann es einfach nicht sein. Die beiden haben nichts gemeinsam, außer ihrer Macht. Aurelia wird nicht von Ehrgeiz oder Stolz angetrieben. Sie ist gütig und offenherzig. Sie gibt, ohne eine Gegenleistung zu verlangen.

Und doch ... wie kann ich mit ihr zusammen sein, wenn ich weiß, dass sie einmal Anka war? Was, wenn Anka wieder durch sie zu mir spricht? Ich kann mir selbst nicht vertrauen, dass ich sie dann nicht verletze. Meine Hand wollte schon nach ihrer Kehle greifen und zuzudrücken!

Aber sollte ich nicht eigentlich feiern? Endlich bin ich frei von dem Fluch. Was für eine bittere Ironie, geheilt zu sein, nur um zu entdecken, dass die eine Frau, die ich so begehre, mein schlimmster Feind ist.

Nein. Ich weiß nicht, wie ich jemals mit ihr zusammen sein könnte, ohne sie für das, was sie getan hat, zu hassen. Für das, was sie ist.

～

Aurelia

Ich laufe durch die Straßen der Innenstadt und eine furchtbare Angst tobt in mir.

Drei Tage sind nun schon vergangen. Drei verflixte Tage und Charlie ist noch nicht zurück.

Jeder Tag war wie ein Kampf, den ich wie ferngesteuert überstanden habe. Mein einziges Ziel war es, nicht nachzudenken. Ich bin gefangen in einer scheinbar ausweglosen Hölle aus Hoffnung und Trauer. Wohin ich auch schaue, überall sehe ich Charlie: in meinen vernagelten Fenstern, der umgestürzten Kommode, dem Bett, dem Sofa, der Küche.

Bei der Arbeit erinnerte ich mich daran, wie er Tommy beruhigt hatte. Wie falsch ich gelegen hatte, ihm zu misstrauen. Ich denke an seine kühlen Blicke, sein sexy Lächeln und seine gespielte Arroganz.

Anka kehrt nicht zurück und doch hat sich etwas in mir verändert. Zum einen scheine ich nun Französisch sprechen zu können. Zum anderen fühle ich mich weiser, als hätte ich Ankas Lebenserfahrung aufgesogen, um noch mehr zu einer „alten Seele" zu werden.

Ich habe den Rest der Bücher, die Charlie für mich gekauft hatte, gelesen und festgestellt, dass meine Magie noch mächtiger geworden ist, vielleicht auch durch Ankas Beitrag. Ich arbeitete in meinem Garten und nutzte das Licht meiner Hände, um das Wachstum meiner neuen Pflanzen zu unterstützen. Ich beobachtete, wie sie durch meine Magie in nur zwei Tagen auf das Doppelte ihrer Größe angewachsen sind.

Länger kann ich einfach nicht auf Charlie warten.

Ich muss ihn finden. Ich muss ihn überzeugen, dass Anka weg ist, dass ich ihm nie wehtun würde. Ich könnte es nicht ertragen, wenn Charlie nie zurückkommen würde. Ich muss um ihn kämpfen, auch wenn ich keine Ahnung habe, wie ich eine Beziehung mit einem Vampir führen soll.

Also beobachte ich den Eingang des Eclipse, aber ich sehe nicht die Spur von ihm oder den anderen Vampiren. Nur die großen, tätowierten Biker-Kerle, die Werwölfe, sind da. Und ich bezweifle, dass sie mich bei der Suche nach einem vermissten „Blutsauger" unterstützen würden.

Meine einzige Idee, wo er sein könnte, ist sein Geheimversteck. Der Bunker am Sombrero Peak. Ich brauche nur jemanden, der mich dort hinbringt.

Mit einem Seufzer ziehe ich mein Handy heraus und rufe Gwen an.

～

„Das ist so aufregend!", schwärmt Gwen.

Ich fummle an dem gelben Plastikgänseblümchen in der kleinen Halterung auf dem Armaturenbrett ihres VW Käfers herum und lasse mich in meinen Sitz sinken. Ich muss Gwen nicht antworten. Sie hat die ganze Zeit schon solche freudigen Meldungen von sich gegeben. Anscheinend ist das ein „Mädelsausflug" und wir erleben ein „Abenteuer". Gwen hat sogar einen Picknickkorb und eine weiß-rotkarierte Decke eingepackt. Ihr ganzes Leben ist Instagramwürdig und ich glaube nicht, dass das nur gespielt ist. Ich glaube, sie ist wirklich der niedlichste Mensch der Welt.

Ich wäre auch besser gelaunt, wenn ich nicht so besorgt um Charlie wäre.

„Hier links abbiegen", weise ich sie an und lehne mich für den Rest der Fahrt zurück. Der Sombrero Peak ragt aus der mit Kakteen übersäten Wüste heraus. Ich weiß nicht genau, wo Charlies Bunker ist, aber ich hoffe, dass ich eine Art Weg finde, der dorthin führen könnte.

Ich konzentriere mich darauf, irgendein Zeichen wahrzunehmen, und als wir den Fuß des Berges erreichen, sehe ich genau das, wonach ich suche.

„Dort." Ich zeige auf einen alten Feldweg. Tatsächlich stehen wir vor einem verrosteten Schild, das uns davor warnt, den Weg zu betreten.

„Bist du sicher?", fragt Gwen, während sie meiner Anweisung folgt. Gwens gelber Käfer rollt die unbefestigte

Straße hinunter und wirbelt dicken braunen Staub auf. Ihr armes Auto wird völlig verdreckt sein. Ich nehme mir vor, dass ich für eine Autowäsche bezahlen werde, wenn wir wieder in der Stadt sind.

Die Straße endet an einem weiteren großen gelbschwarzen Schild, auf dem das Symbol für Radioaktivität abgebildet ist.

„Okay, das wars. Du kannst hier anhalten", bitte ich sie.

„Okay." Gwen klingt unsicher und der Käfer kommt zum Stillstand. „Willst du hier picknicken?"

„Nein ... ähm ..." Für eine Sekunde wünschte ich, ich hätte die Fähigkeit eines Vampirs, Gedanken zu löschen. Aber das will ich Gwen nicht antun. „Kannst du mir einen Gefallen tun? Einen großen Gefallen. Du musst mich hier zurücklassen und nach Hause fahren." Ich bin schon aus dem Auto ausgestiegen. Irgendetwas sagt mir, dass ich mich beeilen muss.

Gwen kurbelt das Fenster auf der Beifahrerseite hinunter. Sie knabbert an ihrer Lippe. „Aber was ist mit dir? Wie kommst du zurück?"

„Mein Freund wird mich später mitnehmen." Ich schwenke meinen Daumen in die Richtung des Straßenschildes.

„Welcher Freund?" Jetzt ist Gwen misstrauisch.

„Ein Freund eben. Erinnerst du dich? Ich habe dir doch von Charlie erzählt!"

Es fällt ihr wieder ein. „Ja!"

„Er ist wirklich gutaussehend und geheimnisvoll. Ich glaube, er ist superreich, aber er war schon eine Weile nicht mehr in einer Beziehung, weil es mit der letzten Frau, mit der er zusammen war, so schrecklich war. Er hatte so eine Art Beziehungs-Burnout, denke ich."

„Oh nein." Gwen kauft mir diese Geschichte tatsächlich ab. Was gut ist, weil es eigentlich auch die Wahrheit ist.

„Er ist sehr introvertiert und exzentrisch, deshalb wohnt er auch hier draußen. Aber er hat mich neulich Abend hierhergebracht." Ich nehme einen tiefen Atemzug. „Wir hatten eine wunderbare Nacht zusammen und ich dachte, wir wären füreinander bestimmt. Er sagte sogar, ich würde für immer zu ihm gehören. Aber dann ist er verschwunden."

Gwen nickt energisch. „Er hat Angst bekommen und sich zurückgezogen. Er hat Angst vor Intimität. Er hat sich dir gegenüber geöffnet und weiß, dass du die Eine bist, aber er wurde schon einmal verletzt. Ich habe letzte Woche einen Liebesroman über genau diese Art Mann gelesen."

„Äh, ja. Ja. Gut. Also ... ich weiß einfach, dass wir füreinander bestimmt sind." Die Worte purzeln aus meinem Mund und ich fühle, wie wahr sie sind. Hm. „Es ist Schicksal. Wir sind Seelenverwandte."

„Oh", Gwen fasst sich theatralisch ans Herz, in ihren Augen sehe ich sogar kleine Herzchen. „Du musst zu ihm gehen."

„Das muss ich. Deshalb bin ich ja hier. Ich werde schon klarkommen, aber ich muss das allein machen."

„Natürlich." Sie nickt. „Hol dir deinen Mann."

„Das werde ich. Ich verspreche es." Ich schließe die Autotür, trete ein paar Schritte zurück und winke ihr zum Abschied, in der Hoffnung, dass sie meine Situation versteht.

„Ich drücke dir die Daumen!", trällert sie und drückt einen Knopf, um das Fenster hochzufahren. Sie legt den Rückwärtsgang ein und schon ist sie weg.

Das lief besser, als ich dachte. Ich nehme mir vor, Gwen mehr Liebesromane zu kaufen. Dann drehe ich mich um, laufe an dem Schild vorbei und verschwinde hinter einem Felsen.

„Verflixt, Charlie", murmle ich und beschatte meine Augen, um zu einem Berg hinaufzuschauen. Die Dämmerung bricht herein, was gut ist. Ich brauche Charlie wach, damit ich ihn anschreien kann.

Schnell ist es dunkel und ich konzentriere mich darauf, eine Hand auszustrecken und einen Lichtball auf meiner Handfläche erscheinen zu lassen.

„Hilf mir, ihn zu finden", flüstere ich. Ein Kribbeln breitet sich in meinem Körper aus und es zieht mich irgendwie magisch in die Richtung, in die ich gehen muss. Keine fünf Minuten später stolpere ich buchstäblich über eine verrostete Eisenplatte, die fast unsichtbar auf dem felsigen Boden liegt: die Tür des Bunkers.

Charlie ist da drin. Da bin ich mir sicher.

Von außen ist nicht viel zu sehen. Nur eine Reihe von Metallplatten im Boden. Eine der Platten wurde zur Seite geschoben, um eine Treppe freizulegen. Was seltsam ist, denn Charlie muss nicht durch Türen gehen, er kann an einem Ort verschwinden und an einem anderen Ort einfach wieder auftauchen. Der einzige Grund, warum diese Platte offen sein könnte, ist, dass jemand Anders den Eingang benutzt hat.

Ein Schauer durchfährt mich.

Ich laufe die Treppe hinunter. „Charlie?" Da ist eine Tür am Ende der Treppe, die halb aus den Angeln hängt, als hätte sie jemand aufgebrochen.

Oh, verflixt.

Ich stoße die kaputte Tür auf und erstarre.

Die drei Vampire, die ich von dem Kampf vor dem Eclipse kenne, sind im Wohnzimmer versammelt und halten Charlie fest. Einer von ihnen trägt einen Lederhandschuh und hält eine Art Silberbecher in der Hand, dessen Inhalt er auf Charlies nackten Bauch schüttet.

Charlie ächzt und ich höre das Geräusch von brutzelnder Haut, als das Silber sein Fleisch verätzt.

„Wir können die ganze Nacht weitermachen. Zur Hölle, wir können die ganze Woche weitermachen. Irgendwann wirst du uns sagen, wo deine hübsche kleine Fee ist."

„Fick. Dich."

Der Vampir schlägt Charlie den silbernen Becher ins Gesicht, was eine weitere schreckliche Verbrennung hinterlässt.

Ich bedecke meinen Mund, um meinen Schrei zu unterdrücken.

Charlie bemerkt mich und reißt plötzlich die Augen auf. Bevor ich begreife, was passiert, zieht es mich zur Seite, als ob er mich unsichtbar machen wollte. Er schafft es jedoch nicht mehr, mich verschwinden zu lassen, denn im nächsten Augenblick sehen mich auch seine Peiniger, und der Anführer erscheint direkt vor mir.

Ich wende meinen Blick von seinem ab und treffe ihn mit einem Lichtball. Meine Kräfte sind stärker geworden, denn diesmal schleudert ihn mein Angriff zurück und er landet auf dem Boden.

Charlie brüllt und wehrt sich gegen die beiden Vampire, die ihn immer noch festhalten. „Aurelia, geh!", schreit er. „Verschwinde!"

Ich schicke einen weiteren Lichtblitz auf einen der Vampire, die Charlie festhalten, und alle vier Vampire im Raum brüllen vor Schmerz auf.

Mir kommt eine Idee, aber bevor ich mich bewegen kann, taucht der Vampir mit dem Lederhandschuh hinter mir auf, packt mich am Hals, schleudert mich mit dem Gesicht gegen die Wand und lässt mich dort zappeln.

Meine Wange und Nase pochen vor Schmerz.

Charlie brüllt vor Wut.

Ich versuche, einen weiteren Lichtball zu werfen, aber das unerträgliche Hämmern in meinem Gesicht raubt mir zu viel Energie.

Der Vampir fixiert meine Arme mit einer seiner Hände auf meinem Rücken, seine andere Hand nutzt er, um gegen meinen Nacken zu drücken.

„Aurelia!" Die Angst in Charlies Stimme holt mich zurück.

Er ist besorgt um mich.

Und ich bin hier hergekommen, um für ihn zu kämpfen. Der Idiot, der mich festhält, dachte wohl, ich bräuchte meine Hände für meine Magie, aber das tue ich nicht. Ich stelle mir Charlie vor und umgebe ihn mit einer schwarzen, dicken Blase, zu dick, um sie zu durchdringen.

„Aurelia, was machst du da?", ruft er.

Dann lasse ich das hellste Licht, das ich mir vorstellen kann, den Raum erleuchten – Licht so hell wie die Sonne.

Gellende Schreie erfüllten den Raum, als meine Haut an den Stellen, an denen mich der Vampir festhält, zu brennen beginnt. Ich kneife meine Augen zusammen, denn selbst meine eigene Sicht wird durch die Intensität des Lichtes geblendet. Ich wirble herum, kann mich aber nicht bewegen und meine Netzhaut brennt höllisch von dem grellen Licht.

„Aurelia! Was soll das? Hol mich aus dieser verdammten Blase raus!" Charlies wütende Proteste holen mich erneut zurück und ich befreie ihn aus seinem schützenden Gefängnis.

Er stürmt auf mich zu, doch dann bleibt er stehen und starrt auf die Aschehaufen, die eben noch Vampire waren. Ich blicke ihn mit großen Augen an.

„Habe ich … sie getötet?"

Charlie sieht mich mit einem grimmigen Gesichtsausdruck an. „Ja."

„Es tut mir leid", sage ich sarkastisch.

Er schließt mich in seine Arme und drückt mich fest an
sich. „Aurelia." Aber dann lässt er mich wieder los, als
würde er sich daran erinnern, wer ich bin. Wer ich war.
„Ich habe dir gesagt, du sollst mir nicht folgen."

Ich atme tief durch und gebe mir einen Ruck. „Ich
weiß, aber ich musste einfach mit dir reden. Bitte, Charlie
– du kannst mich nicht für etwas verantwortlich machen,
was ich in einem früheren Leben getan habe." Als er nicht
spricht, sage ich: „Oder vielleicht doch. Ich kann dir nur
sagen, dass es mir leidtut."

Er sagt noch immer nichts, sieht mich nur mit unverän-
dert kalten Augen an – als ob ich für ihn tot wäre. Aber
nein, ich weiß, dass ich ihm etwas bedeute. Er hat sich
sogar unter Folter geweigert, mich aufzugeben. Er muss
etwas für mich empfinden, so selbstlos ist er nicht.

Ich versuche, meine Gedanken zu erklären. „Ich weiß
nicht, wie Karma funktioniert, aber ich denke, dass wir uns
wieder getroffen haben, damit ich das in Ordnung bringen
kann, was zwischen uns kaputtgegangen ist."

Er schluckt und nickt einmal.

„Es wird nicht wieder vorkommen … ist es das, was du
befürchtest? Ich würde dir nie wehtun."

Ein Muskel in seinem Kiefer zuckt, als ob er mir nicht
glauben würde.

„Bitte, Charlie, ich brauche dich. Ich wollte nie diese
Magie erlernen. Du bist gekommen und hast mir meine
Kraft gezeigt und meine Welt auf den Kopf gestellt. Ich
schaffe das nicht ohne dich." Meine Augen füllen sich mit
Tränen. „Ich will wieder deine kleine Fee sein. Bitte?"

An seinem Gesichtsausdruck ändert sich nichts.
„Komm her", winkt er schließlich.

Ich gehe auf ihn zu. Er nimmt mein Haar in seine Hand und zieht meinen Kopf zurück. Seine Reißzähne werden länger, als er sich meiner Vene nähert. Wie in Zeitlupe senkt er seinen Kopf zu meinem Hals und fährt mit einem der scharfen Reißzähne an meiner Halsschlagader entlang. Mein Atem wird schneller, mein Herz rast.

Verflixt, wie gut kenne ich Charlie wirklich? Würde er mich ausbluten lassen, um sich an Anka zu rächen? Vielleicht hat er mich nicht den anderen Vampiren überlassen, weil er mich für sich haben wollte?

Er hebt meinen Kopf an und lässt mich mit einer schnellen Bewegung los. „Zieh deine Sachen aus."

Mein Blick schnappt nach ihm, mein Herz macht einen Sprung. Hat er mir verziehen? Oder ist das eine böse Folter? Es spielt keine Rolle. Ich bettelte nur darum, ihm zu gehören. Ich wollte meine Treue beweisen, mein Vertrauen. Seine Untertanin sein. Ich entledige mich meiner Kleidung und lasse sie auf den Boden fallen.

Er schaut mir mit funkelnden Augen zu.

„Knie nieder."

Mein Herz schlägt Purzelbäume. Ein Spiel. Das ist unser Spiel. Ich falle auf die Knie.

„Hände hinter den Rücken."

Ich fasse meine Handgelenke hinter dem Rücken und senke unterwürfig meinen Kopf.

Charlie hockt sich neben mich und streicht mir die Haare aus dem Gesicht. Diesmal sehe ich eine Emotion, aber bevor ich sie einordnen kann, stürzt er sich auf mich, wirft mich auf den Rücken, seine Hand umschließt meinen Hinterkopf, um ihn vor dem Aufprall am Boden zu schützen. Seine Reißzähne verbeißen sich in meinem Hals und er trinkt, während er die Ausbuchtung seines bekleideten Schwanzes zwischen meine Beine schiebt.

Erleichterung, Liebe, Leidenschaft, durchströmen

mich. Ich atme aus und schlinge meine Beine um seine Taille. Ich werfe meine Arme um seinen Hals, schließe die Augen und lasse zu, dass die Bewegung seines Schwanzes unter seiner Jeans meine Lust antreibt.

Das Kratzen seiner Jeans über meinen empfindlichen Schambereich ist ein angenehmer Schmerz – je mehr er sich in mich schiebt, desto mehr will ich ihn spüren. Ich folge den Empfindungen, bis ich durch die Reibung an meiner Klitoris komme. Es ist zwar nur eine kleine Erlösung, aber dennoch befriedigend.

Charlie leckt über meine Wunden. „Habe ich gesagt, du darfst kommen?"

Mein Bauch flattert. *Unser Spiel.* „Nein, Meister."

„Dafür wirst du bestraft werden."

Ich zittere, Erregung und Hitze durchfluten mich.

Er rollt mich auf den Bauch. „Stell die Knie auf."

Ich erhebe mich auf meine Hände und Knie.

„Habe ich gesagt, dass du deine Hände benutzen darfst?"

Sein gebieterischer Ton lässt Schmetterlinge in meinem Bauch flattern. Ich senke meinen Kopf und Oberkörper zurück auf den Teppich und lasse die Arme neben mich fallen.

„Spreize deinen Arsch für mich."

Ich halte den Atem an, als ich seine Absicht erkenne. Doch ich greife nach hinten, nehme eine Pobacke in jede Hand und ziehe sie auseinander, um mich ihm ganz zu öffnen.

Ich höre einen Reißverschluss und warte, die Schmetterlinge in meinem Bauch spielen verrückt.

Er reibt die Schwanzspitze über meine Muschi und ich entspanne mich erleichtert. Aber so schnell er in meinen feuchten Kanal eingetaucht ist, zieht er sich auch wieder zurück und stößt in meinen Hintereingang, wobei er meine eigenen Säfte als einziges Gleitmittel benutzt.

Mein Loch zieht sich zusammen. „Er ist zu groß", keuche ich. „Er passt nicht hinein."

„Entspann dich, kleine Fee." Er schlingt einen Arm unter meine Taille, schiebt meine Hüften nach vorne und gibt mir einen Klaps auf den Hintern. Ich lasse meine Pobacken los, quietsche und versuche, mich mit den Armen abzustützen. Das ist nicht nötig. Charlie hält mich leicht in der Schwebe, während er mir einen weiteren Klaps gibt, dann noch einen. Meine Muschi tropft vor Erregung über seine Dominanz. Ich halte aber still, genieße seine Schein-bestrafung und weiß, dass wir das beide brauchen.

Er taucht seine Finger in meine triefende Muschi und wischt sie an meinem Loch ab, bohrt sich mit einem Finger hinein, bevor ich merke, was er vorhat.

Ich keuche – das Gefühl ist angenehmer, als es ich dachte.

Er senkt meinen Oberkörper. „Stütz dich auf deine Unterarme, Liebes."

Ich nehme die Position ein und warte, während mir der Schweiß in Strömen über meine Brust rinnt.

Er zieht seinen Finger heraus und drückt die Spitze seines Schwanzes noch einmal an mein Loch. Der Druck steigt.

CHARLIE

ICH GREIFE mit einer Hand um sie und schnippe gegen Aurelias Klitoris. „Öffne dich für mich."

Ihre Hingabe sprengt die verbliebenen Ketten, die ich getragen hatte, mein Misstrauen ihr gegenüber schwindet jedes Mal, wenn sie sich mir hingibt. Sie kniet sich hin, ihren Arsch in der Luft, gerötet von meiner Hand, willig und offen für mich.

Ich umkreise ihre Klitoris und sie entspannt sich und wölbt mir ihren wunderschönen Arsch entgegen. Ich drücke meinen Schwanz mit mehr Kraft gegen ihren Eingang.

„Mach auf, Aurelia", flüstere ich.

Sie hält vollkommen still und ich erhöhe den Druck nach vorne, dringe langsam in ihren heißen, engen Tunnel ein. Dann packe ich ihre Hüften und ziehe sie zurück, spieße ihren Arsch mit meinem Schwanz auf, lasse mir Zeit und wiederhole meine langsamen Bewegungen.

Aurelia stöhnt, ein Geräusch irgendwo zwischen Protest und Genugtuung.

„Gib mir deine Hand", befehle ich.

Sie schaut verwirrt über die Schulter, während sie einen Arm nach hinten streckt und sich auf ihre Schienbeine und einen Unterarm stützt.

Ich greife das Handgelenk. „Jetzt die andere."

Ihre Augen weiten sich, als sie begreift, was ich will. Sie muss sich auf meinen Halt verlassen, um ihr Gewicht von dem anderen Arm zu heben. Sie lehnt sich zaghaft dagegen, hebt den Arm und streckt ihn mit einem leicht panischen Blick zurück. Ich halte nun beide Handgelenke in einer Hand, ihr Oberkörper schwebt über dem Boden. Wenn ich loslassen würde, würde sie auf ihr Gesicht fallen. Mit der anderen Hand greife ich in ihr Haar und ziehe ihren Kopf nach hinten.

Aurelia schnaubt und der Duft ihrer Erregung ist so stark geworden, dass er den Raum füllt. Sie will das so sehr, wie ich es brauche. Ich pumpe in sie hinein und aus ihr heraus, ficke ihren Arsch, weil ich weiß, dass dies der Weg zurück zu allem ist, was zwischen uns gut war.

Ich bewege mich langsam und achte darauf, nicht zu grob zu sein. Aurelias Schreie werden immer eindringlicher und ich erhöhe das Tempo. Ich spüre, wie das Sperma in mir aufsteigt und erinnere mich daran, dass ich jetzt wieder kommen kann.

Dank ihr, meiner süßen Fae-Sterblichen.

Ich lasse mich gehen, pumpe rein und raus und ihr enger Kanal umarmt meinen pulsierenden Schwanz, bis ich die Kontrolle verliere und meine Ladung mit einem Stöhnen abschieße. „Du darfst kommen", erinnere ich mich zu sagen und sie gibt einen hohen Schrei von sich und kommt zum Höhepunkt. Ich lehne mich auf meinen Fersen zurück und ziehe sie zu mir, damit sie sich wieder auf mich setzen kann, wobei ich sanft ihre Handgelenke und Haare loslasse. Ich hebe sie von meinem Schwanz, sie stöhnt und bricht auf mir zusammen, ihr Kopf fällt zurück über meine Schulter.

Nachdem wir beide wieder zu Atem gekommen sind, spreche ich schließlich. „Ich weiß nicht, was ich von all dem halten soll, Aurelia", sage ich und die Müdigkeit meiner schlaflosen Tage klingt in meiner Stimme. „Aber ich weiß, dass du zu *mir* gehörst. Nichts kann diese Tatsache ändern."

Aurelias Körper beginnt zu zittern und ich schließe meine Arme um sie, rieche das Salz ihrer Tränen. Die emotionale Tiefe meiner Reaktion auf ihren Schmerz beantwortet jeden verbleibenden Zweifel, den ich an ihr oder uns gehabt haben könnte. Ich könnte sie niemals verlassen, egal, welche Herausforderung uns bevorstünde – selbst, wenn Anka sich zwischen uns drängen würde.

Charlie

Anka kann mir nicht mehr wehtun, auch wenn sie durch Aurelia weiterlebt. Meine kleine Fee liebt mich mit jeder Faser ihres Herzens, das groß genug ist, um alle Wunden zu heilen. Meine Augen brennen, als ich sie küsse und meine letzten Vorbehalte loslasse. Ich stehe mit Aurelia am Schoß auf und trage sie in die Dusche, wo ich das Wasser aufdrehe und hineinsteige.

Die Tropfen prasseln auf unsere Köpfe und spülen den ekelhaften Geruch der verbrannten Vampire weg. Zu wissen, dass Aurelia die Macht gehabt hätte, mich so einfach zu zerstören, und sich dennoch ergeben und mich zu ihrem Meister gemacht hat, lässt mich vor Liebe Schmerzen spüren. Ich ziehe mein durchnässtes Hemd aus und werfe es über die Duschwand. Dann streiche ich mit meinen Händen über Aurelias Schultern und bete die herrlichen Kurven ihres geschmeidigen Körpers an. Mit der Seife in der Hand fahre ich über ihre Haut, schäume ihre Brüste mit kreisförmigen Bewegungen ein und tue dasselbe an den Rundungen ihres Hinterns.

Die Kontrolle entgleitet mir und ich drücke sie gegen die Duschwand, halte sie dort fest und zwinge ein Knie zwischen ihre Schenkel. „Ich muss in dir sein, Aurelia", murmle ich mit verruchter Stimme. „Jetzt, wo du mich von dem Fluch befreit hast, brauche ich dich vielleicht zehnmal am Tag. Oder öfter."

Ihr Mund öffnet sich und sie wölbt sich unter meinen Händen, Wasser läuft in Rinnsalen über ihre goldene Haut.

Ich beuge meine Knie, um meinen Schwanz auf Höhe ihrer Muschi zu bringen, und gleite ohne jeglichen Widerstand in sie hinein. Ich lege meine Handflächen hinter ihre

Schultern, um den Druck abzufedern, dann beginne ich, hart zu stoßen, während ich sie zwischen meinem Körper und der Kachelwand festhalte. Meine Reißzähne verlängern sich und ich sehne mich danach, wieder von ihrem Blut zu trinken, aber ich halte mich zurück, weil ich weiß, dass ich das nicht jedes Mal tun kann, wenn mir danach ist.

Die Wand scheint zu hart zu sein, um ihren Körper dagegen zu stoßen, also schließe ich sie in meine Arme, bleibe dicht bei ihr und benutze meine Muskeln, um sie vor der Kraft meiner Leidenschaft zu schützen.

Sie hebt ein Bein und schlingt es um meine Taille, wobei sie den Winkel ihres Liebestunnels verändert. Ich stoße in sie, bis sie keucht: „Darf ich …?"

„Ja", ächze ich, verliere die Kontrolle und erreiche meinen eigenen Höhepunkt im selben Moment, in dem sie sich vor Lust um mich zusammenzieht.

KAPITEL VIERZEHN

Aurelia

Charlie bringt uns nach unserer gemeinsamen Dusche zurück in meine Wohnung. Als er die blaue Stelle an meiner Wange sieht, wo der Vampir mich gegen die Wand geschlagen hat, zischt er und fletscht die Zähne. Er schubst mich, damit ich mich auf das Bett setze, dann verschwindet er. Ich beginne zu fluchen noch bevor ich ihn in meiner Küche hören kann, wo er die Kühlschranktür öffnet. Er kommt zurück und hält einen in ein Geschirr-tuch gewickelten Eisbeutel in der Hand. Ich zucke instinktiv mit dem Kopf zurück, als er versucht, den Blut-erguss zu berühren, also drückt er mir das Eis in die Hand. „Mach du das", sagt er leise und schaut immer noch grimmig drein.

Die Kommode, die er umgeworfen hat, stellt er wieder auf und rückt sie an ihren Platz. „Entschuldigung", murmelt er. Die Hände in die Hüften gestemmt steht er da und sieht sich um. „Was sollen wir nur tun, Aurelia? Eine Fee gehört nicht in ein solches Loch. Du musst in der

Natur leben, mit Platz für einen großen Garten, damit du dich den Pflanzen widmen kannst, wie es Feen eben tun."

Ich blinzle, überrascht.

„Lass uns ein Grundstück kaufen und ein Haus bauen. Mit einem Keller für mich und einem lichtdurchfluteten Bereich für dich."

Ich zittere, kann kaum glauben, wie gut er mich und meine Wünsche zu verstehen scheint. „Willst du … wie sollen wir das bezahlen?"

„Ich habe viel Geld", sagt er leicht desinteressiert.

„Was ist mit meinem Job? Wie werde ich dort jeden Tag hinkommen?"

Er betrachtet mich. „Ich habe ein Auto, das du fahren kannst. Ich werde dich nicht zwingen zu kündigen, aber ich denke, ich werde noch einmal mit Edith sprechen, um deine Arbeitszeiten zu reduzieren. Oder vielleicht bekomme ich dort auch einen Job."

„Was?" Ich muss auflachen.

„Ja. Warum nicht? Ich habe mich doch gut angestellt mit dem Kind."

Ich kichere. „Ich bin nicht sicher, ob du das ernst meinst."

„Ich weiß nicht − warum denn nicht? Was habe ich sonst zu tun? Ich könnte mich genauso gut in dieser Welt nützlich machen."

Ich starre ins Leere, kaum in der Lage, das alles zu verarbeiten. „Also … bedeutet das, dass du jetzt mein fester Freund bist?"

Er grinst. „Ich bin auf jeden Fall dein Freund und gleichzeitig dein Vampir, Liebhaber und Meister." Er rückt näher und schlingt seine Arme um mich, seine Hände gleiten hinunter, um meinen Hintern zu umschließen. „Darf ich jetzt deine Freundinnen kennenlernen?"

Ich beiße mir auf die Lippe. „Ich nehme an, ich werde es ihnen nie erzählen können, oder?"

Sein Gesichtsausdruck wird ernst. „Es ist besser, wenn du es nicht tust."

Ich schaue auf und denke ernsthaft darüber nach, wie das Leben sein würde, wenn ich mit einem Vampir zusammen wäre – die Schwierigkeiten seiner nächtlichen Einschränkungen, meine Sterblichkeit. „Passiert das oft? Ein Vampir und eine Sterbliche?"

„Es gibt einen anderen Vampir in der Stadt, der mit einer Sterblichen in deinem Alter verheiratet ist. Sie haben sogar ein Baby bekommen – niemand weiß, wie das vonstattengegangen ist. Wahrscheinlich künstliche Befruchtung. Wir könnten uns mit ihnen treffen und sehen, wie sie so ihren Alltag meistern." Er lächelt mich warmherzig an.

Die Idee ermutigt mich. „Ich schätze, wir werden … das alles herausfinden?"

Er küsst mich auf die Stirn. „Ja, Liebes. Ich weiß nicht genau wie, aber wir haben die wichtigsten Dinge besprochen."

„Die da wären?"

„Du gehörst mir. Und ich werde dich nicht im mehr allein lassen."

Tränen füllen schlagartig ihre Augen.

„Was?" Besorgt zieht er seine Brauen hoch.

Ich schüttele den Kopf und versuche, seinem Blick auszuweichen.

Er legt einen Finger unter mein Kinn und hebt es an, bis ich ihn wieder ansehen muss. „Ich habe etwas für dich", sagt er leise. „Ich habe es für dich gekauft, als du Anka warst. Ich habe es all die Jahre aufbewahrt, aber ich wusste nie, warum." Er lächelt. „Jetzt weiß ich es."

Er zieht eine goldene Kette aus der Tasche, an der Dutzende von roten Edelsteinen baumeln.

„Granat?"

„Rubine, Liebes. Sie sind angeblich gut für Blut und Kreislauf."

Ich lache. „Ah. Das ist in Wirklichkeit wieder ein Geschenk für dich. So ähnlich wie das Korsett und die Strümpfe."

Er macht eine drehende Bewegung mit seinem Zeigefinger.

Ich drehe mich um, streiche mir die Haare aus dem Nacken und warte, bis er mir die unglaubliche Halskette angelegt hat. „Sie muss ein Vermögen wert sein."

„Ich kaufe dir jeden Stein oder Kristall, den du willst. Jeder von ihnen hat besondere Kräfte, zumindest glaubte Anka das." Er küsst meinen Hals an der Stelle, an der zuvor zugebissen hat.

Die Halskette bewegt sich an meinem Hals und ich spüre die Wahrheit seiner Aussage. Die Aufregung darüber, meine Kräfte gemeinsam mit Charlie weiterzuentwickeln, lässt meinen Puls schneller schlagen. „Du bleibst wirklich?"

„Mich wirst du nicht mehr los. Da müsstest du mir schon einen Pflock durchs Herz treiben."

Schniefend kichere ich. „Das habe ich schon versucht. Ich weiß jetzt, wie das endet."

Er packt meinen Hintern und zieht mich zu sich. „Willst du es noch einmal versuchen?", fragt er mit tiefer, verführerischer Stimme.

Ich lache, meine Augen sind immer noch feucht. „Ich liebe dich, Vampir."

Sein Gesicht wird ernst und er streicht mit dem Daumen über meine Wange. „Ich liebe dich, kleine Fee."

EPILOG

Aurelia

VON ALLEN SEHENSWÜRDIGKEITEN der Welt ist mein
liebster Anblick Paris bei Nacht. Na ja, der zweitliebste.
Mein Favorit ist der Anblick von Charlie, der nach einem
massiven Sexmarathon in unserem Bett liegt. Er ist nackt
und wunderschön, sein dunkles Haar streicht über die
weißen Laken. Alles an ihm wirkt entspannt und ruhig –
bis auf seinen Blick. Ich spüre ihn auf meinem nackten
Rücken, als ich auf unseren Balkon hinausgehe, um Luft
zu schnappen.

Ich stehe am Eisengeländer und genieße den Blick auf
den Eiffelturm. Es ist gut, dass es dunkel ist. Ich hoffe, dass
niemand hochschaut und mich sieht, denn mein Vampirm-
eister war wieder kreativ. Offenbar ist sein Motto: *Andere
Länder, andere Sitten. Und in Frankreich kleide deine Fee wie ein
französisches Dienstmädchen.*

Ich trage durchsichtige schwarze Strümpfe, Strumpfbänder und ein Bustier, das mit pompöser weißer Spitze

überzogen ist. Er hat mir sogar einen Staubwedel geschenkt, obwohl er ihn meistens an mir genutzt hat. Ich hatte keine Ahnung, wie sehr es mich quält, gekitzelt zu werden.

Mein Outfit ist jetzt ein bisschen zerknittert, aber er hat mir nicht erlaubt, einen Bademantel überzuziehen. Als ich mich so an das Balkongeländer lehne, erhascht er einen Blick auf meinen nackten Hintern.

„Heute Nacht ist Vollmond", raune ich.

„Oh ja", schnurrt er. Ein Windhauch umschmeichelt mein Gesicht und ich weiß, dass er es ist, der nun hinter mir steht. Eine Sekunde später reibt sein harter Schwanz sich an mir. Ich drücke meinen Hintern zurück in seinen Schritt und erwidere die Geste.

„Mach die Beine breit, Glöckchen." Sein Fuß drückt zwischen meine Fersen, was mich dazu bringt, meinen Stand zu verbreitern.

„Charlie", will ich mich aufrichten, aber ich kann nicht vom Balkongeländer zurücktreten – er steht im Weg. „Lass uns wieder reingehen. Die Leute werden uns sehen."

„Nur wenn sie nach oben schauen." Er legt eine Hand auf meinen Rücken und drückt mich wieder nach vorne.

„Du bist nackt."

„Und du siehst perfekt aus." Er greift unter meine kleine Dienstmädchen-Schürze und streichelt meine Muschi. „Still", sagt er, als ich wimmere. „Keine Widerrede mehr. Oder ich werde dich gleich hier bestrafen."

„Das würdest du nicht", jammere ich.

„Ich würde. Benimm dich oder ich versohl dir den Hintern und dann ficke ich dich." Seine Hand prallt auf meine Arschbacke. Ich schreie auf.

„Schhh, jemand könnte dich hören." Ich beiße mir auf die Lippe, als er meinen Hintern packt. „Sie werden hoch-schauen und alles sehen. Aber wenn du ganz, ganz leise bist ..." Seine Finger tanzen wieder hinunter zu meinen Schamlippen, finden meinen Kitzler und umkreisen ihn.

Ich starre hinaus auf den Eiffelturm und versuche meine Atmung unter Kontrolle zu halten. Die Aussicht ist wunderschön, aber ich kann mich kaum auf sie konzentrieren. Vor allem, als Charlie aufhört herumzuspielen, seinen Schwanz an meine Muschi führt und direkt hineingleitet. Meine Fingerknöchel werden weiß, als ich mich am Geländer festklammere und mich seinen flachen Stößen entgegendrücke, um ihn dazu zu bringen, tiefer zu stoßen.

Er packt mich an den Haaren und reißt meinen Kopf zurück. Sein Schwanz rammt mich hart, treibt mich auf die Zehenspitzen. Er fickt mich vor den Augen der Leute unten in der Gasse und es ist mir egal.

„Sag es", befiehlt er und zerrt im Takt seiner harten Stöße an meinen Haaren. „Sag mir, wem du gehörst."

„Zu dir, Meister. Ich gehöre dir." Ich schreie es heraus, wenn er will. Aber er hat Mitleid mit mir und akzeptiert meine geflüsterte Kapitulation.

Er hebt mich hoch, beugt mich nach hinten, den Kopf an seine Brust gelehnt. Dort fixiert er mich mit seinem Arm, der wie ein eisernes Band um meine Mitte liegt. Seine Hand umfasst meinen Nacken und beugt meinen Kopf weiter nach hinten, um meine Pulsader freizulegen.

„Und ich gehöre dir, Aurelia. Für immer." Als seine Reißzähne meine Haut durchbohren, explodiert ein Orgasmus in mir, eine Supernova der Ekstase.

In der Ferne explodieren Lichter um den Eiffelturm herum. Farben explodieren am Himmel, hell wie ein Feuerwerk, aber anhaltend wie das Nordlicht. Eine Million Touristen zücken ihre Kameras, um ein Bild des außergewöhnlichen Nachthimmels zu erhaschen, und morgen werden die Nachrichtensender wieder irgendwelche

Wissenschaftler zu diesem Phänomen befragen. Aber nur Charlie und ich werden die Wahrheit kennen.

„Ist das für mich?", fragt er und starrt in den Himmel. Mehrfarbige Schatten huschen über sein Gesicht.

Ich nicke, so gut ich kann, während seine Hand mein Kinn fixiert.

„Atemberaubend", sagt er, aber er sieht dabei mich an.

HOLEN SIE SICH IHR KOSTENLOSES BUCH!

Tragen Sie sich in meine E-Mail Liste ein, um als erstes von Neuerscheinungen, kostenlosen Büchern, Sonderpreisen und anderen Zugaben zu erfahren.

https://geni.us/jungfrauunddervampir

ungebärdig - Buch 0 (gratis)

ungezähmt- Buch 1

ungestüm - Buch 2

ungezügelt - Buch 3

unzivilisiert - Buch 4

ungebremst - Buch 5

unbändig - Buch 6

Wolf Ridge High

Alpha Bully - Buch 1

Alpha Knight - Buch 2

Bad Boy Alphas

Alphas Versuchung

Alphas Gefahr

Alphas Preis

Alphas Herausforderung

Alphas Besessenheit

Alphas Verlangen

Alphas Krieg

Alphas Aufgabe

Alphas Fluch

Alphas Geheimnis

Alphas Beute

Alphas Blut

Alphas Sonne

Alphas Mond

Die Meister von Zandia

Seine irdische Dienerin

Seine irdische Gefangene

Seine irdische Gefährtin

Seine irdische Rebellin

Seine irdische Frau

ÜBER DIE AUTORIN

USA TODAY Bestseller-Autorin RENEE ROSE liebt dominante, verbalerotische Alpha-Helden! Sie hat bereits über eine Million Exemplare ihrer erotischen Liebesromane mit unterschiedlichen Abstufungen verruchter sexueller Vorlieben und Erotik verkauft. Ihre Bücher wurden außerdem in *USA Todays Happily Ever After* und *Popsugar* vorgestellt. 2013 wurde sie von *Eroticon USA* zum nächsten *Top Erotic Author* ernannt und freut sich ebenfalls über die Auszeichnungen Spunky and Sassy's *Favorite Sci-Fi and Anthology Autor*, The Romance Reviews *Best Historical Romance* und Spanking Romance Reviews *Best Sci-fi, Paranormal, Historical, Erotic, Ageplay and Couple Author*. Bereits fünfmal gelang ihr eine Platzierung in der USA-Today-Bestsellerliste mit verschiedenen literarischen Werken.

Besuchen Sie ihren Blog unter www.reneeroseromance.com

ÜBER DIE AUTORIN

Lee Savino ist *USA Today*-Bestsellerautorin. Außerdem ist sie Mutter und schokosüchtig. Sie hat eine ganze Reihe von Büchern geschrieben, die alle unter die Rubrik »smexy« Liebesgeschichten fallen. *Smexy* steht dabei für »smart und sexy«.

Sie hofft, dass euch dieses Buch gefallen hat.

Besucht sie unter:
www.leesavino.com

www.ingramcontent.com/pod-product-compliance
Lightning Source LLC
Chambersburg PA
CBHW020618110726
47899CB00002B/553